ミステリー・アンソロジー

翠《すい》迷《めい》宮《きゅう》

結城信孝編

乃南　アサ
新津きよみ
五條　瑛
藤村いずみ
光原　百合
森　真沙子
海月　ルイ
春口　裕子
雨宮　町子
皆川　博子

翠迷宮　目　次

指定席

乃南アサ

乃南《のなみ》アサ

東京都生まれ。早稲田大学社会科学部中退。広告代理店勤務の後、自営業。88年、第1回日本推理サスペンス大賞に応募した『幸福な朝食』が優秀作に選出されて、作家デビュー。90年代に入ってから本格的に創作活動を開始。96年、女性刑事を主人公にした『凍える牙』で第115回直木賞受賞。近著は、長編ホラー『あなた』。

1

津村弘の最大の個性といえば、それは、どこから見ても、これといった特徴がない、ということだった。

中肉中背、面長の顔に黒縁眼鏡《くろぶちめがね》をかけている彼は、その顔の造作からして、「ほどほど」に出来ていた。目鼻も口も、全てが普通としか言いようがなく、眉《まゆ》や髭《ひげ》の濃さ、髪型にいたるまで、特に印象に残る部分はない。よく見れば、幼い頃には案外可愛らしい顔立ちだったのではないかという片鱗《へんりん》くらいは窺《うかが》わせるのだけれど、彼を熱心に観察し、その少年時代などを想像する人はいなかった。

彼の正確な年齢を知っている人は、職場にはまずいないと言って良かった。学生時代から三十代に見られた彼は、最近ようやく実年齢と外見との間隔を狭めつつあったが、それでも彼が人に与える印象は「中年」というくくりに入っている。二年ほど前のこと、長い付き合いになる友人が、珍しく彼に女友達を紹介しようとしたことがある。だが、その女性に「どんな人？」と聞かれて、その友人さえも、彼の特徴を話すことが出来なかったという笑い話が残っているほどだ。

何度会っても、どうも忘れてしまう、それが津村の個性だった。

彼はいつでも物静かで、昼休み以外は常にきちんと自分の席におり、淡々と仕事をする。周囲の人々は彼が怒鳴ったり、または声を出して笑っていたり、慌てているところなどを見たことは一度もなかった。壁にかけられた額縁のように、彼はいつも端然と「そこ」にいた。

「津村さん、来週の内田さんの送別会なんですけど――出席、になってますけど」

「ああ、出ますよ」

その日の午後、珍しく彼の傍《そば》に来た若い女子社員は、生まれて初めて津村の声を聞いたみたいな顔をした。

「あ、出ますか――じゃあ、間違いじゃないんですね」

額縁の絵がしばしば風景に溶け込んでしまうように、彼も人々から忘れられることがあった。

津村本人は、決して人付き合いが悪いつもりはなかったし、律儀で几帳面《きちょうめん》でもあったから、宴会などの誘いがあれば大概は応じるのだが、出かける度に額縁を壁から外して持って歩く人がいないのと同じで、彼はまるで動かないものと思われているようなところがあった。

「じゃあ、あの、花束と記念品代、千円ずつ集めてるんですけど――いい、ですか？」

その上、津村は倹約家だと思われている。確かに彼は服装にも構わず。酒は付き合い程度、煙草《たばこ》は吸わない。競馬やパチンコもしないし、金のかかる趣味も持っていない。独身で、就職して以来、ずっと同じ小さなアパート暮らしを続けている彼は、ひたすら貯蓄に励んでいるように見えるかも知れなかった。だが、それさえも特別、意識してのことではない。元来、金銭には無《む》頓着《とんちゃく》な方なのだが、それほど使う用事もない、というだけのことだった。

「千円、ね」

幹事を任されているらしい女子社員は、津村がズボンのポケットから小さな小銭入れを取り出し、小さく畳んである千円札を広げるのを、口端にほんの少しの冷笑を浮かべながら眺めていた。

——口の脇《わき》に小皺《こじわ》が出始めてるな。

彼は、自分のことをよく知っているつもりだった。幼い頃から、彼はいつでも忘れられてきた。その場にいるのに、誰の目にも留まらず、「見落とされて」しまうのだ。だが、相手は風景と同じにしか感じていなくても、津村には津村の感想が常にある。それを内側に秘めているというだけのことだ。

「来週の木曜日ですから。よろしく」

確か、今年で入社三年目くらいになる女子社員は、細かい折り皺のついている千円札を受け取ると、わずかに愛想笑いを浮かべてすたすたと行ってしまった。津村は、俯《うつむ》きがちに、ちらりとその後ろ姿を見送った後、また机に向かった。

——真面目《まじめ》そうに見えるけど、案外遊んでるんだろうな。何だ、あの腰の振り方は。

そして彼は、何時間も前からまったく動いていなかったみたいに、再び風景に溶け込む。彼の頭の中が、いくら目まぐるしく動いていようと、そんなことは他人の目からは分からなかった。

——ああいう女に限って、男にはだらしないものなんだ。

時は、津村の上を、しごく淡々と流れていくだけだった。その連続した流れを静かに受け止めていくことこそが、津村の日々だった。

彼は毎日、八時半までに出社して、与えられた仕事をきちんとこなし、四時半ちょうどに仕事を切り上げる。そして、四時四十分前後には電車に乗り、五時過ぎには彼の暮らす町を通過して、その一つ先の駅で降りる。駅前の商店街を抜け、時々はその途中にある比較的大きな本屋に寄って、彼は長いときには一時間以上も、その本屋で過ごした。そして、大抵の場合は、一、二冊の本を買い、店を出ると駅とは反対の方向に歩く。

電車から吐き出されてくる勤め人や学生、慌ただしい買い物客で混雑する商店街を、彼はさらに五分ほども歩く。やがて、商店街も外れにさしかかった辺りの路地を一つ曲がったところに、そのコーヒー店はあった。

「こんばんは」

ことん、と微《かす》かな音をたてて、目の前に水の入ったグラスが置かれ、いつもの声がする。津村はその瞬間だけ、わずかに視線を動かして、微かな笑みを浮かべている娘を見る。

「コーヒー」

毎日のことなのだから、わざわざ改めて言う必要もないかも知れないけれど、「コーヒー」と言うのが津村の習慣だった。そして、彼女が微かに笑って頷《うなず》くのを確認すると、ようやくほっとして鞄《かばん》から読みかけの本を取り出す。それから一時間程度、本を読みながらゆっくりとコーヒーを飲むのだ。それが、津村の毎日の中でもっとも心の安らぐひとときだった。

2

津村が初めてその店を見つけたのは、去年の春のことだった。ひと駅だけ電車に揺られて、先ほどの本屋に来たついでに、津村にしては珍しく、散歩をするつもりになった。

その日は休日で、上着もいらないほどの穏やかな陽気の日だった。目映《まばゆ》い陽射しの溢《あふ》れる街は、思い思いの休日を楽しむ人々でごった返していた。声でも表情でも仕草でも、必要以上にオーバーに表現する若者たちの横をすり抜け、子どもを抱きつつ夫婦で手をつないでいる家族連れや、横に広がって、のろのろとしか進まない若い娘たちを眺めながら、津村は一体何が楽しくて、彼らはこんなにはしゃいでいるのだろうかと思った。

——どいつもこいつも、浮かれた顔で。

人生に、そんなに楽しいことなど、あるはずがない。喜びとか快楽とか、そんなものを求めてはならないというのが、津村の考え方だった。求めるから裏切られる、楽しいことがあれば、その後が余計に辛《つら》くなるに違いないのだ。

——実際、無意味だよ。そんな笑いは。

いつか、苦難のときを迎えたとき、彼らは今日のこの日を思い出すだろうか。たとえ思い出したとしても、笑いながら休日の街を歩いた記憶など、何の役に立つというのだろう。そのときになって、はしゃぎすぎた罰だと気付き、後悔しても遅いのだ。そんな不幸に見舞われない為には、自分のように、目立たず、はしゃぎすぎず、淡々と生きていくことこそが肝要なのだと、津村は言いたかった。

やはり、休日の繁華街など散歩するのではなかった、こんなに無神経な乾いた明るさは煩わしいだけだったと後悔し、少しでも彼らから離れる為に小さな路地を曲がったとき、香ばしい香りが漂ってきた。ふと見れば数軒先に、「炭火珈琲」の看板がしごく控えめに掲げられていて、津村は一瞬の静寂と潤いを求める気分で、その看板に近付いた。それが「檀」という名のコーヒー店に通い始めたきっかけだった。折しも、その少し前までよく行っていた喫茶店が火事を出してしまい、コーヒー好きの彼としては、物足りない日々を送っていた矢先だった。

「お待たせしました」

今夜も、津村の前には見慣れたカップが置かれる。黒く艶《つや》やかに輝く液体からはほのかな湯気とともに香《かぐわ》しい匂いが立ち昇っている。微かに揺らいでいるコーヒーこそは、世界中の魅惑的な瞳《ひとみ》を集めたように妖《あや》しい魅力に満ちている。

「ごゆっくり」

白いブラウスから華奢《きゃしゃ》な手首をのぞかせて、津村の横にそっと伝票を置くと、ウェイトレスは彼から離れていく。その声も仕草も、実にさりげなく、そして控えめなものだ。

年の頃は二十歳そこそこというところだと思う。そのウェイトレスは小柄で痩せっぽちで、小さな白い顔にソバカスを散らし、鉛筆描きの絵みたいに、細く弱々しい線だけで出来ているような雰囲気の娘だった。いつもサイズが合っていないような印象を与える制服の背中で、一つに結わえた茶色い髪が揺れている。彼女が遠ざかるのを、津村はいつも視界の隅で見送り、それからようやく熱い液体をひと口する。馥郁《ふくいく》たる香りが自分の内にゆったりと広がるのを味わい、手元の本に目を戻しながら、彼はいつも心の中で呟《つぶや》いた。

——彼女とぼくは同類だ。

彼が「檀」を気に入った最大の理由は、店に音楽が流れていないことと、そして、あのウェイトレスだった。以前、ひいきにしていた店にも、やはりおとなしい雰囲気のウェイトレスがいたけれど、「檀」の彼女は、あの娘よりももっと津村に親しみを覚えさせた。ここに来てこの席に座り、そして彼女の顔を見ると、津村はようやく一日が終わったと思う。食器の触れ合う音や控えめな人の話し声、穏やかな照明に浮かび上がる落ち着いた調度と、そしてコーヒーの香りに包まれたこの空間で好きな本を読む。それこそが、津村にとって最大の贅沢《ぜいたく》と言えた。

だから昨年来、津村は会社の帰りには必ずひと駅乗り越して、この店に寄るのを習慣にしていた。誰も気付いていないが、津村にだって職場の不満はある。気に入らない奴もいれば、癇《かん》に障る出来事もあるのだ。彼は毎日この店に来て、微かな人の温《ぬく》もりを感じながら、ゆっくりと本を読む間に、それらの不満を少しずつ溶かしていく。そして、六時半か、遅くとも七時には店を出て帰路に着くことにしていた。夕食は、アパートの傍《そば》の三軒の定食屋のうちのどこかと決めていた。

「ありがとうございました」

今日も、切りの良いところまで本を読み、津村はウェイトレスの声に送られて店を出た。彼はいつでもコーヒー代の六百円ちょうどを用意しておき、伝票とその金をレジの前に置くだけで、すっと店を出ることにしている。

——彼女も、その方が助かってる。余計な話はしたくないタイプなんだから。

「檀」に通い始めて十日か二週間ほど過ぎた頃、小さな変化があった。彼の姿を認めただけで、あのウェイトレスが、目顔《めがお》で一つの席を指したのだ。その目は、「あの席は空《あ》いていますよ」と言っていた。最初、津村は、自分が彼女に覚えられているらしいことに驚いた。確かに、津村はそれまでの数日、ほとんど同じ席に腰掛けた。最初に入ったときに座った席が、どうも落ち着く気がして、その場所が気に入っていたからだ。だが、そんなことをウェイトレスに気付かれているとは思わなかった。

突然、津村の中に警戒心が湧き起こった。続けて話しかけられたらどうしよう、妙に親しげにされたらどうしようと、頭の中であらゆることが駆け巡った。そんなことになれば、煩わしくなるばかりだ。せっかく見つけたコーヒー店だが、もう来るのはやめにしようかなどとも考えた。

だが、彼女は、おずおずと腰掛ける津村を見届けると、いつもと変わらない仕草で、実にさりげなく、ことん、と冷水の入ったグラスを置いた。そして、津村が小声で「コーヒー」と言うのを頷いて聞き、すぐに彼を一人にしてくれた。

――何も聞かないのか？　何も？

彼女は、その席が津村の為に確保されていることを示しただけだった。それでも最初、津村はなかなか警戒した心を解こうとはしなかった。彼は、自分が人に記憶されることに慣れていなかった。個人的なことに興味を抱かれることに、恐怖心を抱いていた。それでも、いつも同じ席に座れる嬉《うれ》しさは、少しずつ津村を安心させた。

そこは、「檀」の奥にあるカウンターの、いちばん右端の席だった。その店のカウンターは、高からず低からず、黒く磨き込まれた厚い一枚板で出来ていた。奥行は一メートル近くもあるだろうか、余計なものは置かれていない代わりに、アール・デコ調のアンティークらしい大きなランプが、間隔を開けて二個置かれている。痩せっぽちのウェイトレスは、毎日、同じような時刻に現れる津村の為に、その右端の席を「指定席」として確保してくれたのだった。彼にとって、それは最高のもてなしに思われた。その場所で、彼は肘《ひじ》掛《か》けのついているゆったりとした椅子《いす》に座って本を読む。時は、いっそう緩やかに流れる。広々とした大河の深い澱《よど》みのように、その空間は津村の日常の中でも特に静かで落ち着いたものだった。

いつしか彼は、意識のどこかで常に彼女の動きを追い続けるようになった。薄明るい店内を、靴音もたてずに移動する彼女の気配を探るのは、そう簡単なことではなかった。それくらいに、彼女は空気をかき回さず、漂うように動き回った。津村の読書のスピードは以前よりもわずかに落ちた。けれど、変化といえばそれくらいのもので、あとは、しごく淡々と「檀」に通う日々が続いただけのことだった。月曜日の定休日を除いて、彼は毎日この店に通い、指定席に座り、苦みの強いコーヒーを飲みながら読書をする。それだけで、津村は満足だった。

3

翌週の木曜日、津村は同じ課の女子社員の送別会に出席した。乾杯の後、彼は時間をかけて一杯目のビールを飲んだ。そして、人々のざわめきに包まれ、空になったグラスを前に置いたまま、彼は控えめに料理を食べた。

「あれ？　おい、飲んでる？」

二十分以上も過ぎた頃、ようやく隣の同僚が津村に気付いた。彼は、決して嫌われているわけではなかった。その存在に気付きさえすれば、誰もが優しい笑顔を向けてはくれるのだ。

「また嫁にいかれちまうなぁ、おい、どうしようか」

同僚は苦笑しながら津村にビールを注《つ》いでくれる。津村は、彼に合わせて笑みを浮かべながら

「そうだねえ」としか答えなかった。

――いいじゃないか、あんなケバケバした女が誰と結婚しようと。

「そうだねえ、か。いいなあ、津村くんは、マイペースで」

――僕は点数が辛いだけだ。妥協なんか、したくはないからな。

けれど、口では「そうかな」と呟き、津村は曖昧《あいまい》に笑ってみせただけだった。それきり会話も続かなくなって、同僚は、いつの間にか他の連中と話し始めてしまった。飲み、歌い、笑っている彼らを眺めながら、津村は「檀」のことを考えていた。今夜はあの席はどうなっているだろうか。あの、鉛筆描きの絵みたいなウェイトレスは、空っぽの席を眺めながら、少しは津村のことを案じているだろうかと思う。

――どうして来てくれないの。

ぺそぺそと泣く顔が思い浮かぶようだ。彼女には、そういう泣き顔が似合うに違いないと、津村は以前から思っている。声を出さず、大袈裟《おおげさ》に涙を流すのでもなく、ただぺそぺそと泣くのだ。

――待ってたのに。私、待ってたのに。

やっとの思いで絞り出したみたいなか細い声で、彼女が言う様を想像して、津村は思わず、この送別会が終わった後にでも立ち寄ろうかと考えた。けれど、あの店は、確か九時で閉店のはずだ。閉店ぎりぎりに行くのも落ち着かないし、いつもと違う行動をすることで、面倒な会話の糸口が生まれてしまうのは嫌だった。あの席だって、津村が帰った後は、他の客が座っているかも知れない。そう考えると、やはり予定外の行動はしないに限るという結論に達する。だから結局、津村はその日は真っ直ぐに帰宅した。いつもの通り、二次会には誘われなかった。

翌日、四時半に仕事を終えると、津村はいつもよりもいそいそと会社を出た。だが、たった一日行かなかったくらいで、忘れられるはずもない。あまりに慌てて行ったと思われるのも嫌だと考え直して、いつもの本屋に寄ることにした。そこで、内心ではそわそわとしながら小一時間も過ごし、それからやっと「檀」に向かった。

「ご注文は」

こんばんは、の代わりに、そんな声がかけられた。しかも、カウンターに水を出すときも、いつもは、ことん、と小さな音をたてるだけなのに、ごん、という音がするのだ。津村は、いつになく真っ直ぐに顔を上げてみた。

「メニュー、こちらですから」

そこには、見知らぬ娘がいた。妙にのっぽで、顎《あご》に大きなにきびが出来ている。彼女は無表情のまま、どことなく憮然《ぶぜん》として見える顔で津村を見下ろした。

「――コーヒー」

「ブレンドですか」

津村は、その娘が嫌いだと思った。何故、そんなことを改めて言わなければならないのだろう。ずっと同じコーヒーを飲み続けている津村に向かって、今更メニューを指す娘の無神経さに、珍しく心の底が苛立《いらだ》った。

「ブレンドは、リッチとマイルドとありますけど」

助けを求めるつもりで、急いでカウンターの中を見回したが、マスターはこちらに背を向けて、コーヒー豆を大きなミルにかけているところだった。

「どっちにします？」

「――リッチ」

津村が言い終わるか終わらないかのうちに、彼女はくるりと踵《きびす》を返し、カウンターの内側に向かって「リッチ・ワン！」と言った。津村は、いかにも無神経そうな、でくでくとした娘の後ろ姿を横目で見、急にがっくりと気持ちが萎《な》えるのを感じていた。

――あの娘は、どうしたんだ。今日は、休みなのか。

たった一日来なかっただけなのに、彼女がいないというだけで、店の雰囲気はすっかり違って感じられた。津村は、カウンターの内側で働き続けているマスターを一心に見ていた。津村と目が合ったら、何かの説明をしてくれるのではないか、「彼女なら、今日は風邪《かぜ》で休んでいます」とか、そんな説明を受けられるのではないかと思ったのだ。けれど、マスターは豆をひいたと思えば、次にはトースト用のパンをトースターに放り込み、すぐに汚れた食器を洗い始め、濡《ぬ》れたままの手で新しいミルクのパックを取り出すという具合で、絶えず動き回っている。時折、顔を上げて「いらっしゃいませ」などと言うのに、彼は、ただの一度も津村の方を見ようとはしなかった。

やがて、かちゃ、と音をたてて、津村の前にコーヒーが置かれた。いつものカップの中で黒い液体は大きく揺れて波立ち、ソーサーにまで跳ね飛んでいる。

——どういう置き方なんだ。無神経な。

心なしかコーヒーの味さえも、いつもよりも味気なく思える。それでも、津村は黙ってコーヒーを飲み、いつもの通りに本を読んだ。たとえ彼女が休んでいても、だからといって、さっさと帰るつもりにはなれなかった。何しろ、このひとときは、津村にとって欠かせない時間、大切な指定席を温める時間なのだ。

——それに、彼女がどうしていようと、結局、僕には関係ない。

明日には、また彼女が迎えてくれるに違いない。そうなれば、たった一日くらい、失礼なウェイトレスがいたことなど、すぐに忘れてしまうだろうと、彼は自分に言い聞かせた。

だが、彼女は、それきり「檀」からは姿を消してしまった。二日過ぎても、三日目になっても、彼女の代わりに、のっぽの女が「ご注文は」と言う。やがて、津村は徐々に諦《あきら》め始めた。所《しょ》詮《せん》はアルバイトだったに違いないのだ。いつ、どこへ消えてしまおうと、津村とは縁のない娘だったということだ。

——それでも僕は、別に変わらない。

　実際、津村の生活には何の変化もありはしなかった。彼は、彼女がいたときと同じように、いつも「檀」のカウンターの右端の席に座り、「リッチ」と言って出てくるコーヒーをゆっくり飲む。そして、のっぽのウェイトレスに「六百円です」と言われてレジで金を払って店を出る。小さなことに拘《こだわ》りを持ち続けても仕方がない。そのうち、新しいウェイトレスにも慣れるだろうと、彼は常に自分に言い聞かせていた。とにかく、この店には彼の指定席がある。その席さえ確保されていれば、彼の日常は、それほど乱されるということはなかった。

4

　ある日、彼は珍しく係長に呼び出された。係長は、彼の仕事が遅いと言った。本来ならば、もっと任せたいことがあるのに、いつも最低限の仕事しかしないから、任せられないのだとも言った。

「もう少し要領を良くしようとか、そういう努力もしてもらいたいものなんだけどな」

　何年か前に係長になった男は、津村よりも後輩だった。津村から見れば、彼はお調子者でデリカシーのかけらもなく、やたらと派手に動き回るタイプだった。津村は、出世などには興味はなかったけれど、後輩に居丈高になられれば、やはり愉快な気はしない。

「真面目なことは分かってるけど、もう少しガッツというか、そういうものが欲しいね」

青二才にそんなことを言われる筋合いはないと思いながら、津村は「すみません」と頭を下げた。何と言われても、彼は自分のペースを守るだけのことだった。もしも、仕事の出来る男だなどと思われたら、面倒が増えるだけだ。そんなことで自分をすり減らすなんて、まっぴらだ。

「まあ、いいや。君みたいな人も、世の中には必要なのかも知れないから。な」

やがて、係長は深々とため息をつきながらそう言うと、津村の肩をぽんぽんと叩《たた》きながら「頑張ってくれよ」とだけ言った。

――あんな男の言いなりになるものか。僕は、僕なんだ。

はけ口のない不満を渦巻かせながら、津村はその日もきっちり四時半に仕事を切り上げた。課内のほとんどの人間が残業していたが、津村が席を立っても、顔を上げる人間はいなかった。「お疲れさま」の声さえもかからない。彼が何をしようと、何時に帰ろうと、誰も注意など払ってはいない、まるで透明人間のようなものだった。

――誰も、僕に気付かない。僕を見ない。

陽が伸びてきて、外はまだ明るかった。駅までの道すがら、津村は自分の細長い影を見つめながら、まだ影の方が存在感があるのかも知れないと自嘲気味《じちょうぎみ》に考えた。ふと、大声で叫び出したい気にさえなる。

――声まで聞こえなかったら、それこそお笑いだ。

けれど、そんなことをするはずがない。津村は、不愉快な塊を抱えたまま、いつもと同じように淡々と歩き、電車に乗り、いつもの通りひと駅乗り越す。そして、今やアパートの近所よりも歩き慣れた感のある商店街を歩いた。あののっぽのウェイトレスのことを考えると、ほんの少し憂鬱《ゆううつ》にならないこともないのだが、他に予定があるわけでもないし、第一、一年以上も続けている習慣を、あんな小娘一人の為に変えなければならないのは、いかにも不愉快なことだった。彼は、予定通りに日常生活を送ることこそが大切だと信じていた。アクシデントや、わくわくする出来事などは、一生のうちで二、三回もあれば十分だ。

夕暮れに向かう商店街は、休日ほどではないにしても、やはり混雑していた。それらの人に紛れながら、今日は本屋の前は素通りして、ちょうど半分くらい歩いたときだった。人混みの中を、こちらに向かって歩いてくる一組のアベックが目に留まった。二人は揃《そろ》って晴れやかな顔で笑っている。真っ白い半袖《はんそで》のポロシャツを着て、両手をジーパンのポケットに入れている長身の青年の腕に摑《つか》まりながら、娘の方は彼の隣をぴょんぴょんと飛び跳ねるようにして歩いてくる。その姿を見た瞬間、津村の心臓は珍しくどきりとした。ミニスカートに鮮やかなピンク色のニットを着て、長い髪を肩の上で躍らせている娘、明るい笑みを振りまいて、男に甘えている彼女は、あの鉛筆描きのウェイトレスに違いなかった。

彼らとの距離はどんどんと縮まってくる。津村は息苦しささえ覚えながら、立ち止まることも出来ず、歩調を変えないように努力するだけで、精一杯だった。

——そんな顔をする娘だったのか？　そんな服装で、そんなにはしゃいで。

もはや、彼女は鉛筆描きの娘などではなかった。はっきりとした色と形を持ち、彼女は全身から若さと生命力、十分すぎるほどの存在感を振りまいていた。

――僕の知ってる彼女じゃない。

それでも、やはり懐かしい気がして、津村は彼女を見つめていた。一年間、毎日のように短い言葉を交わし、顔を見ていた娘なのだ。彼女は、津村をすぐに覚えた。そして、彼の為に指定席を用意してくれた。やがて、津村と彼らの距離が、ほんの数メートルというところまで縮まったとき、ふいに彼女がこちらを見た。

――や、やあ。

咄嗟《とっさ》に曖昧な笑みさえ浮かべそうになりながら、津村は彼女を見た。彼女は、真っ直ぐにこちらを見ていた。確かに、視線はぴたりと合ったはずだった。それなのに、次の瞬間、彼女は素知らぬ顔で視線を外してしまった。まるで表情を変えることなく、ただの風景でも見たみたいに彼女は横を向いた。

――気がつかないのか？　僕に？

中途半端に口を開いたまま、津村は彼らとすれ違った。

「駄ぁ目。ねえ、行こうよ、ね、ね」

甘えた声が津村の耳に届いた。それは、確かにあの娘の声に違いなかった。津村は信じられない思いで、振り返って彼らの後ろ姿を見つめていた。そんなはずがない、津村の顔を覚えていなければ、席など用意してくれるはずがないのだ。

——無視したのか？　男と一緒だから、わざと知らないふりをしたんだろうか。

思わず彼らの後を追っていきたいと思った。彼女の住まいをつきとめて、彼女に直《じか》に聞いてみたい。僕を覚えていませんかと。津村は、来た道を引き返しそうになって、その行動の、いかにも自分らしくないことに気付き、慌ててまた歩き始めた。

——何を考えているんだ。僕には関係ないじゃないか。

それに、正面から聞いて「どなた？」などと言われたら、津村は恥ずかしさのあまり、どうしたら良いのか分からなくなってしまうに違いない。自分の愚かしい行動を死ぬまで悔やむことになる。

——僕をだましていたんだ。僕を。

彼女は芝居をしていたのだ。そうに違いない。さっきから抱えている不快な塊が大きくなった。彼女こそは同類だと思っていたのに、その思いは、今やはっきりと裏切られていた。

——何ていう女なんだ。

取りあえず、熱いコーヒーを飲み、ゆっくりと本を読もう。そうすれば、怒りも不満も溶けていくに違いない。今までだって、ずっとそうしてきたのだから。津村は、すがるような気持ちで「檀」に向かった。ほんの数分の距離が、ひどくもどかしく感じられた。

ようやくいつもの路地を曲がり、香ばしい香りに吸い寄せられるように「檀」のドアに手をかけたとき、津村はもう安堵《あんど》のため息を洩《も》らそうとしていた。やっと、自分の居場所にたどり着いた、あの席が津村を待っている。早く、あの席で気持ちを落ち着かせたかった。

音もたてずに店に入り、いつもの通りにカウンターに向かおうとして、だが、彼の足は止まってしまった。指定席に、他の人が座っているのだ。津村は頭の芯《しん》がかっと熱くなるのを感じた。その耳に、流れているはずのない音楽が聞こえてきた。彼の頭はますます混乱しそうになった。

――ここは「檀」だろう？　そこは、僕の席だろう？

「すいませんね」

津村に気付いたマスターが、如才ない笑みを浮かべて軽く頭を下げてみせる。その声に気付いて、カウンターに身を乗り出してお喋《しゃべ》りに興じていた例のウェイトレスが顔を上げた。たった今までにこにこと笑っていたくせに、彼女はすっと真顔に戻り、魚が死んだみたいな目つきで「いらっしゃいませ」とだけ言った。彼女の顔を見て、津村はそこが間違いなく「檀」であることを確認した。

「あの子の知り合いが来てるもんでね、いつもより少し賑《にぎ》やかかも知れないんですが」

これまで、一度として足を踏み入れたこともない、入り口に近いテーブル席の方に案内されて、津村はマスターから水を出された。他の客の姿はなかった。

落ち着かなければ、こんなことで慌てたり取り乱したりしてはいけないと、津村はカウンターのものよりも窮屈に出来ている椅子に腰掛けながら、自分に言い聞かせていた。とにかく、コーヒーを飲みたかった。

「ご注文は」

マスターの穏やかな声が頭上から聞こえて、津村は、ぎょっとしながらマスターを見た。五十代に見えるマスターは、慇懃《いんぎん》な表情で津村を見ている。

「――コーヒー」

「ブレンドですか？　でしたら、当店の場合ですとリッチ・ブレンドとマイルド・ブレンドがございますんですが」

津村は、ごくりと生唾《なまつば》を飲み込みながら、「マイルド」と呟いた。

「マイルド・ブレンドでございますね。少々、お待ちを」

愛想笑いを浮かべ、大股《おおまた》でカウンターの方へ戻るマスターの後ろ姿を見送りながら、今や津村の心臓は明らかに高鳴っていた。

――いつも、「リッチじゃないか！　一年以上も、ずっと同じものを注文してるじゃないか！

頭の芯がかっかと燃えている。腹の奥で渦巻いている塊も、せり上がってきそうだ。音量は抑えてあったが、店内には、津村の大嫌いなジャズが流れていた。

――クラシックならともかく。

大体、マスターが「すいませんね」と言ったとき、津村は明らかに指定席のことを謝られたのだと思ったのだ。あの馬鹿ウェイトレスのせいで、指定席を占拠されてしまっていることについて謝ってくれたのだと思った。それなのに「ご注文は」ときた。いつもと違うものを注文したことにも、まるで気付きもしなかった。

——どいつもこいつも、どうして僕が分からないんだ。

カウンターの方で、どっと賑やかな笑い声が起こった。津村は、自分のすぐ脇《わき》の飾り棚に置かれているアンティークのランプに身を隠すようにしながら、彼らの様子を窺った。ポーカー・フェイスだと思っていたマスターまでが、顔をほころばせている。そんな顔で淹《い》れたコーヒーなど、旨《うま》いはずがないと津村は思った。

「そうだよ、マスター。夜からはパブにしなよ、この店。ジャズ・バーでもいいしさ」

誰かがそんな声を上げている。

「そうしたら、俺、ボトル・キープするよ」

「コーヒーより、儲《もう》かるだろう？」

他の客も賑やかに笑いながら勝手なことを言っている。ウェイトレスはにこにこと笑いながら「いい、いい！」と叫んでいた。

——僕の大切な席に酒飲みを座らせるつもりか。

「雰囲気いいんだからさ。コーヒーだけじゃ、もったいないって」

津村は、ランプシェードに身を隠しながら、額から脂汗を滲《にじ》ませていた。頭がぐるぐると回っている気がする。何とか気持ちを鎮めなければと思い、鞄から本を取り出したものの、気持ちは一向に落ち着かなかった。この際、リッチでもマイルドでもいい、早く、コーヒーを飲みたかった。

「その方が、絶対にいいって」

音楽がうるさい、奴らの無神経な声がたまらない。津村は、必死でコーヒーを待った。耳の奥でどくどくと鼓動が聞こえている。

だが、コーヒーはなかなか運ばれてこなかった。いつもならば、五分もしないうちに出てくるはずなのに、今日に限って、十分、十五分待っても、まだ出てこない。

――忘れているのか？　僕は注文したじゃないか。

津村は腕組みをしながら、何度も深呼吸をした。今日一日のことが頭を駆け巡る。それだけでなく、これまでに屈辱的な思いをしたり、妥協を強いられた全ての場面が思い出された。

――僕は、ここにいるじゃないか。

頭の中が真っ白になりそうだった。何かの救いを求めるつもりで、津村は自分の周囲を見回した。カウンターから彼の姿を遮っているランプは、淡い緑色の曇ったガラスで出来ていた。これもアール・デコ調らしく、胴体の部分からランプシェードにいたるまで、全体に蝶《ちょう》と紫陽花《あじさい》の文様が入っている。そのランプの置かれている飾り棚は、まるで骨董品屋《こっとうひんや》の様相を呈していた。ランプの隣には、片隅に少女のレリーフがはめ込まれた鏡がかけられ、その隣には、やはりアール・デコ調の振り子時計が置かれている。さらに、その奥には、大きなガラス製の壺《つぼ》までが置かれていて、それらの全てを取り巻くように、天井からは厚手のビロードのカーテンが下がっていた。飾り棚全体を一つの舞台に見立てているみたいに、カーテンは緩やかな曲線を描きながら天井と壁の境の辺りを這《は》い、その端は、大きく波打ちながら津村の脇に垂れ下がっていた。

――くどすぎる。何だ、こんなごてごてと飾りたてて。

つい、小馬鹿にしたい気持ちで心の中で呟いたとき、再びカウンターの方から笑い声が上がった。

「コーヒー一杯で粘る客ばっかりじゃ、マスターだって困るだろう？」

一人の客が言った。「俺も、その口だけどね」と続けて、また笑い声が上がる。

「そうよ。マスターだって、いつもそう言ってるんだもんね」

ウェイトレスの言葉が聞こえた瞬間、津村は頭の芯どころか、全身がかっと熱くなった。彼女の言葉だけが耳の中で鳴り響いていた。

――無神経にも程がある。

津村は、テーブルの上の黒くて丸い灰皿と、その中に置かれているブック・マッチをぼんやりと見つめていた。耳の奥でどくどくと脈打つ音ばかりが聞こえる。マッチは、黒い地に「檀」という文字が白抜きで入り、文字の周囲を唐草模様が取り巻いているデザインだった。

それにしてもコーヒーは来なかった。紫陽花の周囲を蝶が舞い飛ぶ文様のランプシェードに隠れながら、いくらカウンターの方を見ても、マスターは話に夢中になっている様子で、まるで手を動かしている気配がない。

——待ってるんじゃないか。僕は、ここにいるじゃないか！

震える手がマッチに伸びた。行儀よく並んでいるマッチの、右端の一本をむしり取りながら、津村は、それこそが津村自身の姿に思えた。右端は、津村の席だったのだ。あそこは指定席だった。一年間も、ずっと、毎日。それなのに、鉛筆描きみたいな彼女も、今の馬鹿ウェイトレスも、そしてマスターさえも、皆が津村を忘れている。

津村の指先に、小さな炎が生まれた。明るい黄色の炎は、生き物のように揺らぎながら、紙マッチを燃やしていく。その炎を見た瞬間、津村の頭はすっと冷静に戻った。彼は、ゆっくりと腕を伸ばし、マッチの火を飾り棚のカーテンに近付けた。ほんの小さな生き物だった炎は、垂れ下がっているビロードに触れると、十分な栄養を与えられたように、躊躇《ためら》うこともなく、静かに成長を始めた。津村は、炎が瞬く間に天井にまで上がるのを見届けてから、そっと立ち上がった。

——僕の、指定席だったのに。

いつもの歩き方で店の出口に向かい、そっとドアを押したとき、背後で「火事だ！」という声が聞こえた。津村は、振り返りもせず、ゆっくりと店の外に出た。外には、まだ完全に暮れきっていない、いつもの街があった。

昨年、いつも行っていた喫茶店が燃えたのも、こんな時間だったことを思い出しながら、彼は久しぶりに晴れ晴れとした気分で歩いた。あのとき、彼は生まれて初めて味わった興奮を、その後も幾度となく蘇《よみがえ》らせた。新聞でもテレビでも「放火らしい」とは報道されたが、誰一人として津村を記憶していなかった。恐らく、今回も同じことになるだろう。何しろ、彼は目立たない、見落とされてしまう存在なのだ。

――今夜は、中華でも食うか。

遠くから、けたたましいサイレンの音が近付いてくる。けれど、津村は振り返らなかった。人混みと夕闇に溶け込んで、淡々と歩いた。また明日から、新しい店を探さなければならない。今度は、もう一つ先の街まで行ってみようかと思いながら、彼は駅に向かった。

捨てられない秘密

新津きよみ

新津《にいつ》きよみ

長野県生まれ。青山学院大学仏文科卒業。旅行代理店、人材派遣会社などに勤務。87年、小説講座在籍中に応募した「ソフトボイルドの天使たち」で第7回横溝正史賞候補。翌88年『両面テープのお嬢さん』で作家デビュー。98年「殺意が見える女」で第51回、99年「時効を待つ女」で第52回日本推理作家協会賞短編部門候補。

1

遺影の中の香織は、はにかんだような、どこか寂しげな笑顔を見せている。

——香織、とってもきれいよ……。

美栄子は、頰《ほお》を伝わる涙をハンカチで拭《ぬぐ》いながら、写真の香織を見つめていた。

半地下になった土蔵のような斎場内には、最前から厳《おごそ》かに読経《どきょう》が流れている。

遺影の写真には見憶えがあった。忘れるはずがない。この夏にオープンしたばかりのディズニーシーに二人で行ったときに、美栄子が撮ってあげた写真である。「これ、お見合い写真にしなさいよ」と、半ばふざけて言って。「冗談じゃないわよ」と香織は笑っていたが、しかし、カメラを向けると、自分の顔がいちばんきれいに写る角度をちゃんと心得ている彼女は、さりげなくポーズを決めたものだった。出版社で同世代向けのファッション雑誌を編集していた香織は、写真の上手《じょうず》な撮られ方を知っていた。だが、せっかくきれいに撮れたのに、その写真はお見合い写真にはならず、黒いリボンの掛かった額に入れられたのだ。

中川香織。享年三一歳。彼女の早過ぎる死を悼《いた》んで、参列者のあいだからすすり泣きが漏れる。

入口でコートを脱ぎ、喪服姿になった美栄子は、コンクリートの床から立ち上るひんやりとした冷気に身体を震わせていた。十一月に入り、都心はぐっと冷え込んだ。斎場内には暖房が入っているようだが、夏用の半袖《はんそで》のワンピースに薄いポリエステルの上着をはおっただけの薄着である。寒くて仕方がない。

——そろそろ、喪服も上等なものに買い替えなくちゃね。真冬のお葬式なんてのもこれからはあるだろうし。

ハンカチで目頭を押さえながら、そんなことをぼんやりと思っている自分に気づき、美栄子はハッとした。わたしは、香織の死を悲しんではいないのだろうか。いや、もちろん、悲しんでいる。こうして、涙も出ている。これは、自然の涙だ。決して演技ではない。

——だけど……。

心の片隅で、ホッとしているのも事実なのだった。

——さようなら、香織。でも、ありがとう。

いまの心情を短い弔辞に託すとしたら、それが的確な表現だろう。その弔辞は、香織の職場の同僚が朗読する予定だと聞いている。弔辞を頼まれなくてよかった、と美栄子は思った。遺族や職場の人間、知人らがいる前で、弔辞に〈本音〉を盛り込むはずはないが、それでも、言葉の端々に〈香織の死を嘆くと同時に喜んでいる微妙な心理〉がにじみ出てしまわないとも限らない。

僧侶の読経が終わり、弔辞が始まった。

「中川香織さん、あなたの……あのすてきな笑顔を二度とふたたび見ることができないなんて、……わたしには信じられません。つい先日まで、一緒に机を並べていたのに。……香織さん、あなたは……」

香織の会社の同僚が声を詰まらせながら読み上げる弔辞は、美栄子の耳にはメロディの一部のように聞こえていた。

美栄子は、心の中で、自分なりの弔辞を読み始めた。香織との出会いから彼女の死に至るまでを思い返しながら。

2

香織、あなたとは、もう二十年以上のつき合いになるのね。

ついこのあいだまでは、ため息が出るほど長い時間に思えていたけど、あなたを喪《うしな》ったいまとなっては、あっというまに過ぎた、すごく短い時間のように思えます。

あなたと出会ったのは、埼玉県K市の若葉小学校の二年生のときでしたね。わたしが入学したとき、若葉小学校ではまだ卒業生を出してはいませんでした。わたしたちが住んでいたのは、都心まで電車で四十分の新興住宅地、若葉ニュータウンだったわね。わたしの両親は、わたしが小学校に入学する前に分譲マンションを買って、そこに引っ越しました。で、香織のところは翌年、同じ若葉ニュータウンの一戸建てを買って、転居して来たのよね。

香織が転校して来た日のこと、わたし、よく憶えていますよ。お父さんの仕事の都合とかで、始業式に間に合うように引っ越しができなかったんでしたよね。香織が来たのは、ゴールデンウイークが過ぎたころでした。わたし、一目見て、〈あっ、わたしと同じくらいの背だ〉と思ったの。あの当時、わたしはクラスでいちばん背が小さかったから、転校生がわたしより小さければいいな、と期待したわけです。残念ながら、香織のほうがちょっとばかり背が高くて、わたしはまた最前列になっちゃったわけだけど。

転校した途端に、算数のテストがあったでしょう？　香織は、あのテストのこと、思い出したくないかもしれませんね。前の学校で、二桁《ふたけた》の数のたし算をまだ習っていなかった香織は、ひどい点を取ってしまいましたね。確か、三十点だったっけ？　でも、全然、習っていないのによく三十点も取れたな、なんてわたしは感心したのよ。

とにかく、返されたテストを見た途端、泣き出した香織。あの姿を見たとき、わたしは何だか香織のことが好きになったんです。わたしとは正反対で、自分の気持ちをストレートに表現できる子。あなたが羨《うらや》ましくなったものです。

だから、次の席替えで席が隣同士になったときは、とても嬉《うれ》しかった。わたしはどちらかと言えばおとなしくて、いつも誰かに引っ張って行ってほしい性格だったから、香織みたいな明るくて積極的な子といると楽しくて、すごく楽だったの。自分では次は何をするか、決めなくていいからね。

二年生の途中から転入しても、香織はすぐにクラスに溶け込めましたよね。まだ、クラス替えをしたばかりだったし。それから、毎年、クラス替えがあったけど、なぜかわたしたちは、六年生までずっと同じクラスでしたね。

女の子って、どうしてあんなに〈秘密ごっこ〉が好きな生き物なんでしょう。現代の小学生もそうなのかしら。

交換ノートが流行《はや》り始めたのは、四年生からだったかしら。わたしは香織とだけやっていたけど、人気者の香織はわたし以外にも二、三人とやっていたんじゃなかった？　わたし、内心、おもしろくなかったんですよ。香織が橋本ゆかりさんや、それから、男の子みたいに自分のことを「ボク」って呼んでいた松本よしえちゃんとかとも、シールをいっぱい貼《は》りつけた可愛らしいノートを回しっこしてたでしょう？　嫉妬《しっと》ってやつかな。交換ノートはわたしとだけやってほしかったわけ。

だから、「よしえちゃんとは絶交する」って、香織がわたしとの交換ノートに書いてよこしたときは、思わずほくそ笑んじゃった。香織は、こう書いてたよね。

――よしえちゃんって、うそつきなんだよ。「絶対にゆかりちゃんには秘密にしてね」って書いたのに、ゆかりちゃんに話しちゃったんだよ。

その秘密ってのが何だったのか忘れちゃったけど、とにかく、よしえちゃんが香織の信頼を失って、わたしはすごく嬉しかったの。で、ちょっとたったら、同じようにゆかりちゃんも〈裏切り者〉になっちゃって……。

いま思うと、あの当時の秘密って、全然、たいしたことなかったよね。自分が誰が好きだとか、誰が誰を好きみたいだとか、その種のことを「誰にも言わないで。ここだけの、わたしたちだけの秘密にしておこうね」ってだけのこと。うっかり口を滑らせて、真相がばれたって、それで別に誰かに実害が及ぶわけでもなかったし。本当に、他愛もない内容。だけど、あのころは、勉強より何よりも、とてつもなく大切なことに思えていたよね。

若葉中学校も一緒だったよね。クラスは、二年生のときだけ離れ離れになっちゃったけど、合唱部も一緒だったし、休日もほとんど一緒にいたから、それほど寂しいって感じもしなかったよね。ここでも、やっぱり、交換ノートが大活躍したし。

「ねえ、ここだけの話だけど」

「これは、美栄子にだけ話すことだけど」

「これって、絶対に秘密だよ」

「ここに書いたこと、誰にも言わないでね」

香織は、毎日のように、秘密をいっぱい書いてよこしたよね。まさに、秘密を作っている、って感じで。わたしもそれに合わせるように、わざわざ秘密を探してみたりしたんだよ。そんなに気があるわけでもないタレントの名前を挙げて、「いま、××さんに夢中なことは、誰にも言わないでね」なんて、思わせぶりに書いたりして。

わたしたちのあいだに秘密が存在する。そのことを楽しんでいた気がしない？　少なくとも、わたしはそうだった。

あのころは……よかったよね。無邪気で。罪がなくて。

でも、年齢が上がるにつれて、秘密の内容も次第に大人っぽい、深刻なものに形を変えていったよね。秘密を守らなくちゃ、という意識もだんだん強くなっていったわ。

高校、大学、と二人の進路は違ったけど、香織が秘密を打ち明けたい相手は、いつも同じだった。このわたし。秘密が守れるのが親友。わたしはそう思っていたから、香織に電話をもらったり、呼び出されたりするのは、とても光栄で嬉しいことだったのよ。

だけど、やっぱり、秘密の内容ってのが年齢相応に現実的で、重苦しくなっていくのが、とてもつらかった。それが、大人になるってことなんだから、仕方ないんだけどね。秘密を打ち明けるだけにとどまらず、アドバイスを求められるのもわたしには負担だったの。だって、わたしより香織のほうがずっと恋愛経験が豊富だし、わたしよりずっと行動派だと知っていたから。

「どうしよう。わたし、英語の先生が好きになっちゃったの。あっちもわたしに気があるみたいなんだ。卒業したら、結婚してもいいと思っている。美栄子、どうすればいいと思う？　先生にわたしの気持ち、正直に打ち明けるべきだと思う？……ああ、もちろん、これって、ここだけの話。誰にも秘密だよ」

あれは、高校三年生のときだったっけ？

どうすればいいと思う？　と聞かれても、これが最良、といったアドバイスが同じ高校生のわたしの頭に浮かぶはずないでしょう？　わたしに言えたのは、「もうちょっと待ってみたら？」とだけ。でも、結局、その先生が卒業間際に別の女性と結婚しちゃって、わたしのアドバイスに従って告白するのを延ばしていた香織は、傷つきながらも胸を撫《な》で下ろした形になったんだったよね。

それがあって、わたしは以前にも増して、香織に信頼されるようになったのかもしれない。

それ以降も、香織はわたしに、人生を左右するとまではいかない程度に深刻な秘密を、何度も運んで来たわよね。

3

でも、皮肉なものね。

最初に、〈人生を左右するほどの深刻な秘密〉を持ち込んだのは、香織ではなくて、わたしのほうだった。

中学、高校を通じて成績のよかった香織は、東京の一流私大に進んで、出版社に入社。わたしは、被服の専門学校に進んで、パタンナーとして都内の小さなサンプルメーカーに就職したわ。でも、香織が配属されたのがファッション中心の女性雑誌だったから、わたしのいるアパレル業界とも密接なつながりができたのよね。残業が多いからって理由で、香織が都内にワンルームマンションを借りてからは、わたしがよく遊びに行ったよね。金曜日の夜に行って、泊めてもらったこともあったっけ。わたしもできれば、東京で一人暮らしがしてみたかったけど、香織ほどお給料がよくなかったからだめだったの。

香織には、「どうしていままで秘密にしてたの？　相談してくれたってよかったじゃない」って責められたけど……。

ほら、例の石井さんの件よ。

あれは、わたしがいまの会社に入って、四年目だったわ。「香織のマンションに泊まる」と家族にうそをついて、金曜日の夜から家を空《あ》けたわたしだけど、本当は香織のところになんか行ってなかったんだよね。ごめんね。香織をアリバイ作りに使っちゃって。「水くさい」って怒られたけど、あのときは、とても言えるような心理状態じゃなかったの。

とにかく、わたしは偽《にせ》のアリバイを用意して、都内の産婦人科医院に入院し、中絶手術を受けたわ。石井さんの子供だった。

石井さんは、この業界じゃかなり有名なデザイナーで、奥さんも子供もいる。わたしはそれを承知で、彼とそういう関係になったのだから、覚悟はできていたつもり。一人で産んで育ててもいいと思ったわ。だけど、石井さんに会って、気が変わったの。子供ができた、と聞いた彼は、思ったとおり、ひどく困惑した様子だったわ。しばらくうつむいていた彼だったけど、つっと顔を上げると、こう言ったの。

「産んでもいいよ。認知はする。だけど、君とは一緒になれないな。妻とは別れられない」

当然、「堕《お》ろしてほしい」と頭を下げられるかと思っていたわたしは、何だか拍子抜けした気分だった。彼の困った顔を見ていたら、ふっと気が変わったってわけ。もういいや、そう言ってくれただけで幸せ。彼をこれ以上、困らせるのはやめよう。わたしにしたって、一人で育てる自信や勇気なんて、本当はなかったんだし。

だけど、実際に手術をすると、堕ろした子供は不憫《ふびん》でならなかった。わたしの身勝手で、この世に生を受けられなかった子供。時間がたつにつれ、わたしの中で罪悪感が膨れ上がっていったわ。目鼻のないふにゃふにゃした赤ちゃんが夢にまで現れるようになって……。

もう耐えられない。心の中で謝罪するだけじゃだめだ。何か目に見える形で供養《くよう》しなくちゃ。そう思ったの。

それで、雑誌を見て、京都のお寺に行ったわ。水子供養をしてくれるお寺へ。そこで、水子の供養をしてもらったわたしは、家でも供養できるようにと小さな石のお地蔵さまを買ったの。だけど、それを持って新幹線に乗ってから、はたと気がついたわけ。こんなもの、家に持って帰れやしない。わたしは、香織みたいに一人暮らしをしているわけじゃない。家族がいる埼玉の自宅に持って帰れば、誰かに見つけられてしまうかもしれない。そんなに大きなお地蔵さまじゃなかったけど、留守中、両親や弟に見つかるおそれもあるでしょう？　そのころ、まだ弟は家にいたし。

どうしよう。とりあえずは、コインロッカーにでも預けておこう。でも、そう長くは預けておけない。コインロッカーの料金も、毎日となるとばかにならないでしょう？

で、香織に頼んだのよね。わたしが香織のマンションに持ち込んだ、見た目は小さいけれど、実は大きな秘密。

それが……最初だった。事情を知った香織に、「いままで黙っていたなんて、水くさい」って、そのときひどく怒られたんだったよね。だけど、香織は、快く引き受けてくれたよね。

「わかった。預かってあげるよ。引き取りたくなったときは、いつでも言ってよね。……そうか、美栄子もいろいろあったんだ。大変だったね。つらかっただろうね」

そう言って、香織はわたしを慰めてくれたよね。

慰めたあとで、こうも言ったっけ。

「でも、何となくわたし、嬉しいな。だって、いままでは、わたしが美栄子に秘密を押しつける一方だったでしょう？　これで、何て言うか……わたしたち、対等になれたみたいで、ちょっと気持ちが軽くなったみたい」

対等になれた？　気持ちが軽くなった？　香織の言葉に、一瞬、わたしは背筋が寒くなったわ。だけど、すぐにその悪寒を追い払った。貸しを作ったり、借りを返したりするのも、友情のうちだと思っていたから。

4

「ごめん、美栄子。お地蔵さま、預かったままでいられなくなっちゃったのよ」

香織がすまなそうな声で職場に電話をかけてきたのは、それからさらに四年後だったかしら。

指定されたレストランに行くと、香織は頰を上気させて言ったわね。

「わたし、結婚するかもしれないの」

磯野さんのことはそれより二か月ほど前に聞いていたから、なるほど、と思ったわ。心から祝福するつもりだったのよ。ただ……出会ってから、ちょっと早過ぎる気はしたけどね。

磯野さんは、香織より一つ年上の外資系の企業に勤めるサラリーマン。

「彼となら、友達夫婦になれそうな気がするんだ。向こうもそう思っているみたい」

香織は、弾んだ声で言ったよね。友達夫婦——それが、香織の理想の夫婦の形だったよね。家事や育児を分担するのは当たり前、そういう考え方の男としか結婚しない。でも、そういう考え方ができる男は少ないから、見つけ次第、唾《つば》をつけるに限る、とも。

だから、香織は、あんなに焦っていたのよね。「結婚」「結婚」って。

「磯野さん、ひょっこりわたしの部屋にやって来るかもしれない。美栄子のお地蔵さまが彼に見つかっちゃったら大変でしょう？　もちろん、クロゼットに隠しておくけど、それでも万全とは言えないし。それに、結婚となったら、一緒に住むわけだし。そしたら、お互い、新居に自分のものを運び込むでしょう？　夫婦になったら、隠し事なんかできなくなっちゃうわ。それに……」

「絵のことでしょう？」

それしかない、とわたしは思ったわ。香織の部屋には、学生時代の香織をモデルに描いた油絵が飾ってあったわね。十五号くらいの大きさだったかしら。当時、つき合っていた美大生に描いてもらった油絵だったよね。

「あの絵、新居に持って行けるわけないよね」

香織は、苦笑して言ったっけ。わたしもつられて、苦笑しちゃったわ。そう、持って行けるはずがなかった。だって、絵の中の香織は素っ裸だったものね。

「梱包《こんぽう》して実家に持って行って、黙って置いて来ちゃおうかとも思ったけど、『何の絵だ』なんて聞かれたら、見せないわけにはいかないでしょう？　隠しておいても、何かの拍子に見られてしまうかもしれないし。かと言って、捨てるまでの勇気はないの」

処分するにはしのびない、という香織の気持ちは、同じ女としてよくわかったわ。若さと美しさに輝いていた自分の時間を、永遠に絵の中に封じ込めておくことができるんですもの。あの絵を捨ててしまうことは、二度と得られない青春時代を捨てることに等しいわよね。そんなの、もったいなくて、わたしにだってできやしないわ。それに、あの絵に描かれた香織は、とってもきれいだったし。

「わたしのお地蔵さまと香織の絵。その二つをどこかに預けないとならないわけね」

「そうなのよ。どうしよう」

わたしたちは、顔を突き合わせて、どうすればいいかあれこれ思い巡らせたよね。

――コインロッカー？　だめだめ。額が大きくて、きちんと入るサイズのロッカーを見つけるのが大変だわ。トランクルーム？　それもだめだって。調べてみたけど、絵は美術品扱いになるからって、すごく保管料金が高いのよ。美栄子のお地蔵さまにしたって、あれは……何だろう、工芸品？　何に分類されるかはよくわからないけど、とにかく、やっぱり美術品扱いになって、高くつくわよ。それに、トランクルームを経営しているのは、民間の会社でしょう？　会社である以上、倒産する可能性はあるわけで、倒産したら預かっているものの保証なんてしてもらえなくなるんじゃないかしら。火事にでもなったら大変だしね。

コインロッカーもトランクルームもだめ、となって、頭を抱え込んでいたとき、幸運にも、タイミングよくわたしが一人暮らしをすることになったんだったよね。

幸運にもって言い方は、ちょっと不謹慎かもね。だって、わたしが一人暮らしをする羽目になったのは、実家のマンションを売らなくてはいけなくなったから。わたしの父が会社をリストラされたため、売らざるを得なくなったのよね。教員になっていた弟は、実家を出て埼玉県内で一人暮らしをすることになり、両親は、知人のつてで栃木県内のマンションで住み込みの管理人をすることになったわけ。

それでも、わたし自身は、ようやく一人暮らしができてすごく嬉しかったのよ。ああ、自由ってこれだ、って心から思えたわ。それで、早速、香織に預けてあったお地蔵さまを引き取って、ついでに香織の〈裸体画〉も預かったのよね。狭いアパートの部屋に十五号の油絵は、さすがにきつかったわよ。でもね、香織の若いころの裸を見るたびに、〈ああ、香織の大事な秘密を預かっているんだから、責任重大〉と気持ちを引き締められるの。泥棒に入られないように、と警戒するようにもなったわ。鍵《かぎ》も二つつけたりで、防犯意識が高まったわね。

わたしは、いつ、「結婚することにしたの」っていう香織からの報告があるか、本当に心待ちにしていたのよ。

5

次に香織がわたしのところへ持ち込んで来たのは、とんでもない秘密だったわね。

あの夜、いきなりやって来た香織の目は真っ赤だったわ。泣いたあとだ、とすぐにわかった。

お酒もだいぶ入っていたわね。

「美栄子、人を殺したいと思ったことある?」

そうわたしに聞いた香織の目は、据わっていたわ。面食らったわたしに、「ねえ、あるの? ないの?」とたたみかけてきた。

「あるわ」

だから、仕方なくわたしは答えたの。もう大体、勘づいていたわ。なぜ、香織がこれほど荒れているのか。磯野さんにフラれたんだ、と直感した。

「あるけど、もちろん、実行なんかしないわよ」

「わたしはね、殺したいほど憎いやつがいるのよ」

わたしを睨《にら》むようにして言い、香織は、案の定、磯野さんの名前を挙げたわ。

「あんなやつ、サイテーよ。二股《ふたまた》かけてたなんてひどい! ねえ、そう思わない?」

いまは何を言っても無駄だ。そう思って、ただうんうんとうなずいて聞いていたけど、香織の怒りは一向に鎮まらなかったね。気位が高くて負けず嫌いな香織は、磯野さんが自分とはまったく違うタイプの女を選んだことが許せなかったのよね。

「どうにかして、あいつを懲《こ》らしめてやりたい」

香織の怒りは、ますます募っていったわ。

「懲らしめるって?」

「痛い目に遭わせてやりたい」

「どうするつもり？」

「まだわからないけど……」

香織の握ったこぶしには、すごく力がこめられていたわね。それなのに、何日かして、「あいつを懲らしめるいい方法を思いついたのよ」と、香織は目を輝かせて切り出したじゃないの。

でも、時がたてば怒りはおさまる、と思っていたのよ。

「どんな方法？」と聞いたわたしに、香織は「詳細は秘密なの。いまは美栄子にも話せない」って言うじゃない。「美栄子はただ、わたしが指定した時間にわたしの部屋にいてくれればいいのよ。わたしのふりをしてね。そのあいだ、わたしは彼のところに行くから」って。

「ねえ、それって、彼を殺すってことなの？」

——香織がわたしに頼んでいるのは、アリバイ工作じゃないかしら。

そう気づいて聞き返したわたしに、香織は不機嫌そうに答えたわ。

「だから、秘密だって言ったでしょ？　あれこれ詮索《せんさく》しないで。友達なら、黙ってわたしの言うとおりにしてよ」

香織の目の奥に宿っていたのは、明らかに殺意だった。

——友達ならば、彼女を止めなくてはいけない。

わたしのほうは、そう思ったのよ。だけど、復讐《ふくしゅう》の念に取りつかれた香織は、何を言っても聞く耳を持たなかった。

――どうしよう。どうすれば、彼女の計画を阻止できるだろう。そうだ。彼女が殺したいほど憎んでいる相手、磯野さんをその時間、ほかの場所に呼び出してしまえばいい。

わたしは、そう考えたのよ。殺す対象がいなければ、あなたはどうしようもないでしょう？

それで、わたしは、いちおう香織の指示どおりにふるまって、あなたのマンションにいたわ。香織の服を着て、背格好を香織に似せて、その姿でピザの宅配をとって……。

でもね、その前に、外の公衆電話から磯野さんに電話をかけておいたの。

「世田谷西署《せたがやにし》ですが、こちらにあなたに暴行を受けたという女性が来ています。すぐにいらしてください」ってね。

どうしたら、彼を呼び出せるか。短い時間で必死に考えた末のセリフだったわ。警察と言えば、まじめな性格の彼は、わけがわからなくても驚いてすぐに家を飛び出すだろう、そんなふうに考えたのよ。いたずら電話だとわかって家に戻ったところで、香織と出くわす。「警察に行って来た」と知らされた香織は、自分の内心を読まれたと思ってドキッとする。そして、不意に悪夢から目覚める。あなたに取りついていた狂気が、あなたから離れていく。浅はかな作戦だと思われるかもしれないけど、あのときは本気でそうなればいい、と望んだのよ。そうなる気がしていたの。

磯野さんは家にいたわ。電話をかけると、彼はうわずった声で何か言い返したみたいだったけど、わたしは急いで切ってしまった。それからすぐに香織のマンションに戻って、あとはあなたに言われたとおりにしていたのよ。

だけど……。指定された時間が過ぎても、香織は戻っては来なかった。電話もかかってこない。わたしは、心配でたまらなくなったわ。

それで、磯野さんの家へ駆けつけたの。独身のくせに、彼は、一戸建てを借りて住んでいたのよね。それが、いまふうでおしゃれだとか言って。そこも、香織は魅力だと言っていたっけ。

もうあたりは暗くて、閑静な住宅街に意外に明かりが少なくて心細かったのを憶えているわ。木陰に人影が見えて、ドキッとした。それが、香織だった。

「どうして、ここに？」

香織は、わたしを見て驚いていたわね。

「香織こそ。磯野さんとは……」

自分が彼に電話をしたあと、どういう状況になったかわからなかったので、わたしは不安に包まれたの。

「会ってないわよ。だって、あいつ、来なかったんだもの」

「来なかった？」

「ホテルに呼び出したのよ。もう一度話し合おうと思って。でも、いくら待っても来ないから、すっぽかされたと思って来てみたところ。まだ彼とは会ってないわ。何だか様子がおかしいんだもの」

わたしは、香織が磯野さんとまだ会っていないと知って、すごくホッとしたわ。

「様子がおかしいって？」

「さっき、玄関から男が飛び出して来たのよ。ひどくあわてた様子でね」

「誰？」

「わからないわよ。顔なんか見えなかったもの」

「行ってみる？」

すると、香織はちょっと考えて、「やめるわ」と言ったのよね。「何だか胸騒ぎがするの。行かないほうがいい気がする」

胸騒ぎと言われて、わたしの胸の中でも、何か得体の知れないものがざわざわと動き始めた気がしたの。もともと、香織はとても勘が鋭かったわよね。本来の冷静さと頭のよさが、ようやくあなたに戻ってきたみたいだったわ。

わたしたちは、急いでそこを立ち去ろうとしたのよね。だけど、そのとき、わたしの足が何か柔らかいものを踏んだ。反射的に拾ったら、それはハンカチみたいだった。あわてていたわたしは、自分が落としたものだと勘違いして、ポケットに突っ込んだのよ。でも、香織の部屋に着いて改めてよく見たら、それは男物の紺色のハンカチだった。あのとき、どこかに捨ててしまえばよかったんだけど……。

翌日、香織から会社に電話をもらったわたしは、声を失ったわ。

「美栄子、大変！　磯野さんが殺されたのよ」

何が何だかわからなかった。磯野さんは、自宅で刃物でお腹を刺されて死んでいたのよね。凶器の刃物は見当たらないという。

わたしたちは、震え上がったわ。殺されたという時間は正確にはわからないけど、あの夜、わたしたちが彼の家まで行ったのは事実。それを知られたら、わたしたちが疑われてしまう。

「警察に行ったほうがいいかしら。見たままを言ったほうが」

そう提案したわたしを、香織は叱《しか》りつけたわね。

「だめよ。そんなことしたら、わたしが疑われるわ。殺すだけの充分な動機があるってね」

香織はずいぶん冷静だったよね。あんなに好きだったくせに、磯野さんが死んだのを悲しむわけでもなく、ひたすら自分を守ることを考えていたわ。

でも、香織は強運の持ち主だったわ。少なくとも、あのときまでは。わたしが香織のふりをしてアリバイ工作をしたのが功を奏して、香織は疑われずに済んだ。もちろん、わたしのほうは直接、磯野さんと関係はない。

わたしたちは、〈事件の夜、現場に行ったことを黙っている〉という後ろめたさは抱えていたものの、警察とかかわり合いになるのを恐れて息を潜めていたわよね。香織が目撃した男のことを聞かれるのも怖かったたし。あの夜、拾ったハンカチのことなど、わたしはほとんど忘れていたの。本当よ。当日、着ていた服も、事件の夜を思い出すのが嫌で着ないままになっていたわ。だから、服のポケットに入っていたハンカチを見つけたとき、一瞬、何だかわからなかったの。でも、思い出してハッと胸をつかれたわ。

――もしかして、これって、あのときの男が落としたハンカチ？

磯野さんの家から飛び出して来たという。彼が犯人？

怖くなって香織に見せたら、香織は怒鳴ったわね。「どうして、そんなハンカチ、拾って来るのよ！」って。

「犯人が落としたものじゃないかしら」

「だったら、余計、厄介じゃないの」

「警察に届けたほうがよくない？　匿名《とくめい》で送るとか」

ハンカチが犯人の遺留品だとしたら、犯人の何らかの痕跡――指紋だとか血液だとか汗だとかが残っているかもしれない、と考えたのよ。

「そんなこと、できるわけないでしょう？　美栄子の指紋や汗だってついているかもしれないのよ。美栄子がわたしのためを思って彼のところへ話をつけに行き、言い争いになって刺し殺した。そういう推理だってできるのよ」

香織に言われて、わたしはドキッとしたわ。そのとおりかもしれない。女の友情から起きた衝動的な殺人、そう思われてしまうかもしれない、と。

「あなたが拾ったんだから、あなたが処分しなさいよね。いいわね?」

もしかしたら、犯人逮捕につながる大事な手掛かりになるかもしれないハンカチ。どこにどうやって捨てていいのか、わたしにはわからなかった。できれば香織に決めてほしかったのよ。駅のゴミ箱とかに何度か捨てようとしたけど、そのたびに、誰か見ているような気がして、できなかったの。やっぱり、家庭のゴミとして出そう。

そこで、燃えるゴミの日、朝早く、アパートのゴミ収集場に出したわ。いくつもポリ袋が積まれていた。ハンカチ一枚なんて、捨てるのは簡単だったんだ。そう思ったら、頬がゆるんできたわ。わたしは安堵《あんど》の息をついて、部屋へ戻ろうとした。そしたら、後ろでごそごそ音がしたの。振り返ったら、なんとアパートの管理人がわたしが出したばかりのゴミ袋を開けようとしているじゃないの。

「な、何をするんですか?」

「おたくのゴミ袋にこのあいだ、びんの蓋《ふた》が紛《まぎ》れ込んでいたのよ。きちんと分別してくれないと困るじゃないの。いちおう調べることにしたの。ほかのもこれから」

「自分でやります」

わたしは、あわてて出したばかりのゴミ袋を持って、部屋に引き返したわ。そして、あのハンカチを取り出した。そのとき、思ったの。

――あれは、いま捨てたらよくないことが起きる。そういう暗示だったんじゃないか。

でも、わたしの考えを香織に言ったら、あなたは一笑に付したわね。

「バカみたい。そんなことあるわけないじゃない」

「じゃあ、香織、あなたが捨ててよ」

一瞬、香織はひるんだ顔をしたけど、「いいわよ。わたしが捨ててやるわよ」と引き受けてくれたわね。

だけど……。一週間たっても、香織はあのハンカチを捨てられなかった。

「やっぱり、美栄子、あなたが捨ててよ。部屋のゴミ箱に捨てた直後、包丁で指を切っちゃったの。不吉でしょう？　ハンカチを捨てたせいのような気がして、また拾っちゃったわ」

「偶然じゃないの？」

「偶然じゃないかもしれないわ」

「じゃあ、やっぱり……たたられたのよ。捨てるとよくないことが起きる、って証拠よ」

「燃やしてもだめかしら」

「香織、やってみたら？」

「何だか嫌だな。家が火事になってたりして」

「捨て方ってのが、あるのかもしれない」

わたしは、何となくそんな気がしたの。でも、それがどんな方法かはわからなかった。

「じゃあ、捨て方がわかるまで、美栄子が持っていてよ」

香織は、ハンカチをわたしに押しつけたわね。わたしはつっ返した。それをきっかけに、わたしたちは言い合いになった。

「拾った美栄子が悪いんじゃないの」

「もとはと言えば、計画というのをはっきり教えてくれなかった香織がいけないのよ。わたし、香織が磯野さんを殺すかもしれないと思って……」

「勝手にそんなふうに思い込んだ美栄子がばかなのよ」

虚《むな》しい言い合いの末、二人の視線はふたたびハンカチに戻ったんだったよね。これをどう処分するか。

6

そして、出した結論がこうだったわ。自分たちがたたられないような捨て方が見つかるまでは、とりあえず、一か月交代でハンカチを保管しよう、と。

最初の一か月はわたし。次は香織。その次はまたわたし、というふうに……。

そうやって一年が過ぎたわ。

磯野さんを殺した犯人はまだ捕まらず、犯人の遺留品の可能性が高いハンカチの〈上手な捨て方〉もまだ見つからない。

二年目に突入……というときに、香織、あなたが急死したわ。

職場で突然、あなたは倒れた。最初はみんな、あなたが眠っているかと思ったんですってね。パソコンの前につっ伏して、大きないびきをかいていたという。

脳の血管がある瞬間、ぷっつり切れた。病院に運ばれたけど、そのまま意識が戻らず、死に至った。

そういう死に方だと聞いて、何だか納得してしまったの。職場の人たちは、残業が続いていたせいで過労じゃないか、と言っていたけど、あなたがどうして前以上に仕事にのめりこんでいたかもわたしは知っていたし。事件のことを忘れたかった。いわくつきのもの、を持っている恐怖から逃れたかった。そうでしょう？ あなたが怯《おび》えているのがわかっていたから、リラックスさせてあげようと思って、あちこち誘い出したのよ。遊園地みたいな子供っぽいところへも。

一つラッキーだったのは、香織が倒れたとき、ハンカチはわたしが持っていたことだったわ。あなたが死んで、警察があなたの部屋に入り、すぐにハンカチを見つけるとは思えなかったけど、家族が男物のハンカチが置いてあるのを不審に思うかもしれないでしょう？

ああ、一つだけじゃないわね。わたしのお地蔵さまや、香織の〈裸体画〉がわたしの部屋にあったのもラッキーだったわ。

香織、あなたが死んでからも、あなたの秘密はちゃんと守られているのよ。学生時代、つき合っていた男に裸をさらして、稚拙《ちせつ》な絵を描いてもらっただなんて、恥ずかしくて家族には知られたくないでしょう？

　問題なのは、このハンカチ。どう処分すれば、いちばんいいのか。それとも、捨てずに一生、わたしが持っていなくてはいけないのか。

　でもね、香織。いま、たったいま、このハンカチのいちばんいい捨て方が見つかったのよ。

　香織、さようなら。これから、最後のお別れに行くわね。あなたの死に顔を見に。

7

　バッグから男物の紺色のハンカチを出すと、美栄子はそっと膝の上で、自分の弔事用の黒いハンカチと持ち替えた。紺色のハンカチをてのひらの中に握り締める。

　葬儀社の担当者に促され、生前、故人と親しかった者たちが最後の対面のために祭壇の前に置かれた棺《ひつぎ》に向かう。

　祭壇に飾られていた白いゆりや白いカーネーションなどの生花が、棺の横の長テーブルに並べられている。

　美栄子は、その中の一本、白ゆりをハンカチを持っていないほうの手で取り上げた。

　棺の中に眠る故人を生花で飾る、「別れ花」の儀式である。

　香織は、本当に眠るような顔で棺に横たわっていた。

不安から解放された穏やかな表情だ。

「香織、さようなら」

美栄子のまぶたを熱いものが押し上げた。香織との出会いからこれまでの思い出が、走馬灯のように脳裏をよぎったのである。

――これは、本物の涙よ。だって、あなたは親友だったもの。いろいろあったけど、やっぱり、親友だったわ。

溢《あふ》れる涙をハンカチで拭う。ハンカチを握った手を茎の部分に添えて、美栄子は香織の顔のすぐそばにゆりの花を置いた。

祈る形に胸の前に戻した手には、花も何も握られていなかった。

――これがいちばんいい捨て方、いいえ、供養の仕方だったのよ。

美栄子は、棺の香織に内心で語りかけた。堕胎《だたい》した子供の供養をしたように、拾ったハンカチもちゃんと供養しなくちゃいけなかったのよ。

棺に入れて香織の遺体と一緒に焼いてしまう。天国まで香織に持って行ってもらう。それが最良の供養の仕方だと美栄子が思いついたのは、ついさっきのことだった。

「別れ花」の儀式が終わり、葬儀社の担当者が棺の蓋を閉じるために向かう。

「さようなら」

もう一度、美栄子は小さくつぶやき、香織に別れを告げた。

「あの、どなたか」

担当者の男性の乾いた声が場内に響いた。「ハンカチを落とされたのでは？」

美栄子は、身体を硬くした。

担当者が紺色のハンカチを控えめに掲げ、参列者を見渡している。

紛れもなくあのハンカチだ。

――余計なことを……。

美栄子は、走って行って、担当者の首を絞めてやりたくなった。あのまま、燃えてしまえばよかったのに。

――でも、大丈夫。名乗り出る必要なんてないわ。

美栄子は自分の胸に言い聞かせた。男物のハンカチなのだから、美栄子が名乗り出るのもおかしい。このまま持ち主が見つからなくて、ハンカチは葬儀社が引き取ることになり、そのうちどこかに紛れてしまうだろう。葬儀社は、亡くなった人を供養するところでもある。ハンカチの引き取り手として、いちばんふさわしいのではないか。

誰も名乗り出る気配はない。担当者があきらめて、ハンカチを自分のポケットにしまおうとしたとき、

「私のです」

美栄子の正面に並んでいた参列者の中から、男の声が上がった。

——そんな……。

美栄子は、声の主のほうを見た。喪服の中年男性が進み出て、担当者から紺色のハンカチを受け取り、軽く頭を下げた。

見憶えのない男だった。香織の会社の人間か、遺族の関係者か……。

男が列に戻る。ふっと顔を上げた。男と視線が合ったような気がし、思わず美栄子は視線をそらした。

8

出棺を見届けるなり、美栄子はその場を立ち去った。少しでも早く、斎場から離れたかった。さっきの男の視線が、つねにどこからか自分をとらえている気がしたのだ。

「お帰りですか?」

だが、十メートルも歩かないうちに、背後から男の声に呼び止められた。

美栄子は、総毛立った。さっきの男だ。

「駅までですか? ご一緒しましょう」

男は、葬儀のあとに似つかわしくないほどにこやかに話しかけてきた。

「え、ええ」

上《うわ》の空で答えて、美栄子は歩調を速めた。

男の腕が動く気配がする。顔を振り向けると、彼は紺色のあのハンカチで額に吹き出た汗を拭《ふ》いている。

「……ああ、これ」

美栄子の視線に気づいて、男はそわそわした素振りで言った。「私のです、なんて答えてしまったけど、どうやら勘違いだったようです。男のハンカチなんて、どれも似ているもので。でも、どうせもらったんですから、使ってもいいですよね」

その口調は、どこか卑屈だ。言い訳がましくもある。

「失礼ですが、香織とは……」

「中川さんには仕事でお世話になりましてね。会社は違いますけど」

「そうですか」

男の正体を深く探りたい気持ちと、深入りしては危険だ、と自制する気持ちが美栄子の中で混ざり合っている。

「わたし、急いでいますので、やっぱりタクシーにします」

美栄子は、男を振りきるようにして通りに駆け出した。手を挙げてタクシーを止め、乗り込む。走り出したタクシーの中から振り向くと、男は立ったままこちらを見ていた。その鋭い視線に、美栄子は戦慄《せんりつ》を覚えた。

——あの男は、何の目的でわたしに話しかけてきたのか。勘違いと言ったのはうそで、正真正銘、彼のハンカチだったのではないか。すなわち、彼があの夜、磯野さんの家から飛び出して来た男？　頭の中に、つねに事件の夜に紛失したハンカチのことがあったせいで、ついうっかり、「わたしのです」と口をついて出てしまったのでは……。あるいは、わたしが柗に入れたのを見ていて、わたしの正体を確かめるために、わざとあのとき名乗り出たのでは……。

——いや、もしかしたら、あの夜、わたしたちのほうが彼に目撃されていたのではなかったのか。いままでひそかに様子を探っていた彼は、こんな形でわたしに接触して来た？

磯野を殺した人間が、香織ともつながりのあった人間だった、という可能性も考えられるのである。

香織は死んだ。だが、別の種類の大きな秘密がふたたび自分を襲ってきそうな予感に、美栄子は恐れ戦《おのの》いていた。

神の影

五條　瑛

五條《ごじょう》　瑛《あきら》

大学在学中に安全保障問題を専攻。卒業後、防衛庁に勤務。情報・調査専門職に就き、主に極東の軍事情報・国内情報収集を担当。退職後フリーライターを経て、99年『プラチナ・ビーズ』で作家デビュー。同年に発表した続編『スリー・アゲーツ　三つの瑪瑙』で第3回大藪春彦賞受賞。ほかに『冬に来た依頼人』『断鎖』など。

1

「どうやら、ストーカーに狙《ねら》われてるみたいなんだよ」

昼食を食べながらアキムがそう言ったとき、金満《かねみつ》と安二《やすじ》はいっせいに吹き出した。金満の口からはみそ汁、安二の口からは米粒が飛び、向かい合って座っていたお互いにかかる。二人は思わず顔を見合わせた。

「汚ねぇぞ、ジジイ」

安二が叫ぶ。

「お前こそ汚いだろうが」

金満は手で口許《くちもと》を拭《ぬぐ》いながら、安二を睨《にら》んだ。

「何だと!? これ見てみろ。あんたが飛ばしたみそ汁が、俺の作業服にかかってるじゃねぇか」

髪を金色に脱色し、左耳には銀色のリングピアス、明るいグレーの作業服に鮮やかな青色の腹巻き、頭に赤いタオルを巻いた安二は口を尖《とが》らせた。対照的に、金満は濃いグレーの地味な作業服を着て、首からタオルをかけている。いたって平凡な外見の、やや筋肉質の中年男といったところだ。

「お前の作業服なんて、これ以上汚れようがないだろうが!」

「言ったな!」

「二人ともうるさいよ」

アキムは冷ややかに言い、自分の弁当を食べ続ける。

パキスタンから、ちょっとばかり変わったルートを経て日本に出稼ぎに来たアキムは、一応イスラム教徒だ。とは言っても、決して敬虔《けいけん》とは言えない。日本での暮らしが長いせいか、郷に入《い》っては郷に従えとばかりに週末は友人たちと酒を飲み、女とも遊ぶ。もちろん本人は否定しているが、現場ではみんな知っていた。それでも食生活の習慣だけは変えられないようで、食材のはっきりしないものを食べたくないという理由で、日本のスーパーやコンビニエンスストアに並んでいる弁当には手を出さなかった。それに、売っている弁当は高い。だからアキムは、いつもせっせと手作り弁当を持参して工事現場に通っていた。

「だいたい、てめぇが急におかしなことを言うから調子が狂うんだろうが」

「まったくだ。疲れてるときにわけのわからんこと言うな」

突如、安二と金満は怒りの矛先《ほこさき》をアキムに向けてきた。日頃は喧嘩《けんか》ばかりしているくせに、こういうときだけ息がぴったりなのが不思議だ。一人だけペースの異なるアキムはいつも損な役回りだが、それもすっかり慣れた。何だかんだと言ったところで、二人は日本人で、アキムは外国人だ。違いがあって当たり前なのだろう。

「わけ、わからなくないよ」

流暢《りゅうちょう》な日本語でアキムは抗議する。日本での暮らしも十年近くなれば、日常の会話くらい不自由はない。百ヵ所以上の工事現場を転々としてきたのだから、それも当然だろう。

ここ数年、三人は組んで工事現場を移動していた。その方が効率がいいし、何かと便利もいいからだ。働き盛りの健康な男三人、しかもそれぞれが現場の仕事を熟知していることもあって、セットならば簡単に仕事が見つけられた。

元サラリーマン。何があったか知らないが数々の職を経て、いまは現場作業員に落ち着いている金満。頭もいいし教養もあるし人望もある。ないのは運と金だけ。まだ二十代前半なのに臑《すね》の傷の多さと借金だけは金満以上らしい安二。そして、外国からの出稼ぎ労働者アキム。三人には、「金がない」以外の共通点は一つもない。だが、その唯一の共通点が三人を結んでいるとも言えた。

「本当に、ストーカーだよ」

アキムは弁当を置き、力説した。

「あのな、ストーカーってのは綺麗《きれい》な女とか、有名人とか、少なくともてめぇよりも金を持ってる人間に付くんだよ」

「安二、そりゃ言い過ぎだ」

「そうか？」

「金がなくても、若い娘ならストーカーが付くこともあるだろう」

「いずれにせよ、こいつとはまったく関係ないじゃねぇか。こいつは、パキスタンくんだりからパスポートも持たずに日本に来て、せっせと地下銀行から仕送りしてる貧乏人で、しかも、超汚いオヤジだぜ」

「安二の日本語、オレ、よく分からないね」

アキムは、とぼけた顔でそう返した。

「いつもいつも、都合が悪くなると『日本語わかりませ〜ん』だ。お前は気楽でいいよな」

安二の悪態は止まりそうにない。

できるだけ日本語が理解できない振りをする、日本人の信用できる友人を持つというのは、アキムのような人間にとっては生活の知恵だった。周りは決していい人間ばかりではない。密入国者が警察に駆け込めないのをいいことに、わずかな日当をピンハネする奴、犯罪に誘う奴も多い。どんなにボロクソに言われようが、周囲から一目置かれるくらい存在感のある金満と、見るからにワルそうな強面《こわもて》の安二と一緒にいる方が、あらゆる面で安全なのだ。それに、アキムは二人が嫌いではない。

金満は箸《はし》を置き、やかんのお茶を三つのプラスティックのコップに入れる。昼休みなので、三《み》ノ輪《のわ》の新築マンションの工事現場は静かだった。

「それで、お前をストーカーしようって暇人は、どんな野郎なんだ?」

「誰が、オレだって言った?」

アキムはきょとんとして、金満を見た。「オレじゃないよ」

「それを早く言いやがれ。てめぇはいつもトロいんだよ」

またも安二が毒づく。酒と女とギャンブルが好きで、口が悪くて気が短い。この性格のおかげで、毎週どこかで喧嘩沙汰《けんかざた》を起こしている。あいつは長生きしないぞ、というのが金満の口癖だった。

「いちいち絡《から》むな、安二。アキムの話が進まないだろうが。それで、誰がストーカーされてるんだ?」

「ハッサンだよ。俺たちが日本に運んだ」

「でかい声で言うな」

金満の表情が一転し、厳しい声で釘《くぎ》を刺した。「――誰が聞いてるかもしれないだろう」

「ごめん」

アキムは素直に謝った。安二はじろりとアキムを睨んでから、黙々と食事に戻る。場の雰囲気は一変し、そのあと、誰も何も言わなくなった。

昼休みは、午後の一時までだ。時間がくると、また作業に戻らねばならない。三人は黙って立ち上がり、現場に戻った。午後からまた、退屈で疲れる作業の繰り返しだ。

あのときの仕事については、三人だけの秘密だ。そこそこ金にはなったものの、金満はもう二度とやらないと断言していたし、日頃『金、金』とうるさい安二も、檻《おり》の中の窮屈さを知っているだけに、慎重だった。

クレーンの大きなシャベルから、掘り起こされた土砂が流れ出る。金満はこぼれた土砂をシャベルですくいながら、アキムの近くに来て、小声で訊《き》いた。

「ハッサンに何かあったのか？」

「だから、ストーカーなんだよ」

作業の手は休めずに、アキムも答えた。

「さっきの安二の話じゃないが、あいつに目を付けるストーカーなんているのかよ？　お前とどっこいどっこいの生活を送っているような男だろう」

「信じないなら、もういいよ」

アキムは投げ遣《や》りに言い、トラックから降ろしていた籠《かご》に土砂を入れた。毎日毎日、こうやって都会の真ん中に穴を掘り、土砂を運ぶトラックに積んでいる。土台工事が終わり、建物の骨格が見えてきたら三人の仕事は終わりだ。鳶《とび》や内装工といった技術は持っていないので、ほとんどの場合はビルの完成を待たずして、次の現場に移る。

「仕事が終わったら、ちょっと顔かせよ」

金満はそう言って、アキムから離れて行った。

アキムは、金満のことも安二のこともほとんど知らない。二人もアキムのことは知らないから、お互いさまだ。ただ、金満がかなりの借金を背負っていること、自分の親でもない老婆を老人ホームに入所させて世話をしていることくらいは知っている。金満は、昔世話になった人だと説明した。自分にとっては、親みたいなものだと。

数年前、それぞれの事情から金に困った三人は、ある〝ヤマ〟を踏んだ。金満のアイデアで、密入国斡旋《あっせん》に手を出したのだ。計画は見事に成功、三人はそこそこまとまった金を手にすることで、とりあえずの急場はしのげた。

ハッサンは、そのとき三人が運んできた密航者の一人だ。アキムと同じ村の出身で、国には妻と子がいる。

「ハッサンは、いま何をやってるんだ?」

金満は生臭さが残る羊の肉を、アキムの方に押しやった。二人がいるのは西日暮里《にしにっぽり》にあるイスラム料理の屋台だ。料理を作っているのはイラン人なので、アキムは食材については安心していた。この辺でイスラム教徒向けの料理を出す屋台はここ一軒ということもあり、いつ来ても客は多い。懐かしい味に会えるのでアキムは大満足だが、金満はあまり口に合わないようだ。

「夜、酒を出す店で働いてる。ずいぶん時給がいいらしい。でも、ハッサンは酒は一滴も飲まないよ」

「以前は、どこかの温泉で下働きしてたんじゃなかったのか？」

「そうだよ。グンマとかいうところ。でも、仕事中にお祈りをするなって言われて辞めたんだ。食事に豚肉が出るとも言っていた。やっぱり東京の方が給料がいいからって、春にこっちに戻って来た」

「どこの店だ？」

「渋谷《しぶや》。変な音楽がかかってる、変わった店だ。従業員、身長が低いとダメなんだ。背が高い奴しか雇わない。ハッサンは背が高いだろ？」

「お前の説明だとよく分からないが、まあ、そういう店もあるんだろうな。仕事はともかく、入管には睨まれずにやってるわけだな？」

「ああ。よく気を付けるように、言ってあるからね。もし収監されても、オレたちのことは絶対に言わないよ。それがルール。みんな分かってる」

「そう願いたいな。それで、ハッサンは東京に来てからストーカーに？」

「そう。最初は、何だか誰かに見られているとか言ってたんだ。みんな相手にしなかった。でも、ハッサンは絶対にそうだって言い張るんだ。自分は見張られてるって」

「気のせいじゃないのか」

アキムは頑固に首を振った。

「オレらは、いつも周りに注意してるよ。いつ、誰に、入管に密告されるか分からないから。ハッサンもそう。特にあいつは、利口で勘がいい。金満さんも知ってるだろう」

ヨーグルトのジュースを飲みながら、金満は頷《うなず》いた。

「そうだな。お前の知り合いの中じゃ、まともな方だ」

「オレの次にまともだよ」

「そういうことにしておいてやる。いまのところ、ストーカーの気配だけなのか？」

「気配だけじゃない。ハッサンが仕事から戻ってきたとき、部屋のようすが違っていたらしいよ。でも、盗まれたものはなかった」

「あいつ、一人暮らしなのか？」

「まさか。ムハメドとシンと一緒だよ。うちと似たようなものさ」

「だったら、部屋のようすが違うもなにもないだろう。誰かがハッサンの留守中に部屋をいじっただけだ」

「違う」

アキムは珍しく、毅然《きぜん》とした声で言い切った。

「どうして違うんだ？」

「ハッサンもムハメドもシンも、コーランを机の上に置いたままにはしない。絶対にしない」

アキムは声を落とし、顔を金満に近づけて囁《ささや》いた。

「コーラン?」

「そうだよ。ハッサンが部屋に帰ったら、いつもきちんと片づけてあるコーランが、他のいろいろな物と一緒に机の上に置いてあったんだ。それを見てから、ハッサンはひどく怯《おび》えているよ。まるで、悪魔の仕業《しわざ》だって言ってね。本気で怖がっているんだ」

2

日本にやってくる密入国者というと中国人ばかりが目立ちがちだが、実はイスラム圏からもかなり多い。イラン、サウジアラビア、パキスタン、バングラデシュ。彼らは中国人とはまったく違うルートで日本に入国し、独自のコミュニティを形成している。

国や言葉は違えども、彼らにはイスラム教という絶対的な絆《きずな》がある。国にいるときはさほど意識しないその絆が、日本では強烈に発揮されるようで、東京から埼玉や群馬に続く国道沿いには、密《ひそ》かに〝イスラム通り〟と呼ばれるゾーンが何ヵ所もある。

HLASマークが付いたイスラム教徒用の食材を扱う店、日用雑貨店、貴重な情報交換の場であるカフェ、そして〝寺院〟が並ぶ。寺院はみな、安アパートの一室に小さな祭壇を作っただけのものだが、彼らは香を焚《た》き、花を捧げ、コーランを置き、定期的に集ってメッカの方角に向けて祈りを捧げている。ある意味、イスラム教徒の密入国者のコミュニティは、中国人のそれ以上に厳格で堅固であると言ってよい。

ハッサンも、そういったコミュニティに所属している一人だ。毎日夕方の五時から朝の五時近くまで渋谷の『アッティラ』という店でウエイターをし、さらに週に一回は昼間、大型酒店のチェーン店で配達の手伝いをしている。

1LDKの古いアパートに仲間二人と同居。決して騒ぎは起こさず、近所にも迷惑をかけず、人目につくことを避けてひっそりと暮らし、稼いだ金をせっせと国の家族に仕送りしているのだろう。そんな多忙な中でも、寺院へのお参りとお祈りは欠かさないという敬虔なイスラム教徒だ。

古い絨毯《じゅうたん》の上に座り、ハッサンは熱心に祈りを捧げていた。彼がいる寺院は、四畳半の畳の上に敷物を敷き、小さな祭壇を飾っただけのものだ。すでに日本で十五年以上暮らしているイラン人の女性が部屋を借り、彼らに提供しているそうだ。狭い部屋だが、八人のイスラム教徒が祈りに来ていた。

「何だって、俺たちがアキムのお友だちの世話までしなきゃなんねぇんだ」

休みの日に朝早くから叩《たた》き起こされた安二は不機嫌だ。しかも、十一月中旬だというのに吐く息が白くなるくらい今朝は寒い。

「つべこべ言うな。たまには休みの日に馬以外のものを見に出かけたらどうだ。ハッサンが入管に挙げられれば、俺たちだって無事じゃすまないかもしれないんだ」

「安二、人助け、大切なことだよ。神さまは見てるから」

「面倒を持ち込んでおいて、てめぇが威張るんじゃねえよ」

金満と安二は寺院には入らず、キッチンに立って中のようすを見ていた。アキム一人が一歩を踏み出した寺院の中だ。手を伸ばせば届く場所にいながら、アキムにはとても距離があるように感じられた。香油の匂いがたちこめコーランが流れる部屋に簡単に入れるアキムと、決して入ろうとしない二人。それが生まれ育った環境の違いというものなのかもしれない。

「ハッサンはともかく、お前が真面目《まじめ》にお祈りしているところなんて、見たことないな」

「昔はしてたよ。でも、お祈りしてたら、日本では仕事をクビになるからね」

「信仰より銭ってわけか。立派だぜ」

「止《や》めろ、安二」

金満が安二の嫌味を制した。「――人それぞれだろう」

安二は膨れっ面でそっぽを向いたが、アキムは気にならなかった。安二は口は悪いが、悪意はない。

「あのね安二、日本には日本のやり方があって、それは外国人にとってとても分かりにくいんだ。オレは日本に馴染《なじ》んだけど、ハッサンは違う。ちゃんと祖国の習慣を守って暮らそうとしているんだ。できることなら、その方がいいとオレも思うよ。ここに来たのは、お金のためだけだ。国には仕事がないからね」

ハッサンは、見るからにアキムとは違う。浅黒い肌に黒い髪。豊かに蓄えた髭《ひげ》。白いシャツとグレーのズボン。アキムも昔は豊かな髭を伸ばしていたが、日本に来て二年目に落とした。汗と泥で汚れる工事現場では邪魔になるだけだったし、常に入管の目を気にしてびくびくしていたころだったので、目立つ格好は避けたかったのだ。寺院にも最初のころは通っていたが、そのうちしだいに足が遠のくようになり、代わりにイスラム教徒以外の知り合いが増えた。時間とともに少しずつ、意識せずともこの国に馴染んでいったアキムには、ハッサンの姿は昔の自分を見るようだった。

「お祈りが終わったら、ハッサンを呼んでくる。金満さん、話を聞いてあげて」

アキムはそう言い、寺院の奥に向かった。

金満は、ハッサンのことをよく憶えていた。あのヤマを踏んだとき、無事に日本に入国できて、一番はしゃいでいたのはハッサンだったからだ。同郷のアキムとの再会を小躍りして喜び、手を取って大騒ぎをした。何度静かにしろと言われても懲《こ》りることなく、金満の肩を叩いて、まくし立てた。

――ありがとう、ありがとう。あんたはオレの、いや、オレたち一家の恩人だよ。オレが日本で働けば、家族みんなが食っていける。日本は黄金の国。金が溢《あふ》れてる国。あんたは、なんていい奴なんだ。オレはあんたの恩は忘れないよ。あんたには、必ずアラーの御加護があるよ。

むろん金満は意味が分からず、ただうんざりした表情でアキムに、「嬉《うれ》しいのは分かったから、こいつを黙らせてくれ」と懇願したほどだ。それから数年。ハッサンも片言の日本語を喋《しゃべ》るようになり、日本の生活にもすっかり慣れたように見える。

「カネミツさん、ヤスさん、久しぶり」

ハッサンはそう言って、笑った。

「久しぶりだな。仕事の調子はどうだ？」

「ボチボチね。いつも、そう言えって言われてる」

「日本語がうまくなったな」

「モウカッテマッカ、ボチボチデンナ。他にも知ってるよ」

金満は苦笑いをし、それから濃いコーヒーが入ったカップを持ち上げた。寺院の前にあるイスラムふうカフェで、四人はお茶を飲んでいた。安二は、ここのお茶は口に合わないと言って、自動販売機で買った缶コーヒーを飲んでいる。

「お前、ストーカーに狙われてるんだって？」

「そうなんです」

ハッサンは真剣な顔で、安二を見た。

「気のせいじゃねぇのか」

「気のせいなんかじゃありません。誰かが、オレの留守中に部屋に入ってるんです。オレが帰ってきたとき、コーランが机の上に置きっぱなしにされて、ページがめくれていた。まるで、いなかったオレを責めているように。とても、ショックだったよ。オレたち三人以外の誰かが部屋に入った証拠です」

「コーランが動いていたってことは、そうなんだろうな」

金満は静かな声で言った。「三人とも熱心なイスラム教徒ということだから、コーランを机の上に出しっ放しにするような真似《まね》はしないはずだ」

「たまたま入った空き巣が、盗むものが何もないのに腹を立ててやったんじゃないのか？　以前、拘置所で空き巣のじいさんからそういう話を聞いたことがあるぜ」

「もうちょっとマシな場所で話をしろ」

金満は呆《あき》れたように安二を横目で睨んだ。

「でも、他の場所は荒らされていませんでした」

「一回だけか？」

ハッサンは首を左右に振った。

「三回です。全部、オレが見つけた。大事なコーランをあんなふうに扱うなんて、恐ろしい……きっと罰が下るよ」

「三回とも、コーランが机の上に置かれていたんだな？」

「はい」

「他には？」

「いつも誰かに見張られているような気がするんです。妙な感じです。神以外の誰かがオレを見ているような」

ハッサンは不安そうに下を向いた。浅黒い艶《つや》のある皮膚と彫りの深い顔立ち。アキムが言ったように背が高い。百八十センチ以上あるだろう。典型的なイスラムの男という雰囲気だ。

「分かった。もしも変な連中だと困るから、充分注意してくれ。俺たちもできる限り調べてみよう」

金満の言葉に、ハッサンは嬉しそうに頷いた。

「お願いします。カネミツさん、いい人。オレを日本に連れて来てくれた。とってもいい人。オレ、ここが好きです。来られて良かった。感謝してます」

「入管じゃないとしたら、蛇頭《じゃとう》の連中じゃないかな。俺たちにシマを荒らされたことに腹をたてて、それでハッサンを探っているとか」

安二が金満に寄り添い、声を落として言った。浅草《あさくさ》のＷＩＮＳ近くにある商店街の一杯飲み屋には、競馬新聞を持った男たちが、昼間から酒を飲みながらたむろしている。今日は肌寒いので、身体《からだ》を温めるのにちょうどいいのだろう。二人とも焼 酎《しょうちゅう》のお湯割りを飲んでいた。

「いまさらか？　もうとっくに忘れているだろう。あのときは、俺たちだけじゃなくて連中も密入国斡旋でずいぶん儲《もう》けたって話だ。しかも、俺たちとは桁《けた》が違う。いまごろあれこれ言い出すとは思えないな」

「イスラム通りでは、昨年からイスラム教徒への厭《いや》がらせが増えたっていうじゃないか。地元の人間は、あの通りのことを良く思っていない。それじゃないのかな」

「それなら他の連中にも同じようなことがあるはずだ。だが、そんな話は聞かないし、なぜか机の上のコーランを発見するのは、いつもハッサンだ」

「なら、ハッサンがどこかで誰かの恨みを買ったんだろ」

「お前、アキムが誰かの恨みを買ってると思うか？」

ふいに、金満が訊いた。安二はしばらく考えてから、面白くなさそうにそっぽを向いた。

「ねぇよ」

「そうだろう。アキムは、ああ見えてものすごく慎重に行動している。できるだけ日本語は分からない振りをして、俺たち以外の人間の前では、他人の会話に割り込むような真似もせず、相手をじっくり観察した上で距離を詰めていってるんだ。密入国者の多くは、アキムみたいに生きているんだろう。あいつらは、何より人目に付くことを恐れている。ハッサンも同じだ。徒《いたずら》に他人の恨みを買うようなことはしないだろう」

「でも、逆恨みってこともあるぜ。ストーカーなんてやる奴に、まともな理屈が通用するかよ」

「それも一理だな」

金満は頷き、ポケットに手を入れた。出したときには、一万円札が一枚握られていた。「安二、明日から二日ほど現場を休んで、俺がこれから言うことを調べてきてくれ。会社には、俺から適当に説明しとくから」

安二は厭《いや》な顔をしたが、渋々一万円札を取った。

「アキムの野郎、いつも面倒ばっか、持ち込みやがって……」

「いまさら文句を言うな。俺たちは、あのヤマを踏んだときから一蓮托生《いちれんたくしょう》なんだ。それを忘れるなよ」

金満はそれだけ言うと、先に木のベンチから立ち上がった。

3

翌日の仕事は安二がいない分、二人にとってはきつかった。金満とアキムは三人分働き、へとへとになりながら、その足で千駄木《せんだぎ》にあるハッサンのアパートに向かった。ハッサンは仕事でいなかったが、シンとムハメドがいた。

まだ十代らしいシンは土木工事の作業現場で、兄のムハメドは民間の清掃委託会社で働いているということだった。二人ともハッサンほど日本語が堪能《たんのう》ではないので、金満はアキムに通訳を頼んだ。

「ハッサンが誰かに恨みを買っているってことはないか？」

「分からない。ハッサンはとても真面目な奴だ。日本に来て、悪魔の誘惑に負けてしまうような連中とは違うと思いたい。おそらく、ハッサンは神の存在を忘れたことはないだろう。コーランを侮辱し、アラーの存在と教えを忘れるということは、悪魔に魂を売るのと同じだ。アラーを裏切ったものは、必ずその報いを受けるだろう」

ムハメドがそう言うと、なぜかシンが恥ずかしそうに俯《うつむ》いた。

「コーランが机の上に置かれていた三日とも、部屋には誰もいなかったんだな？」

「そうだ。わたしたちは、ときどき仕事が終わってから、また次の仕事に行く。わたしはリサイクル会社、弟は新宿《しんじゅく》の店。わたしの職場は苦しいがいいところ。でも、弟の職場はあまりよくない」

ムハメドはそう言うと、それとなくシンを睨んだ。

「部屋に誰もいない時間を狙って侵入したんだな」

「そうだろう。盗みよくない。姦通《かんつう》よくない。でも、一番いけないのはアラーを冒瀆《ぼうとく》すること。教えに背くこと。わたしたちは、犯人を許さない」

ムハメドの目は怒りに燃えているかのようだった。敬虔なイスラム教徒である彼にとって、今回のことは許し難いに違いない。一方のシンは、始終居心地悪そうにしていた。

アキムと一緒に部屋を出てから、金満はアキムに訊いた。

「あの兄弟は、仲が悪いのか？」

「そうじゃないよ」

アキムは困ったように両手を挙げた。「本当はすごく仲がいいんだ。でも、シンはまだ若い。だから、意見が割れるときもある」

「どういうことだ？」

「二人は、インド国境に近い田舎《いなか》から日本に来たんだ。子供のころからずっと、ヨーロッパの宝石会社が持っている山で石を採掘していたらしいけど、それは厳しい仕事だった。二人の父も叔《お》父《じ》も、山で身体を壊して死んだそうだ。残された家族のために、二人は日本に来た。日本での仕事は、彼らに言わせれば山の仕事よりずっと楽。そして給料はいい。だから、最初はとても喜んでいた」

「それなら何が問題なんだ」

「言っただろう。シンが若いってことだ」

駅の改札を抜けながら、アキムは話し続ける。

「ここには何でもあるんだよ。シンがいままで見たことがないようなものが、いっぱいね。テレビ、車、きれいな服、美味《おい》しい酒と食事、そして女の子」

「なるほどな。シンは働くだけじゃなくて、人生を楽しむことを覚え始めたってわけか」

「そう。ムハメドはとても熱心なイスラム教徒だ。でも、シンは違う。アラーを信じてはいるが、心が揺れているんだよ。東京で働いていれば、いろいろな人間に会うよ。日本人だけじゃなくて、他の外国人にもね。人生をエンジョイしている連中は多い。シンは、それが羨《うらや》ましいんだろう」

「分からないでもないな。俺だって、羨ましいと思うものな」

「最初、シンは給料を全部兄に渡していた。兄はそれを溜《た》めて、国に送金する。でも、いつのころからか、シンが少しずつお金を引いて渡すようになったらしい。ムハメドもしばらくは見て見ぬ振りしていたが、最近では給料の半分程度しか持ってこないそうだ。ムハメドはそれが不満なんだ」

「そのことと、シンが働いている店と関係あるのか？」

「たぶんね。シンは新宿のクラブでウエイターをしているんだけど、そこで働くようになって急に変わりはじめた。薄着の女がたくさんいるような店だよ。ベールで顔を隠してるような女は一人もいない。みんな、もっと楽しむために日本に働きに来ている。いつの間にか酒や女や博打《ばくち》を覚えていても、不思議はないよ」

「お前みたいにな」

金満が言うと、アキムはにやりとした。

「その通り。ただ、オレには口うるさい兄はいなかった。だから助かった」

「なるほど。それじゃ、あの兄弟の仲はいま険悪なんだな。そこにもってきて今回の事件ってわけか」

金満はしばらく考え込んでいた。

アキムは、窓の外の風景を見ながら考えた。毎晩当たり前のように電気が点《つ》く街で暮らしていると、電気が通っていない村のことを忘れてしまうものなのかもしれない。生まれ故郷の風景は、どんなだったろうか。アキムは、ぼんやりとそれを考えたが、なぜか頭の中に霧がかかっているような感じしかしなかった。

4

事前に情報があったわけでもないだろうに、妙なところで金満は勘がいい。安二はそう思い、唇を嚙《か》んだ。

渋谷の『アッティラ』は、とても素面《しらふ》では入る気が起きないような店だった。こういう店のことを世間では何と呼ぶのだろうか？　中近東ふうクラブ？　それとも、無国籍ふう？　安二はちょっと考えたが、すぐにどうでもいいと思った。とにかく、安二の趣味でないことだけははっきりしている。それでも人気はあるらしく、店の前には行列ができている。安二も一時間近く待った。

店は地下一階にある。壁と天井にモザイク壁画のようなものがあった。絵柄はイスラムふう。それでいて、扱っているのは酒だ。メニューには豚肉料理もあった。その気になれば、きっとクスリだって手に入るだろう。客層のほとんどは若い日本人のようだから、それでも問題ないのかもしれない。

席はそれぞれパオのように仕切ってあり、靴を脱ぐシステムになっている。パオの中には丸いスツールのようなクッションが並べてあった。テーブルの端には、煙草《たばこ》用の長いキセルも置いてある。わざわざこんなもので煙草を吸わなくても、俺はセブンスターで充分だ。安二はそう思った。

店全体に奇妙な香の匂いが充満している。長く吸っていると頭が痛くなりそうだ。ウエイターたちは全員、イスラムふうの顔立ちの背の高い男ばかりだった。マオカラーのユニフォームを着て、頭にインド人のようなターバンを巻いている。ウエイトレスは、長い黒髪のアジア人ばかり。胸の下で切れた短いシャツを着て臍《へそ》を出し、ゆったりした薄い生地のズボンを穿《は》いている。安二が子供のころ読んだ、『アラビアン・ナイト』の絵本の挿絵《さしえ》にあったような格好だった。

安二はメニューを開いたが、怪しげな名のカクテルばかりが並んでいた。ガラナ・ドリーム、ハッシシ・パラダイス、エクスタシー・ウエーブ……。グラス一杯が、決して安いとは言えない値段だ。

思わず安二はこめかみを押さえた。

「馬鹿か、これ考えた奴」

そう呟《つぶや》いたとき、パオの外からウエイトレスの声がした。

「ようこそ。ご注文は？」

肌が黒くて彫りが深い、大柄だが綺麗な女だった。

「このガラナ・ドリームってやつ。あんた、日本語分かる？」

「少し」

女は微笑《ほほえ》みながら頷いた。

「どっから来たの？」

「ポリネシアからです」

どうやら、イスラムふうなのは格好だけのようだ。

「ここで働いてるハッサンのこと教えて欲しいんだ。彼は真面目？」

「ええ、とても」

完璧《かんぺき》な微笑みを崩さずに、女は頷いた。

「誰かと喧嘩したことは？」

「ありません。彼、とても優しい人。特に女には」

ポリネシアから来た女は、意味ありげに微笑んだ。

「借金は？」

「知りません。でも、ないと思います」

「そっか。あのさ、ハッサンはいつもお祈りしてるかな？」

「お祈り？」

女は小首を傾《かし》げ、それから曖昧《あいまい》に微笑んだだけだ。

「お祈りだよ。こうやってさ……」

安二は両手を挙げ、身振りで説明する。女は笑い転げ、目元を押さえた。

「そんなことしたら、すぐクビになります。このお店、とても時給がいいの。誰もクビになりたくありません。もちろん、ハッサンもです」

「そうか。あと、これだけ教えてくれよ。ここには関西から来た人間はいる？」

「カンサイ？」

女はまたも小首を傾げた。

「オオキニ、マイド、ボチボチデンナ……だよ」

「ああ」

意味が通じたのか、女は大きく頷くと白い歯を見せて笑った。それから片目を瞑《つぶ》り、思い切り色っぽい声で囁いた。

「——モレナのことね」

深夜一時過ぎ、安二は部屋に帰った。

三人は千住《せんじゅ》の安アパートの一室を借りて同居しているが、三人とも密入国者のハッサンたちとは異なり、金満も安二も日本人なので賃貸上の問題はなかった。ハッサンたちの場合、あの部屋を借りている人間に、家賃の他にマージンを払わなければならない。だから、どうしても高くつく。世の中には、貧しい密入国者からさらにピンハネするような姑息《こそく》な連中がいっぱいいる。しかし、そういう人間がいるからこそ、密入国者がこの国で生きていけるのも事実だ。

「遅かったな」

金満はストーブに手をかざして、安二の顔を見た。日当りの悪いこの部屋は底冷えするので、早くもストーブを出したようだ。

「アキムは？」

「さっき、夜警のアルバイトに出た」

安二はジャンパーを着たまま、ストーブの前にしゃがんだ。

「あいつも頑張るな」

「三十人からの親族を養ってるんだから、仕方ないだろう。ハッサンはどうだった？」

「仕事は真面目にやってるようだし、従業員の評判も悪くない。けどさ、あの店は趣味が悪くて最低だぜ」

ストーブの前で両手をこすり合わせながら、安二は店のようすを話した。

「関西弁の人間は？」

「一人いた。意外な人物だぜ」

安二はにやにやして金満を見た。「当ててみろよ」

「女だろ」

金満はあっさり言った。

「ちぇ。お見通しか。モレナっていう、インドネシアから来た女が、ばりばりの関西弁を話すんだ。ずっと大阪で働いていたそうだ」

「どんな女だった？」

「大柄で明るくて、陽気な感じだったよ。いかにも南国育ちって雰囲気だな。これは俺の勘だけど、大阪ではおそらく風俗関係に勤めていたんじゃないかな。あけすけな喋り方とか、肌の出し方とか、歩き方なんかが、男に見られ慣れてる感じなんだよな」

「なるほどな。その女はイスラム教徒か？」

「違うだろ。首から十字架をかけていたから」

金満は納得したとばかりに頷いた。安二はようやくジャンパーを脱ぎ、そのままの格好でストーブの脇《わき》に敷きっぱなしになっている布団に潜り込んだ。金満はストーブを消し、五分ほどしてから台所の換気扇を止め、自分の布団に入った。

「コーランは、イスラム教徒にとって命と同じくらい大切なものだ」

布団の中で、金満は呟いた。

「それで?」

「コーランを違う場所に放り出すことができる人間は、二種類しかいないってことだよ。イスラム教徒ではない人間か、あるいはイスラム教を捨てた人間さ」

「もったいぶって、分かり切ったこと言うな」

安二は頭の上まで布団を引き上げ、目を閉じた。変なカクテルのせいで、ひどく眠かった。

5

翌朝、安二は電話の音で目が覚めた。金満が出て何か喋っていたが、やがて電話を切るとすぐさま安二の布団を蹴《け》った。

「起きろ、安二!」

「いってぇな。何しやがる、ジジイ」

安二は布団から顔を出して、抗議した。腕時計に目を遣《や》る。まだ五時半だ。今朝はまたいっそう冷える。窓には、結露がびっしりと付いていた。

「年寄りは朝が早くてかなわねえな」

安二はもう一度布団を被《かぶ》ったが、またも金満が蹴った。

「ハッサンが、仕事帰りに刺されたらしい」

「何だと!?」

　安二は飛び起きた。

「行くぞ」

　金満が、安二のジャンパーを投げる。それが、真正面から顔にぶつかった。安二は急いでジャンパーに袖《そで》を通して立ち上がった。二人は、すぐにハッサンたちのアパートに向かった。

　二人がアパートに到着したとき、シンとムハメドは脇目も振らず荷造りをしていた。シンは涙ぐみながら、ムハメドは怒ったような顔で、スポーツバッグに荷物を押し込んでいる。

「ハッサンは?」

　金満は訊《き》いたが、ムハメドの言葉は何を言っているのか分からない。ときに早口で、ときに悲痛な声で、部屋を行ったり来たりしながらずっと喋り続けている。シンはすっかり意気消沈し、こちらも何を訊いても無駄な雰囲気だ。金満がどうしたものかと考えていると、ようやく夜勤明けのアキムが到着した。

「アキム、ハッサンに何があったか訊いてくれ」

　アキムは息を切らしながら、通訳する。

「アパートの前で刺されたんだよ。それを新聞配達が目撃して、救急車を呼んだらしい。ハッサンは救急車で運ばれた。もうじきここに警察が来るだろうから、二人は逃げる準備をしているんだ。バレたら強制送還だから」

「犯人を見たのか？」

「ムハメドもシンも見てないと言っている。シンは部屋で寝ていたって」

アキムは、話しながらも荷造りの手伝いを始めた。自分も同じ立場だけに、他人事《ひとごと》とは思えないのだろう。二人は大きなスポーツバッグ三つに部屋のものを詰めた。最後に、ムハメドは部屋のもっとも高い場所に置いてあったコーランを持ち上げ、大事そうにバッグの一番上にしまい、ファスナーを閉めた。荷造りは一時間ほどで終わった。大きな荷物を抱えたシンとムハメドは、慌ただしく部屋を出た。部屋を出るまで、二人の口からは一度もハッサンの名前は出なかった。

「二人は、これから友人のところに行くってさ」

アキムが言った。

「それがいいだろう」

金満は答え、それからムハメドを見た。「アラーは、今度のことをどう考えているんだろうか？」

「神は、それを信じるものしか救わない」

ムハメドはそう答え、シンを見た。

金満があれこれ手を尽くした末に、ハッサンの居場所が分かったのは一週間後だった。信濃町《しなのまち》の救急病院に運ばれて治療を受けたあと四日ほど入院して、それから入管に引き渡されたということだった。傷は大したことはなかったようだ。

新聞社の記者を丸め込んで調べてもらったところ、ハッサンは、「犯人は見知らぬ日本人だった」と供述しているそうだ。密入国者であることは認めたものの、入国の経緯についても何一つ漏らしてはいないようだった。入管はひどく忙しい。毎日、全国で何十人、ときに何百人と摘発される密入国者一人一人から、事細かに事情を訊いている暇はないのだろう。まして、ハッサンには他にこれといった犯罪歴もない。

とりあえず、ムハメドとシンは巣鴨《すがも》にいる仲間のところに転がり込んだということだった。しばらくは緊張したものの、結局彼らの周辺にも金満たちの周辺にも捜査の手らしきものは伸びてこなかった。

一ヵ月半が過ぎたころ、アキムの元に国の家族から手紙が来て、ハッサンが村に戻ってきたと書いてあった。刺された傷は完全に治っていたが、すっかり生気を失い、まるで十歳も老けたようだったと書いてあったそうだ。日本で何があったのかと妻が訊《たず》ねても、ただ首を振るばかりで何も言わないらしい。生活のこともあるので、本人はもう一度、何としても日本に行きたいと切望しているようだが、安い密航斡旋業者が見つからないということだった。

その手紙を受け取った夜、珍しく三人で『アッティラ』に出かけた。金満が、注文を取りに来たウエイトレスに、モレナを呼んでくれと頼むと、十分ほどして彼女がやって来た。

「あんたがモレナ?」

金満が訊いた。

「そうや」

モレナは艶《あで》やかな笑顔で答えた。ルックスからは想像もできないような、こてこての関西弁だ。大きな胸を強調したぴちぴちのシャツと、そこからはみ出たなだらかな褐色の腹部。艶《つや》やかな黒い髪には、赤と白の花が飾ってあった。

「訊きたいことは一つだ。ハッサンの部屋でコーランを動かしたのはあんたか? 怒らないから、教えてくれ」

安二とアキムは、驚いてほぼ同時に金満を見る。モレナの表情は一瞬固まったが、すぐに元に戻った。

「ハッサンのことは悲しいわ。でも、わたしはそんなことしてへんよ」

「恋人だったのか?」

「どうやろうか。でも、ちょっとだけ付き合ってみたね。ハッサン、とてもあたしと仲良くなりたがっていたから。日本語、教えてあげたんよ。あたし、みんなから日本語上手ねって言われるんや。だけど、あたしはお金のない男はダメなんや」

悪びれることなくそう言うと、モレナはにっこり笑った。

「国に奥さんも子供もいて、まったくお金を持っていない男とは、続くわけあらへんやんか」

モレナが不思議なカクテルが入った三つのグラスを置いて去ったあと、アキムはすぐさま金満に詰め寄った。

「どういうこと、金満さん」

「簡単なことさ。彼女が机の上にコーランを放り出した人間でなければ、残るは一人だ」

「誰だよ？」

安二も不思議そうな顔をしている。

「ムハメドだよ」

「ムハメドが？」

「そうだ。ムハメドは俺にこう言った。『アラーを裏切ったものは、必ずその報いを受ける』ってね。彼はずっと、犯人に対してよりも〝アラーを裏切ったもの〟への怒りを口にしていた。わざわざハッサンに放り出されたコーランを見せることで、そのメッセージを彼に伝えたかったんだ。いまお前がしていることは、コーランを冒瀆するのと同じ行為だと言いたかったんだろう。そして、おそらくは弟のシンにも同じことを」

「さっぱり分からねぇよ」

安二は不満そうだったが、アキムは神妙な顔で金満を見つめていた。

「そうか……。ハッサンは、神との約束を破っていたんだな」

アキムが、ぽつりと呟いた。

「たぶん、そうなんだろう。ハッサンは希望に燃えて日本に来たが、あまりに誘惑が多すぎたんだ。お祈りをしていれば職場であれこれ言われ、食べ物も制限される。そのうち、仕事中に祈ることをやめ、やがて異教徒の奔放な女にのめり込むようになる。ムハメドは、そんなハッサンの行為に気付いていたんだろうな。同時に、弟のシンも同じような道を歩み始めていることを感じ取っていたんだ。どんなときでもイスラムの戒律を守ろうとする強い意志を持っている彼は、それが許せなかったんだと思う。だからハッサンを監視し、彼を脅《おび》えさせようとした。部屋に入ったとたん、机に置かれたままのコーランがハッサンを出迎える。それはハッサンにはすごい恐怖だったに違いない。アラーに対する後ろめたさがあったから、ハッサンは必要以上に怖がったんだろう。もしかしたら、ストーカーの正体に気が付いていたのかもしれないな」

「本当にムハメドが犯人なのか？」

「絶対とは言えないが、俺は九十パーセントそうだと思う。まず、三人がいない時間を狙って部屋に侵入するなんて、よほど事情に詳しくないと無理だ。さらに、机の上のコーランを発見するのは、いつもハッサンだ。そこまで計算していたに違いない。アパートから離れた場所で仕事をしているシン、ハッサンに対し、ムハメドは近所で働いているから、数分あれば部屋に戻ることができる。一番、可能性が高い。ひょっとしたら、ハッサンに惚《ほ》れたモレナが嫉妬《しっと》に狂ってという可能性も考えたが、さっきの彼女を見てその可能性は消えたな」

「なるほどね」

ようやく理解できたように、安二が呟いた。

「そして、ハッサンが刺された朝のことだ。シンは部屋で寝ていたと言ったが、ムハメドがどこにいたかは言わなかった。もし部屋にいたなら、ハッサンが刺されたことは分からないはずだ。部屋から現場は見えないからな。だが、ムハメドは事件を知っていた。彼が刺したからさ。ただ、そこを新聞配達に目撃され、救急車を呼ばれたのは計算外だったんだろう。直前に二人の間に何があったかは、いまとなってはもう分からない。ただ、お互い譲れないものがあって、それが衝突した結果だと思う」

「そうか……。それで、ハッサンは、病院でも犯人についてはまったく見覚えがない。知らない日本人だなんて言ったのか。ムハメドを警察に売ることはできないからな」

アキムは呆然《ぼうぜん》とし、グラスの中のストローを回すばかりだ。

「ハッサンも、ムハメドの怒りの理由が分かっていたんだろう。おそらく、懺悔《ざんげ》の気持ちもあったはずだ。ハッサンはいつも、自分を見つめる神の影を意識していたんだろう。だから、黙っていたんだと思う」

「何もそんなことで、一緒に苦労してきた仲間を刺すことはないだろう」

その点については、安二はまったく理解できないという表情だ。

「安二には、神さまのことは分からないよ。信じていないんだから。ムハメドにはムハメドの言い分がある。それは正しいか間違いか、人には分からない。神しか分からない」

「ああ、どうせ俺は不信心だよ」

いつもの調子で安二は言ったが、それ以上は言わなかった。金満は目を細めて安二を眺め、それから大きなため息を吐《つ》いた。

「忘れるな、安二。俺たちが、あいつらを運んできた。ハッサンは、ここが黄金の国だと喜んでいた。きっと努力もしたはずだ。すぐに日本語を覚え、いい仕事も手にいれた。だが、それがハッサンの心に変化を生み、仲間との亀裂を生んだ。シンも同じだと思う」

「あいつら、これからどうするのかな。ムハメドも、まさか弟まで刺したりはしないと思うけど」

「現実と闘っていくしかないさ」

金満は呟いた。「彼らがこの国でどんなふうに生きて行くとしても、俺たちには関係ないことだ。ただ、彼らがここで地獄を見ようと天国を見ようと、きっかけを作ったのは俺たちみたいな人間だってことは、忘れずにいた方がいい。他の誰でもない、俺たちのような連中が、奴らをこの国に運び入れたんだ。てめえの欲のためだけに、法を犯してな」

金満は、黄金色のカクテルに口を付けた。

アキムはぼんやりとした表情をしてストローでグラスの中身を掻《か》き回していたが、やがて何を思いついたかいつもの笑顔に戻り、突然明るい声で言った。

「だとしても、それも神の御意思さ。すべては、アラーの思《おぼ》し召しなんだ。人の未来は、神のみぞ知る。運命の前では、誰もが無力だよ」

突如、店の中にコーランの読誦《どくしょう》に似た奇妙な音楽が流れ始め、客がざわめいた。金満も安二も黙ったまま、アキムの言葉を否定も肯定もしなかった。

美しき遺産相続人

藤村いずみ

藤村《ふじむら》いずみ

長野県生まれ。早稲田大学文学部卒業。新聞社、出版社勤務。企業PR・広告制作会社経営のかたわらに執筆。01年「海棠の花が散るまでに」で第40回オール讀物推理小説新人賞最終候補、02年「孤独の陰翳」で第19回サントリーミステリー大賞優秀作品賞受賞。同年12月、連作短編「あまんじゃく」で作家デビュー。

その日、あたくしは朝から苛《いら》ついていた。

庭の欅《けやき》の木で耳障りな高音を響かせている蟬《せみ》の鳴き声。身体をべたつかせる室内の空気。つけっ放しのテレビから流れてくる女子アナの締まりなく間延びした物言いぶり。そうした何もかもが気に入らなかった。だから、昼過ぎ、桃子《ももこ》が見知らぬ若い男をリビングルームに連れてきたとき、一瞥《いちべつ》をくれただけですぐさま、日盛りの表へと顔を背けた。

「これはこれは。こちらが花ケ前《はながさき》家のご令嬢ですか」

と言いながら男がつかつかと、あたくしに向かって近づいてきた。

「お目にかかれて光栄です。私、野々山《ののやま》証券広尾《ひろお》支店から参りました営業の者でございます。今度、こちらさまの担当をさせていただくことになりまして、ご挨拶《あいさつ》にあがりました」

巻くような早口で切り出したが、突然、ことばを止めて鼻をひくつかせた。

「おや、何だろう。いい匂いがする」

ほのかな香気を漂わせているのがあたくしのローブだと気づいたらしく、にじり寄ってきた。

綺麗《きれい》な色ですね、エメラルド・グリーンですか、と男は感じ入ったようにつぶやいた。数十センチの距離まで近づいてきて、あたくしの顔をしげしげと覗《のぞ》き込んだ。

「噂《うわさ》どおりの美貌《びぼう》ですねえ。睫《まつげ》が長くて、目は切れ長で。お近づきのしるしに握手してもらえませんか?」

あら、ダメよ、と小さく叫び、桃子がスリッパをパタパタ鳴らして駆け寄ってきた。あたくしの口許《くちもと》にいままさに差し出されようとしていた男の手をぐいと掴《つか》み、後ろに引き戻した。

怪訝《けげん》そうに眉《まゆ》を翳《くも》らせて、男が振り返った。桃子はしどろもどろ言い訳をした。カルメリータは礼儀正しい令嬢です。普段はお客さまと握手します。でも、今朝方、新しい家政婦が粗相をしたもので、気が立っているんです。またにしてくださいな、と。

肩をそっと押して、桃子は数メートル離れた奥まった一角に男を案内した。艶《つや》やかな焦げ茶色のチェスナット・レザーの応接ソファに男と向き合って腰掛けた。

純白のワンピースがよく似合う桃子の楚々《そそ》とした佇《たたず》まいを目の端で睨《ね》めつけて、あたくしは胸の奥でつぶやいた。もう少しであの男の肉厚の手を噛《か》んでやったのに。桃子ったら、邪魔をしたわね。

男はしばらくの間、四十畳の広さのリビングルームをひとわたり眺め回していた。模様の一部にペールゴールドが入っているラズベリー色の壁紙とカーテンを、色合いが素晴らしいと褒めた。天井の二カ所から吊《つ》り下がっているベネチアン・スタイルのシャンデリアを珍しそうに見上げ、大袈裟《おおげさ》にため息をついた。最後に、コンソール・テーブル、サイドボード、ウォールミラーなどの家具に順繰りに目をやって、ああ、と言った。

「この部屋は、十九世紀アンティーク家具で英国風にコーディネートされているのですね。壁紙を赤系統にしたのは、別の理由もあるんでしょう？　カルメリータ嬢の姿が映えるように配慮したのではありませんか？」

あら、よくおわかりね、と応じて桃子が微笑《ほほえ》んだ。

「こちらのお宅のご事情は、前任者から引き継ぎがありまして、よく承知しております」

証券会社の営業マンはぐいと身を乗り出した。

「花ケ前蕗子《ふきこ》さんは二年前から入院しておられる。〝高齢者に特有の病気〟で。今年九十一歳なのだから、無理もない。その蕗子さんに何かあった場合、財産を相続するのは、養女のカルメリータさんだ。しかし、彼女が正式な遺産相続人として日本の法律で認められるには、少々問題がある。そこで、宮田《みやた》桃子さん、あなたが後見人として指名された。いまではこの家の全てを取り仕切っている。違いますか？」

男は名刺を差し出した。申し遅れましたが、私、原功太郎《はらこうたろう》といいます、と言い添えた。一呼吸ののち、機関銃を発射するような勢いで喋《しゃべ》り始めた。

どうでしょうか。そのうち、株式投資を始めては。ちょっとした情報があります。東証第二部上場の株式への注目度が、いま、かつてないほど高まっているんです。この半年で株価指数が五パーセント上昇しました。企業の実際の価値に比べて株価が割安かどうかを判断するための目安となる指標、株価純資産倍率〈PBR〉を参考にしましても、いまの二部上場銘柄にはお得なものが多いんです。具体的な推奨銘柄としましては……。

三十分が経過したころ、桃子が若い営業マンの顔をうっとりとして見つめていることに気づいて、あたくしはおやっと思った。

インテリで素敵な人、と桃子はいまにも口にしそうに見えた。頬《ほお》を桜色に染め、目を潤ませたぐずぐずの緩み顔は、その男に対して憧《あこが》れの気持ちを持っていると読めた。

あたくしは不安に駆られて、原功太郎と名乗った営業マンを注意深く観察し始めた。

その男が長身だというのは、あたくしの近くにやってきたときにわかった。年齢は三十代の前半だろうか。身につけているピンストライプの紺色のスーツはおそらく、ヨーロッパの高級ブランドの品だ。鋭角的な顎《あご》のライン、細くて高い鼻が印象的なキリッとした顔立ちで、日焼けした滑らかな皮膚がつやつや光っている。生え際をわざと見せつけるように後ろに流した髪型が、あたくしにはキザったらしく見えた。

原功太郎は抜け目なさそうな細い目を真っ直ぐ、桃子の顔に吸い付けて喋っていた。絶対に目を逸らさせないぞ、という迫力を筋張った首と肩の辺りに漂わせて。

水道工事会社の人が玄関の呼び鈴を鳴らして話の腰を折ってくれたとき、あたくしは心底、ほっとした。原功太郎ときたら、夜までも居座りそうな勢いだったし、桃子もそれを許しかねない雰囲気で、しなっとして耳を傾けていたから。

「残念だわ。今度ゆっくり、お話を伺いたいわ。また、来てくださるでしょう？」

と桃子が媚《こ》びるような声を立ち昇らせた。

「ええ、喜んで。あなたの顔を見に寄らせてもらいますよ」

勝ち誇ったように原功太郎が瞳をキラッと光らせたのが見えて、あたくしは思わず、ため息をついた。


それから毎日、原功太郎は広尾のあたくしの屋敷にやってくるようになった。青山界隈《あおやまかいわい》のセレクト・ショップで買い求めているらしい手土産《てみやげ》を持参して。ベジタリアンでお酒を一滴も口にできないあたくしには高級フルーツの詰め合わせを。桃子には色とりどりの花をアレンジしたブーケやウイスキー・ボンボンを。

感激屋の桃子は大喜びしていた。でも、あたくしは冷ややかな態度を貫いた。会社の経費で落としているに違いないと見抜いていたからだ。一度も「ありがとう」なんて言ってやらなかった。

二週間が経《た》ったころ、原功太郎はあたくしの屋敷で図々しい態度をとるようになっていた。リビングルームに入ってくるなり上着を脱ぎ、ネクタイを外し、冷たいジュースを頼みますよ、なんて桃子に要求する有り様だった。

その日も、あたくしの冷たい眼差しを素知らぬふりでやり過ごし、原功太郎は桃子に冷たいおしぼりを持ってこさせた。首の汗を拭《ぬぐ》い、ジュースを一気に飲み干し、それからやおら、あたくしの養母についての話題を持ち出した。

「前任者から聞いたんですけど。花ケ前蕗子さんは〝姫川《ひめかわ》の翡翠長者《ひすいちょうじゃ》〟と呼ばれていた花ケ前善蔵《ぜんぞう》氏の二号さんだったそうですね？」

桃子がしっと言って唇に指を当てた。窓の前のいつもの場所でせっせと爪の手入れをしながら、あたくしが聞き耳を立てていると伝えようとしたのだ。

原功太郎は声をひそめようともせず、話し続けた。

「蕗子さんは元々、この屋敷の使用人だったそうですね。善蔵氏が仕事で東京に滞在するとき、世話をしていた。それがいつの間にか、二号さんに昇格したわけだ。新潟県糸魚川《いといがわ》市の本宅の奥さんは怒って、二度とこの屋敷に足を向けなかった。その一方で、離婚してくれ、という善蔵氏の願いも撥《は》ねつけた。蕗子さんが六十一歳のときやっと、本妻さんが亡くなって正妻として入籍してもらえたそうですね」

事実関係はそのとおり。でも、あんまりな言い方だわ、とあたくしは思った。

十年ほど前に亡くなった〝大パパ〟は、あたくしの恩人だ。二十八年前、商談で横浜港に出掛けた大パパは、サーカスの一座に売られようとしていたあたくしを偶然見かけた。可哀想に思って養女にしてくれたのだ。

あたくしはそのとき、生後六カ月の赤ん坊だった。ベネズエラから誘拐されて日本に連れてこられたらしい。当時は〝幼児売買〟なんてことをする人間たちがいたのだ。いまは法律が厳しくなって、そんなことはなくなったけど。

大パパは中華街で籐籠《とうかご》を買い、その中にあたくしを入れて、広尾のこの屋敷に連れてきてくれた。大きくなったら〝愛する蕗子さん〟つまりあたくしの〝大ママ〟の話し相手になってくれるだろう、と期待して。

大ママはあたくしを一目見て気に入ったそうだ。それ以来、あたくしは大ママの生き甲斐《がい》になった。長い年月、糸魚川の本宅と東京を行ったり来たりする大パパの帰りを辛抱強く待ち続け、入籍後も大パパの身内から〝糸魚川に来るな〟〝法事への出席は認めない〟と拒絶される境遇だった大ママにとって、唯一の慰めであり、心のより所だったのだ。

あたくしはよく、大ママの愚痴に何時間も耳を傾けたものだった。頃合いを見計らって、「あら、やあねえ」「偉いわねえ」「だいじょうぶ?」などと合いの手を入れてあげた。すると、大ママは気が済むらしく、最後にはいつもこう言って笑いながら話を切り上げた。

「カルメリータの言うとおりだわ。なるようにしかならない。ケ・セラ・セラよね」

あたくしがそんなことを考えていると、原功太郎のひそひそ声が耳に飛び込んできた。

「ねえ、桃子さん。こんな暮らしに本当に満足してるんですか?　僕には、あなたがまるで、カルメリータ嬢の奴隷みたいに見えて、焦《じ》れったいんですよ」

あたくしはむっとした。〝こんな暮らし〟って何よ。それに、桃子は〝奴隷〟ではなくて、あたくしの〝コンパニオン〟よ。

そんなあたくしの心の声が聞こえたかのように、桃子が毅然《きぜん》として告げた。

東京でも指折りの高級住宅街、広尾の一等地にある敷地面積二百坪、建坪百坪の邸宅にカルメリータと二人だけで住んでいる。生活費は、十分すぎる額を支給されている。花ケ前家の財産を管理している公認会計士の事務所から毎月、私名義の銀行口座に振り込まれる。それを好きなだけ使っていい、という約束だ。

カルメリータはこの屋敷の外に出られない。これからもずっと、引きこもって暮らさなくてはならない身の上だ。そんなカルメリータの面倒を死ぬまでみるという契約で三年前、この屋敷にやってきた。私自身、親兄弟がいない寂しい身の上だ。年齢も同い年の二十八歳。ここに来るまで、新潟県の栃尾《とちお》という雪深い町で介護ヘルパーの仕事をしていた。つましく暮らしてきた私にとって、蕗子さんの申し出は有り難かったのですよ、と。

「すると、桃子さん、あなた、結婚もできないってわけだ。結婚したら、契約は無効になるのでは？　まさか、カルメリータ付きで嫁に行くってわけにいかないでしょう」

おやおや、桃子ったら、顔を真っ赤にして俯《うつむ》いてしまった。原功太郎が求婚をほのめかしたとでも思ったのかしら？

結婚なんてしません。カルメリータと離れて暮らすなんて、いまの私には考えられません、と桃子が答えた。いまにも泣きそうな細声で。原功太郎はしれっとして話題を変えた。

「僕のお客に青山で古美術商をやっている人がいましてね。その人から噂を聞きましたよ。この屋敷には、翡翠の女神像があるそうですね」

「翡翠の女神像、ですって?」

桃子が顔を上げ、きょとんと目を瞠《みは》った。

「その古美術商の話では、花ケ前善蔵氏から菭子さんへの贈り物だったとか。長い間、内縁関係に耐えたご褒美として、入籍記念に贈呈したそうです。善蔵氏秘蔵の、特に質が良くて大きい翡翠の原石から彫らせた、と。もしも、売りに出されるようなことになったら、オークションで途方もない値段が付くだろうというんです」

黙り込んでしまった桃子を相手に、原功太郎は博学ぶりを披露し始めた。

宝石の翡翠の原石となるのは翡翠輝石《きせき》。共生鉱物は蛇紋岩《じやもんがん》、曹長岩《そうちようがん》など。ソーダを含むアルカリ輝石なので酸に溶けない。風化作用により岩石から分離して採れる、という特徴がある。

宝石の名称の元は、〝翡翠〟の総称で知られるカワセミ科の鳥の羽に色が似ているから、という説が有力だ。純粋な翡翠輝石の多くは白色。酸化鉄を含むものが褐色や黄色となり、チタンを含むものはラベンダー色となる。そうして、わずかな鉄を含んだものが独特の緑色を発色し、宝石の原石となるのである。

宝石となりうる翡翠輝石が産出するのは、日本では新潟県糸魚川市小滝《こたき》だけだ。しかも、大きな塊で見つかることは滅多にない。

小滝産の翡翠は〝姫川の翡翠〟として古い文献にも登場している。『古事記』に出雲《いずも》の大国主《おおくにぬし》命《のみこと》が越《こし》の奴奈川姫《ぬなかわひめ》に求愛し、子をなしたという記述がある。また、『万葉集』では「ぬな川の底なる玉　求めて得し玉かも　拾ひて得し玉かも　惜しき君が　老ゆらく惜しも」とある。

〝奴奈川〟とは姫川のことである。奴奈川姫は〝縄文中期の支配者〟とも〝姫川の擬人化〟とも言われている。『古事記』『万葉集』の時代からすでに、姫川で翡翠が採れることは知られており、富の象徴としての姫川というイメージが広く伝わっていたようである。

「その奴奈川姫を象《かたど》った木像が、糸魚川の奴奈川神社にあるんです。先祖代々、所有していた地所から翡翠が出て〝翡翠長者〟と呼ばれるようになった花ケ前家の当主、善蔵氏は、奴奈川神社の〝奴奈川姫神像〟にちなんで、翡翠の女神像を作ろう、と思いついたらしい。女神の顔を、蕗子さんそっくりの、ふっくらとした美人顔に彫らせたとか。いい話じゃありませんか」

リビングルームや玄関といった人目につく場所では見かけない。きっと地下の倉庫かどこかに隠してあるんでしょうね、と押し被《かぶ》せる言いぶりで原功太郎が訊《き》いた。

桃子は喉《のど》をコロコロ鳴らして笑った。そんな像は見たことがない。この家で丸三年、暮らしている自分が言うのだから間違いない、と断言した。

「そこまで言うなら、家の中を見学させてくれませんか？」

原功太郎はじりっと身を乗り出し、眼を利《き》かせて桃子に語りかけた。

「もし、噂が間違っているなら、きちんと打ち消したほうがいい。最近は物騒ですから」

「物騒？　どういうこと？」

「この噂を聞き付けた強盗がいつ、この家に入るかわからない。蕗子さんがいたころは数人の使用人が常駐していたそうですが、いまでは令嬢と桃子さんの二人暮らしで不用心だ。何か起きてからでは遅い。ちゃんと手を打っておくべきです。僕がお手伝いしますよ」

膝《ひざ》を支えに頬杖《ほおづえ》をつき、桃子はしばらく、思案に引き込まれていた。

「つまり、こういうことかしら。〝花ケ前家に女神像なんてない。単なる噂に過ぎない〟とあなたが世間に知らせてくださる。そうすれば、強盗に入られる心配がなくなる？」

「あなたの役に立ちたいんです。相談相手として、もっと利用してくださいよ」

桃子が嬉《うれ》しそうにパッと顔を輝かせた。

あたくしはハラハラした。桃子ったら、口が巧《うま》いこの男に本気で惚《ほ》れかかっているようだ。あたくしという者がありながら、何を血迷っているの？

「ところで、蕗子さんはいま、那須《なす》の施設にいるそうですね。痴呆《ちほう》の症状が重くて、もう二度と戻ってこれる見込みはないと聞いてますけど」

原功太郎が言い終わらないうちに、桃子が弾《はじ》かれたようにソファから立ち上がった。

「その話は、ここではやめて。家の中を案内しながらお話するわ」

二人はそそくさとリビングルームから出ていった。

金切声をあげたいのを我慢して、あたくしはようよう、その場に踏みとどまった。

呼吸ができない心持ちがした。脳裡《のうり》ではぐるぐると、一つの考えが渦を巻いていた。大ママがいるのは〝那須〟という場所なのだ。そこは、広尾からどれくらい離れているのだろうか。どうやったら、そこまで行けるの？

大勢の人がドヤドヤやってきて、奇声をあげて暴れる大ママを押さえ付け、この屋敷から運び出したのは、いまから二年前のことだ。それ以来、この家の関係者は誰一人として、あたくしの前で大ママの居場所について口にしない。まるで、あたくしがその場所を知ってしまったら取り乱し、追いかけていくのではないかと恐れているかのように。

会いたい、大ママに。いますぐ会いたい！　大ママにあたくしの頭を撫《な》でてもらいたい。「カルメリータはいい子ねえ」とささやいてほしい。あたくしも、そんな大ママの鼻の頭にキスし、手に頰擦りしてあげたい。大ママはそうされるのが大好きだったから。ああ！

慕わしさに胸が締め付けられて、あたくしは心の底から願った。できることなら、飛んでいきたい。大ママのもとに、いますぐ！

その晩、あたくしは夕食をまるっきり、食べられなかった。桃子が後片付けをするためにキッチンに去るまで待って、リビングルームを後にした。

あたくしは歩くのに不自由な身体だ。普通の人間のようにスタスタ歩けない。身体を右に左に振ってよちよちと、モスグリーン色の絨毯《じゅうたん》を敷き詰めた長い廊下を進んでいく。地下に繋《つな》がる階段を一段ずつ、用心しながら降りた。階段下の小さな部屋の前まで辿《たど》り着いたときには、息が切れていた。

小部屋の戸は開けっ放しだった。照明も点灯していた。あたくしがここに来るに違いないと考えて、桃子が気を利かせてくれたようだ。

小さな胸を震わせて、あたくしは部屋の中に入っていった。

そこは階段の傾斜を利用した、四畳ほどの細長い空間だった。元々は使用人専用のトイレ兼物置だったそうだ。小間使いだったころの自分を懐かしんだ大ママが、いつのころからか、自分の部屋にしてしまったらしい。

大ママは自分が好きな物を、具体的には人形、レコード、愛読書などを持ち込んで並べた。壁を塗り替えるなど、改装を繰り返したそうだ。三十年前、和式から洋式に替えたトイレは、いまでは使用されることなく、部屋の奥まった場所にある。古めかしい黄褐色の便器の上はテディベア置き場と化している。

大ママお手製の刺繍《ししゅう》を施した赤いクッションを見つけて引っ張り出し、あたくしは顔を埋めた。大ママのよく響く高い声を耳の中で聞いた気がしたのは、そのときだった。

「ここは私の〝避難部屋〟よ。ある意味で〝パニックルーム〟だったのよ。旦那さまの身内から嫌みを言われたり、古株の使用人から聞こえよがしに〝だから、妾《めかけ》上がりは〟なんて言われると、一目散にここへ逃げ込んだわ。鍵《かぎ》をかけて、トイレを一生懸命磨いたものよ。ボロボロ涙をこぼしながら。ドリス・デイが好きになってからは、彼女のレコードを聴いて過ごした。そうやって、気持ちが収まるまで待った。誰かに怒りをぶつけずに、どうにかこうにかやり過ごせたのは、この避難部屋のお蔭《かげ》だわ」

桃子が後ろに立っている気配を感じたけれど、あたくしは振り返らなかった。

あたくしの気持ちがわかっているみたいに、桃子は何も言わずにレコードプレーヤーの電源を入れてくれた。

ドリス・デイの透明で明るい歌声が流れ始めた。曲は「ケ・セラ・セラ」だ。ヒッチコック監督映画「知りすぎていた男」の主題歌。元有名歌手という設定の慈愛に溢《あふ》れた母親役でドリス・デイは出演もしていた。その映画のビデオを、あたくしは大ママと一緒に何度も観たものだった。

「蕗子さんはもう、帰ってこない。病気だから。あなたを捨てたわけじゃないわ」

桃子のくぐもった声が、あたくしの耳にじんわり沁《し》みた。

「カルメリータ、あなたは独りぼっちではないのよ。私がずうっと一緒。約束する」

そのことばを信じたい。信じさせてほしい。そわそわして他所《よそ》の男に色目を遣うのをやめてほしい。あたくしだけ見つめて、愛してほしい。それが、あたくしのたった一つの願いなのに。どうしてわかってくれないの、とあたくしは叫びたかった。

あたくしは一人では生きていけない。こんな身体だから。いいえ、こんな性格だから。雷が鳴れば生きた心地がしないし、救急車のサイレンに脅《おび》えるほどの臆病者。そのくせ、とびきり頑固で、我がままで、すぐにカッとする。

孤独に滅法弱いというのも、あたくしの弱点。家族なしでは暮らせない。ところが、家族の全員と仲良しになれるわけではない。〝心を許す相手〟を一人だけ決める。その人に絶えずベタベタ纏《まと》わりつく。独占しようとするあまり、他の家族を排除しようと試みるのだ。そのせいで、皆と衝突することになる。

そんなあたくしは、映画好きの桃子に言わせると、スピルバーグ監督映画「A．I．」の主人公、少年ロボットのデービッドにそっくりなんだとか。

あたくしは、食べ物だって選《え》り好みする。納豆とうどんが大好物だけど、一粒ずつ、一本ずつ、口に運んでもらわないと食べられない。また、一人でシャワーを浴びることもできない。その後、誰かがドライヤーで乾かしてくれないと、肺炎を起こして死んでしまう。

そうやって面倒をみてくれるだけでは、十分ではない。あたくしにとって何より必要なのは、喋り友達であり、心の支えになってくれる存在。かつて、あたくしが大ママにとってそうだったように。そして、その役目をいま、あたくしは全面的に桃子に求めている。なのに……。

あたくしは桃子の手にぐいぐい額を押し付けた。小さく喉を鳴らしながら頬擦りした。

視野の真ん中で、丸顔の桃子がにっこり微笑んでいた。何の屈託も感じさせない柔らかな笑み顔に、あたくしはかたとき、無言で見とれた。

数日が過ぎた。仕事が忙しいのか、原功太郎はふっつり、姿を見せなくなった。桃子は気を揉《も》み、野々山証券広尾支店の前まで様子を見に行ったようだ。でも、会えなかったらしく、萎《しお》れて帰ってきた。

その日も、いつもと変わらない朝だった。あたくしを起こしに来た桃子に「おはよう」と呼びかけ、桃子も「おはよう、カルメリータ」と答えた。桃子はあたくしを腕に抱いて、二階の寝室から一階のリビングルームまで下ろしてくれた。その後で、二人で朝食をとった。桃子はトースト、ハムエッグ、ポテトサラダ、お紅茶を。ベジタリアンのあたくしは、グリーンサラダをドレッシング抜きで。

お腹がいっぱいになったので、あたくしは桃子に声をかけた。「お茶ちょうだい」と。はいはい、と言って、桃子はコーラを持ってきてくれた。

お茶、と命じるあたくしが飲みたいのはコーラだ。そう気づいてくれるのは、桃子だけだ。紹介所から派遣される家政婦たちは、ふためいて緑茶を運んでくる。しかも、いれたての熱々を。あたくしの口許にあてがい、無理矢理飲ませようとする者までいる。あたくしは猫舌で、熱いものは全く受け付けないのに。

カッとして、あたくしはつい、その人たちの手に噛み付き、縫わなくてはならないほどの怪我《けが》をさせてしまう。そんなことが続いたせいで、最近ではどこの家政婦紹介所も派遣を渋っているようだ。

食後のひとときは、あたくしにとって、極上のリラックスタイムだ。その朝も、リビングルームの窓の前のいつものお気に入りの場所でうとうとした。桃子が二階で掃除機をかけている音を子守歌代わりに、いつの間にか、ぐっすり寝入ってしまったようだ。頭から突然、分厚い布のような物を被せられたとき、あたくしは何が起きたかわからなくて、悲鳴をあげられなかった。

気づいたときには、あたくしの身体は身動きできないように袋詰めにされて、運ばれていくところだった。いったい、どこへ？　誰がそんなことを？

あたくしの身体を摑んでいる袋の外のゴツゴツした大きな手は明らかに、桃子のそれではなかった。

動悸《どうき》がして胸がドキドキ鳴り、喉はカラカラに干上がった。あたくしは心細くて、怖くて、おしっこを漏らしかけた。

袋から出され、ドサッと床に放り出されたのは、五十分ほど経過したころだった。

そこは、はめ殺しの小さな窓が一つだけある部屋だった。ちょうど、あたくしの家の地下の〝大ママの避難部屋〟くらいの面積だ。壁のクロスが所々剝《は》げて、茶色の筋を浮かび上がらせていた。家具らしきものはなく、ドアの横に段ボール箱が積み上がっていた。部屋の隅には埃《ほこり》が溜《た》まっており、むっと鼻をつく空気は黴《かび》臭い。

納戸部屋ではないかと思われるその狭苦しい部屋をキョロキョロ見回していると、あたくしの目の前にヌッと、男が顔を突き出した。

「よお、カルメン。怪我しなかったようだな」

あたくしはぶるっと全身を震わせた。まさに〝鳥肌が立つ〟のを感じた。男は原功太郎だったのだ。

「大切な〝人質〟だからな。水と食べ物だけは、運んできてやる。いい子にしてろよ」

あたくしは悲鳴をあげようとして、口を大きく開けた。けれど、喉から声が出なかった。

「助けを呼ぶか？　あいにくだな。このマンションは防音が完璧《かんぺき》でね。疲れるだけだから、やめときな」

あたくしは原功太郎の浅黒い顔を精一杯、睨《にら》んでやった。ヤツは馬鹿にしたようにせせら笑った。

「食事もトイレも、この部屋で済ませるんだ。クソしたけりゃ、そこでやんな」

あたくしはおずおずと足元に視線を当てた。床に一面、古新聞が敷き詰めてあった。

「ここから無事出られるかは、桃子次第だ。まあ、気長に待ってろよ、カルメン」

原功太郎が突然、あたくしに向かって手をのばしてきた。顔じゅうでニヤニヤ笑いながら、あたくしの胸をまさぐった。

なんていやらしい男なの！　そう思ったときには、あたくしはガブッと、ヤツの手に嚙み付いていた。そのまま頭を半回転させて、ぐいと捻《ひね》った。

ギャアッと叫んで、原功太郎が腰を抜かした。あたくしを突き飛ばし、這《は》うようにして部屋から出ていった。

ドアがバタンと閉まった。鍵をかけているらしいガチャガチャという音が響き、それきり静かになった。

原功太郎の血が付着した新聞紙を、あたくしは足でよけて、部屋の隅に押しやった。肩でふうっと息をつき、へなへなと床にうずくまった。

ドアの向こう側から原功太郎の声が聞こえてきた。あたくしははっとして目を開けた。

古新聞を敷き詰めた床にくっきりと、光のくさびが打ち込まれていた。顔を上げると、小窓の外の空が燃え上がるばかりのオレンジ色に染まっているのが見えた。

眠り込んでしまい、夕方になったようだ、とあたくしは思った。

「……ふうん、するると、こういうことなんだな。今朝、十時から十時半のわずか三十分の間に、カルメリータが屋敷から消えた。リビングルームのテーブルの上に脅迫状が置いてあった。文面は〝翡翠の女神像を引き渡せばカルメリータの命を助ける〟と？」

原功太郎ったら、桃子と話しているようだ。どういうつもりなの？

「警察？　そりゃあ、よしたほうがいい。取り合ってくれないことは、桃子さん、よくわかってるはずだよ。それに、〝警察に知らせたら殺す〟と書いてあるんだろう？　とにかく、通報しないで、自力で解決すべきだ」

桃子さんの心細い気持ちはよくわかる。犯人はそのうちきっと、接触してくるはずだ。僕が交渉役をやってあげてもいい。迷惑? とんでもない。そのときが来たらぜひ、任せなさい。でも、いまはとにかく、全力で女神像を捜し出すこと。どこにも見当たらない、なんて泣いてる場合じゃないんだよ、と原功太郎は桃子を叱《しか》り付けていた。

なんてワルなのかしら、とあたくしは呆《あき》れた。世間で勝手に噂になっているという〝花ケ前家の翡翠の女神像〟を目当てに、このあたくしを誘拐したらしい。力になるふりをして桃子をそそのかし、女神像を捜索させ、見つかり次第奪う計画のようだ。ということは、あたくしを解放する気はない?

あたくしは懸命に考えを巡らせた。桃子の長所であり欠点でもあるのは、お人好しということ。周囲の誰もが〝生まれながらの善人〟と信じ込んでいる。花ケ前家に最近、頻繁に出入りしており、隙《すき》をみて桃子の鍵のスペアを作ることができる人物。それは原功太郎だけなのに、怪しいとも気づいていないに違いない。男に岡惚《おかぼ》れした女ときたら、そんなもの。いやあねえ!

ここは一つ、桃子の目を覚ましてやらなくては。でも、どうすればいい? あたくしが原功太郎のマンションにいると知らせるいい方法はないかしら?

翌朝、原功太郎があたくしを押し込めた小部屋に水とレタスを持ってきたとき、けたたましく電話の呼び出し音が鳴った。原功太郎はジーンズの後ろポケットに手を回した。そのとき、ヤッの右手に包帯がぐるぐる巻いてあることに、あたくしは気づいた。

かけてきたのは桃子だった。かすかに漏れたか細い声でわかった。あたくしは並の人間の数倍、耳がいいのだ。

桃子はぐじぐじと泣き言を訴えていた。徹夜で屋敷を捜したが、女神像はとうとう見つからなかった、と。

辟易《へきえき》するぜ、という顔つきで、原功太郎は投げやりな相槌《あいづち》を打っていた。あたくしに背を向けて小窓の前に立ち、外を眺め始めた。

いましかない、とあたくしは決心した。「コホン、コホン、コホン」と咳《せき》をした。

ギクッとして、原功太郎が肩越しに振り返った。そのときにはもう、あたくしは何事もなかったかのようにレタスをバリバリ食べていた。

ヤツが再び、窓のほうを向いた一瞬を狙《ねら》って、あたくしはもう一度、咳払いした。今度は、くしゃみも付け加えた。

原功太郎が再び振り返ったとき、あたくしは水を飲んでいた。ヤツは首を傾《かし》げた。

「とにかく、見つかるまで捜すしかない。何かわかったら連絡してよ。店のほうじゃなくて、携帯に。今日、仕事を休むことにしたから。……え？　なんでって……ちょっと怪我したものでね。たいしたことじゃない。昨夜、慣れない料理して、包丁で手を切ったんだ。……じゃあ、頑張れよ」

しばらくあたくしの顔をじろじろ見ていた原功太郎が部屋を出ていってくれた。あたくしは安堵《あんど》した。どうやら、咳払いは桃子への合図だったと知られなかったようだ。

問題は、桃子が気づいてくれたかだ。桃子はトロいところがあるから。でも、とびきりの心配屋さんでもある。あたくしはよく、そんな桃子をからかいたくなって、「コホン、コホン」「ハックション」とやる。風邪をひいてもいないのに。桃子はすっ飛んできて、顔を覗き込む。あたくしの悪戯《いたずら》だとわかると、ほっとするやら、怒るやら。その顔が、なんとも可愛い。

あたくしは心から祈った。お願い、桃子。あたくしが原功太郎と一緒だと気づいて！

桃子の声が隣の部屋から聞こえてきたのは、二時間後のことだった。あたくしはドアに飛びついた。

「ごめんなさい、いきなり押しかけて。怪我してお休みするって言ってたから、心配になって。会社の人に無理を言って、ここの住所、教えてもらったのよ」

電話くらいくれればいいのに。男の一人暮らしで掃除していなくて、この有り様でね、などと、ヤツはぼやきにも似た適当なことばを並べていた。

いったい、桃子はどうするつもりかしら。あたくしは胸をわくつかせ、耳をそばだてた。

桃子は思いきり甘えた声で「怪我をした手を見せて」と言った。数秒後、声の調子が変わったことに、あたくしは気づいた。

「おかしいわねえ。指の裏側に半月状に深く食い込んだ傷、だなんて。包丁で切ったなら、傷は直線のはずよ。それに、どうして右の指なのかしら。あなた、包丁を左手で持つの?」

さすが桃子。あたくしに嚙まれた家政婦たちの傷を何度となく見てきただけのことはある、とあたくしは感心した。

「ねえ、功太郎さん。正直に言って。あなたが慌てているのは、ここにいま、女の人がいるからでしょう? 例えば、そのドアの向こう側に」

何を言うんだ。桃子さん、冗談きついよ、と言い返した原功太郎の声が上ずっていた。

「ガールフレンドが泊まったなら、〝そうだ〟とはっきり言えばいい。その女の人だって、私とあなたの電話の最中に咳払いして自分の存在を教えるくらいですもの。姿を見せたいはずよ。それとも、ガールフレンドではない〝特別な誰か〟なの?」

ぎこちない沈黙が続いた。

バレたなら仕方ない、という原功太郎の低い声とともにドアが開いた。「カルメリータ!」と叫んで、桃子がこちらに駆け寄ろうとした。その肩を摑んで、原功太郎は床に引き倒した。

桃子が悲鳴をあげた。それでも、勇敢に跳ね起きた。一瞬ののち、原功太郎が桃子の目の前にカッターナイフを突き付けていた。

「馬鹿な女だ。一人で乗り込んでくるとは」

あざ笑う口ぶりだった。

「おふざけは終わりだ。俺は本気だぞ。言うとおりにしろ」

シュッシュッと音をさせてカッターナイフを振り回し、桃子を後ずさりさせた。

「いいか、よく聞くんだ。俺はいま、追い詰められている。青山の古美術商から預かった株式投資の代金、一千万円を使い込んだ。全額、競艇でスッちまって、古美術商にバレたんだよ」

水に流してやる、会社にも黙っていてあげよう、と古美術商は言ってくれた。ただし、条件がある。花ケ前家から翡翠の女神像を捜して持ってこいというのだ。

古美術商はかつて、花ケ前蕗子に何度も〝女神像を売ってくれ〟と頼み、あしらわれた経験があるそうで、意地になっている。とにかく、女神像を持っていかないと俺は破滅だ、と原功太郎は一気呵成《いっきかせい》にまくし立てた。

「お前もカルメリータも、ここで一緒に死にたくないだろう。女神像の隠し場所を言え」

「女神像なんて、本当にないのよ」

と桃子が震え声で訴えた。

「仮にあるとしても、その隠し場所を、私、蕗子さんから聞かされていないわ」

嘘《うそ》じゃない。桃子は知らないのよ、とあたくしは言ってやりたかった。

大パパが大ママを入籍したとき、翡翠の原石で作らせた〝ある物〟をプレゼントした、というのは事実だ。それは最初は確かに、女神像になるはずだった。でも、〝私の顔に似せた女神像なんて、ガラじゃないわ〟と大ママが断ったのだ。

気が済まない、と大パパは粘った。大ママは仕方なく、〝女神像ではない別のある物〟を翡翠の原石で作ってもらった。それは、贈り物としてはかなり変わっている。

それがいったい何なのか。屋敷のどこにあるか。知っているのは、あたくしだけだ。

原功太郎は桃子に向かってきゅっと、目をすがめた。桃子が知っているのに口を割ろうとしないと思い込んでいる表情だ。怒ったように、瞳がギラッと光った。ああ、どうしよう！

「ねえ、功太郎さん」

冷静さを取り戻したらしく、桃子が穏やかな口調で呼びかけた。

「あなたの切迫した状況、よくわかったわ。私にできることは、何でも協力するわ」

「そうか。やっと、その気になってくれたか」

「でもその前に、〝あなたの命に関わる別の問題〟を先に解決したほうがいいと思うわ」

この女、何を言い出すのか、と訝《いぶか》る目付きで、原功太郎が桃子をじろっと見た。

「その手の怪我なんだけど。ねえ、あなた、熱はないの？」

原功太郎がナイフを持っていないほうの手をそろりと額に当てた。視線が宙をさ迷ったその刹《せっ》那《な》、桃子がサッと、あたくしに目で合図を送ってきた。

「あなたのために言うのよ、功太郎さん。その手の傷がカルメリータに噛まれてできたのなら、放っておかないほうがいいわ。大変なことになるわよ」

そうか、とあたくしは気づいた。

原功太郎との距離は？　およそ三メートルだ。あたくしは身構えた。

「功太郎さん、よく聞いて。カルメリータは病気持ちなのよ」

原功太郎がびくりと肩を揺らした。

「彼女に嚙まれると、特別な感染症を引き起こす可能性があるの。〈クラミジア・シッタシ〉と呼ばれる微生物の病原体が、あなたの身体に入ってしまったかもしれないわ。高熱が出る。それが最初の症状。そのあと、あっという間に悪化する。致死率は三十パーセントよ。早く病院に行って治療しないと、手遅れになるわ」

桃子はその病気の正式名称ではなく、世間でよく知られている俗称を口にした。

原功太郎が息を呑《の》んだ。その手からストンと、カッターナイフが落ちた。

大きな音をたててドンと、桃子がフローリングの床を踏み鳴らした。それを合図に、あたくしはジャンプした。原功太郎に飛びかかり、嚙み付いて肉をえぐった。二の腕、肩、血管が浮いた首筋、頬を次々に。

助けてくれ、殺さないでくれ、と床の上を転がりながら原功太郎が泣き叫んだ。あたくしは容赦しなかった。骨が露出するほど深くヤツの手首を嚙み、Tシャツの上から脇腹《わきばら》に爪を食い込ませた。そうして、耳たぶを思いきり、食いちぎった。

あたくしが桃子に連れられて広尾の自分の家に戻ったのは、夜になってからだった。全身の五十カ所以上をあたくしに嚙まれて出血した原功太郎が救急車で病院に運ばれたあと、桃子とともに警察で事情聴取を受けたのだ。

翡翠の女神像について訊かれた桃子は、そんな物は元々、屋敷のどこにもない、と繰り返した。桃子の人柄を信じたのだろう、警察は納得した。青山の古美術商によく伝えて、お灸《きゅう》も据えておくと言ってくれた。

桃子はあたくしの代わりに一生懸命、抗弁してくれた。原功太郎に怪我を負わせてしまったが、過剰防衛ではない。カルメリータに備わった野生の本能だ、と。そうして、最後にこう付け加えた。

「原功太郎さんに伝言してください。〝カルメリータが病気持ちだ〟と言いましたけど、嘘です。カルメリータはオウム病なんかじゃありません」

あたくしは桃子と二人だけの静かな暮らしを取り戻した。以後、心の空虚を持て余して胸をじりじり焦がす、ということは少なくなった気がする。

それでもときどき、大ママが恋しくなって、階段下の〝避難部屋〟に出掛けていく。邪魔くさいテディベアを足で床に蹴《け》り落とし、大ママが大パパに洒落《しゃれ》で作ってもらった〝所々、緑色の筋が入り混じった黄褐色の翡翠輝石から彫った洋式便器〟によっこらしょと腰掛けて微睡《まどろ》む。それが、あたくしの最近の楽しみだ。

え？　あたくしが何者か、まだわからない？

あたくしはカルメリータ。二十八歳。花ケ前家の莫大な遺産を継承することになっている。でも、日本の法律では、あたくしのような〝人間ではない者〟に正式な相続権は認められていないそうだ。

あたくしのことを、人はこう呼ぶ。〝中型インコ〟と。正式名は〈黄額《きびたい》帽子《ぼうし》鸚哥《いんこ》〉。英名は〈Yellow-fronted Amazon〉。オウム目インコ科ボウシインコ属。体長三十五センチ、体重四百グラム。原産地はベネズエラ、コロンビア、ブラジル北部。希少種として絶滅が危惧《きぐ》されており、ワシントン条約で取引が規制されている。

輝くばかりのエメラルド・グリーンの羽で全身が覆われており、額だけが黄色。羽を広げるとオレンジとネイビーブルーの風切羽が現れる。〝鳩くらいの大きさの、オウムみたいな緑色の鳥〟といえば、想像してもらえるかしら。ただし、鳩やオウムと大違いなのは、猛禽類《もうきんるい》に匹敵する、鋭く尖《とが》った曲がった嘴《くちばし》を持っていること。そして、記憶力抜群で、五十種類以上のことばを臨機応変に喋ること。

〝人間と同じ発声でことばを喋る〟という特殊な能力を持っていたがために、あたくしの一族は数奇な運命を辿った。〝コロンブスが最初の航海で新大陸から桜帽子鸚哥をヨーロッパに連れ帰ったのが始まり〟という説もあるが、少なくとも十八世紀には、ヨーロッパ各地で人間の愛玩物《あいがんぶつ》となっていた。

ある者はヘンリー七世に飼われ、ある者は商店の看板鳥となってモーゼの『十戒』を口ずさんだという。また、中国では、明の時代の〝天子さまに褒められた孝行鸚哥〟の逸話がよく知られているそうだ。

現在に至るまで、仲間の多くはアメリカ、イギリス、フランスで〝コンパニオン・バード〟と呼ばれ、有閑マダムの無聊《ぶりょう》を慰める喋り相手として過ごしている。日本では宮崎県の動物園などで、あたくしの仲間がお喋りする様子を見ることができる。

寿命は鳥としては格別に長く、平均八十年。百年以上生きるケースも珍しくないらしい。

だから、これからまだ五十年以上、あたくしは生きるだろう。断ちがたい絆《きずな》で結ばれている桃子とともに。ただし、あたくしが〝令嬢〟で桃子が〝コンパニオン〟。その立場が逆転することはない。永遠に。

最後に、あたくしに纏《まつ》わる〝重大な秘密〟をもう一つ、お話ししなくてはならない。それは桃子はもちろん、亡くなった大パパも、那須にいる大ママも承知していないことだ。

あたくしは〝令嬢〟ではない、厳密に言うなら。なぜって、あたくし、オスだから。

わが麗しのきみよ……

光原百合

光原百合《みつはらゆり》

広島県生まれ。大阪大学大学院文学研究科修了。大学院在籍中から創作を手がける。詩集『道』、絵本『やさしいひつじつかい』、童話集『空にかざったおくりもの』、短編集『風の交響楽』などを執筆。98年『時計を忘れて森へ行こう』を発表し、作家デビュー。02年「十八の夏」で第55回日本推理作家協会賞短編賞受賞。

わが麗《マイ・スウィート・レイディ》しのきみよ……

C・グッドフィールド 作／吉野桜子 訳
「降霊会《セアンス》を行います」

美しい女主人の言葉に、応える僕の声は震えていた。

「お、奥様！　それは……」

「控えなさい、アンドルー。お前が口をはさむことではありません」

水晶の刃のように鋭い叱責《しっせき》を受けて、僕は口をつぐんだ。

さても面妖《めんよう》な。それが率直な感想だった。そのような怪しげなことを本気でやる気なのだろうか、この美貌《びぼう》の未亡人は。ラウンジに居合わせたほかの者たちの顔にも、一様に当惑の表情が浮かんでいた。

淡い紫の衣裳《いしょう》をまとったこの館《やかた》の女主人は、ラウンジの仄暗《ほのぐら》い明かりの中、かすかな笑みを浮かべてみなの顔を見回している。もっとも右肩の後ろに影のごとく控える僕には目もくれない。

「だってそうでございましょう。あのひとが一体わたくしにどうしてほしいのか、それを確かめなくては、この先一晩たりとも心を安んじて眠ることができませんわ。……ハーディ様」

女主人は不意に声の調子を蜜《みつ》のごとく甘く変えて、自分の左側に座った無骨な客人に語りかけた。

「あなたは恐れたりなさいませんわね。亡き主人がわたくしにどんな意向を抱いていようと、それを知る勇気をおもちですわね？」

女主人、ヘレナ・クレアモントはハーディ・スコットの右手にそっと白い手を重ねた。薬指に白金の指輪が光る。自分が人妻である——人妻であったことを相手に強調してみせながら、巧みに誘いをかけているようでもある。仕草のひとつひとつにそんな計算を感じさせながら、そのすべてが気品に満ちて美しい。彼女はそういう女性だった。

「も……もちろんですとも。ふん、肉体をもたぬものが、いまさらあなたに未練がましくつきまとうなど笑止千万。わしは必ずやあなたをお守りいたしますぞ」

そう言うと、ハーディは空いた手でブランデーのグラスを口に運んだ。だが、グラスを握るふしくれだったその手はかすかに震えていた。緊張したときの癖で、刀傷のある左の頬《ほお》にびくびくとけいれんが走る。

頑健な体格、粗野な物腰に似合わず小心な男よ。失笑したくなるのを危うくこらえた。

「インチキ霊媒師に頼ってでも兄の意思を知りたいほど、やましいことがおありなのかしら」

女主人の義妹にあたるアンジェラ嬢が冷ややかに口をはさんだ。ヘレナも再び声を氷に変えた。

「先生《マスター》は亡き夫の大切なおともだちです。夫の妹御とはいえ無礼は許しませんわ」

話題にのぼっている当の人物は、瞑想《めいそう》にでもふけるように目を半ば閉じて素知らぬ顔である。いつもの黒い長衣《ローブ》姿、彫刻刀で無駄な肉をそぎ落としたようなその顔立ちは年齢不詳だった。ヘレナの夫が生前懇意にしていた自称霊媒師、マスター・シヴァである。死者の声を聞くと称して降霊会とやらを行い、遺族にもっともらしいご託宣を下してまわっている。自らを神秘めかして見せる技術に長《た》けた山師としか思えないが、珍しいもの好きだったヘレナの夫はたいそう親しくしていた。彼の死後、今度は夫人のヘレナが彼の信者となったようで、近ごろではたびたび館に招いているのだ。

それぞれに個性の強い奥方と義理の妹は、主《あるじ》の生前には何度となく激しい衝突を繰り返していた。大輪の薔薇《ばら》が咲き誇っているような美貌の持ち主である奥方に対して、アンジェラ嬢は目鼻立ちこそ貴族的に整っているものの、残念ながらその顔に浮かぶ表情はとげとげしすぎ、舌鋒《ぜっぽう》は鋭すぎる。人が女主人をほめるにはもっぱら「それは美しい方」と言い、アンジェラをほめるには「たいそう聡《さと》い方」と言う、このあたりの違いが、二人の相性が悪い原因の一つだろう。ともあれ主の死後、二人が衝突することはほとんどなくなった。もちろん仲直りしたわけではない。お互いが相手の存在を徹底して無視するようになっただけである。今のようにアンジェラが義姉に話しかけるのは、久方ぶりなのではあるまいか。

「やめて、お姉様方」

亡き主人のもう一人の妹、ジャネット嬢がかすれた声でとめた。幼いころから病気がちな彼女には、姉にあたるアンジェラの強靭《きょうじん》さは薬にしたくともない。この可憐《かれん》な令嬢は降霊会という不吉な言葉におののいたか、血の気の薄い顔をいつもにまして蒼《あお》ざめさせていた。

客の一人であるお人よしの治安判事殿は思いもよらぬ宣言におろおろするばかり。暑くもないのに顔の汗をしきりにぬぐっている。そう、夏至《げし》だというのに妙に薄ら寒い晩だった。


ヘレナが若くして寡婦となったのはちょうど一年前のこと。彼女の夫、この館の元の主人であるリチャード・クレアモントが、夏至の夜に突然の死を遂げたのである。この館に付属する塔の一番上の部屋で、胸に短剣を柄《つか》まで埋めて……。この部屋は夫婦の寝室であり、扉には鍵《かぎ》がかかっていた。翌朝、お茶を運びに部屋を訪れた小間使いが主の返答のないのを不審に思い、家事の束ねをする家政婦のボーモン夫人に知らせた。胸騒ぎを覚えた家政婦はすぐに、たまたま本館で休んでいた夫人から鍵を受け取り、小間使いと共に部屋へ向かった。こうして二人は変わり果てた主の姿と対面することとなる。小間使いはあやうくヒステリーの発作をおこしかけたが、家政婦ががっちりとそれを抑えた。

「男衆の一人を起こして、お医者さまと治安判事さまを呼びに行かせなさい。それから家中のほかのものには、決して騒ぎ立てぬようにと」

そうしてもう一度寝室に外から施錠すると、誰も現場に立ち入らぬよう扉の外でがんばっていたという。忠義一徹の老婦人である。家の中が思いのほか平静だったのはこの家政婦のおかげといってよい。

それにしても謎《なぞ》の多い死だった。死者のガウンのポケットから部屋の鍵は確かに発見された。死んだ当人以外に鍵を所有していたのは、先にも述べたとおり夫人のヘレナである。寝室の鍵はその二本しかない。そしてその夫人は前日乗馬中に膝《ひざ》をいため、独りでは歩くのも不自由な状態であった。もちろん塔の長い階段をのぼることなどできはしない。その夜本館の一階で休んでいたのはそのためである。怪我《けが》が本物だということはこの目で見て手当までしたのだから間違いなく、後に治安判事にもそう証言した。

夫の死の知らせを受けた夫人の嘆きは激しかった。つややかな亜麻色の髪を振り乱し、信じられない、夫に会わせてくれと言いながら、不自由な脚で何度も立ち上がろうとしてはくずおれる。その姿を見て、凶報に駆けつけた治安判事もちょっとの間言葉が見つからない様子だった。人のよい治安判事が最初の検分に立ち会うことを許可したので、夫人は僕が背負って現場である塔の部屋にのぼることとなった。

あのときの現場の様子は今も鮮やかに目に浮かぶ。かすかに息を切らせながら階段を上りきると、こわばった顔で番をしていた家政婦が治安判事に一礼して扉を開けた。小暗い螺旋階段《らせんかいだん》から部屋に入っても大して明るくはなかった。正面の窓に鎧戸《よろいど》がおりたままだったからだ。だが、豪《ごう》奢《しゃ》な天蓋《てんがい》つきのベッドの脇《わき》であおむけに倒れたリチャードの姿ははっきりわかった。その胸には短剣が刺さったままで、こと切れてからかなりの時間がたっているようだった。

もの言わぬ体にとりすがってひとしきり泣いた後、夫人は放心したようにベッドに座りこんだ。影のようにつきそう僕がそばにひざまずき、テーブルの水差しからグラスに水を注いでさしだしても見向きもしない。

治安判事は困り果てた顔ではげあがった頭をこすった。

「こりゃあしかし、どういうことかな。窓から忍びこむのは無理だろうし」

地上五十フィートの窓の外は手掛かりのない塔の壁ばかり、しかも鎧戸がある。治安判事は自分で鎧戸を開けて、外からこじ開けた形跡がないのを確かめていた。

「そうなると、自分で胸に短剣をつきたてて……」

夫人がきっと顔をあげた。

「何をおっしゃるの。夫が自殺したとでも？　とんでもないことです。わたくしどもは申し分なく幸せだったのですから、理由がございませんわ」

無論自殺は罪悪であり、瀆神《とくしん》行為である。もし自殺だなどということになれば、教会の墓地に葬ってさえもらえないという不名誉な事態となる。夫人が否定するのも無理はないのだが……。

青い炎のような瞳《ひとみ》に睨《にら》まれて治安判事はたじたじとなった。

「いや、その、無論そうですな。つまりわしが言いたかったのは、そう、もしかすると短剣の手入れでもしていて足をすべらせ、運悪くそれが胸に刺さってしまったのではないかということで。その可能性はあるだろうか」

判事は夫人の視線から逃れるようにこちらを見る。

「そうですね。可能性がなくはないでしょう」

あたりさわりのない返事をしておいた。本音を言えば自殺としか考えられなかったが、そんなことを口に出す気はなかった。何かと世話になっているこの家に迷惑をかけるのは気がすすまなかったのだ。治安判事とて、事故だなどと馬鹿げた思いつきを本気で信じているわけではあるまい。同じ地方の名士として、治安判事もリチャードとの付き合いは深い。その一家の為にならないような結論は出したくないに決まっていた。

苦悶《くもん》の表情にゆがんではいたが、それでもリチャードの顔は生前の面影をとどめて美しかった。幼いころからよく見知った顔だけに痛ましさはなおつのった。

死体から目をあげると、鎧戸を開けたあとの窓からまぶしい夏空が見えた。その下に広がる荒野《ムーア》は今、赤紫のヒースの花が咲き乱れるもっとも美しい季節を迎えている。部屋の中を支配する冷え冷えした死の空気とは無縁の世界だった。塔の一番上などというおかしな部屋を寝室にしていたのは、当主のリチャードがこの眺めをことのほか気に入っていたからである。自殺の原因など見当もつかないにしろ、リチャードの魂はこの窓から鳥のようにはばたいて荒野のかなたへと飛びさったのではないか、そんな気がした。

そう、彼は昔から遠い眺め、果てしない眺めを愛し、いつも地平線の向こうに憧《あこが》れてやまない青年だった。村の大地主という自らの安逸な身分にはとうてい満足していなかっただろう。しょせんはお坊ちゃまのいだく不満にすぎないとも言えるが。

クレアモント家とヘレナの生家であるベントレー家はこの地方の二大名家である。どちらも大きな地所を抱え、昔から親密な関係を保っていたらしい。似合いの年頃の息子や娘がいればしばしば嫁のやり取りもしていたほどの仲だから、半ばは親戚《しんせき》といってよかろう。地方地主の子供たちは案外と友人を作る機会が少ない。村の子供たちとはお互い「身分違い」という意識が邪魔をして心から打ち解けるというわけにいかないようだ。そうなると、両家の子供たちが幼なじみのように仲良く育ち、やがてそれが結婚へと進んでいくのはごく自然なことだった。

ヘレナとリチャードの場合もそうだった。それでも幼いころは、ヘレナと姉弟同様に育った僕もまざって遊んでいたものだったが、長じて両家の家族ぐるみで都会にでかけるようになれば、ヘレナのエスコートはもちろん「同じ身分の」リチャードである。近在で有名な美男美女である二人の取り合わせは、都会の舞踏会でも十分目をひいた。二人が生涯の伴侶となることはまず周囲の暗黙の了解となり、やがて実現した。両家の婚姻ならばどこからも反対の出る余地はない。

それでも、ものわかった人の中には少々首をかしげる向きもあった。二人の気質がずいぶん違ったからである。

たとえばリチャードが都会に行くのは未知と出会うためであった。十年一日のような村の暮らしては決して望めない、未知の人々との出会いこそがリチャードの楽しみだった。おかげで「植民地で戦争に参加した」というのがご自慢の粗野な人物、ハーディ・スコットや、神秘を売り物にして有閑マダムたちの心を惑わすマスター・シヴァなど、あまり好ましからぬ人物ともつきあうようになったわけだが。一方ヘレナが都会に行くのは既知の人を増やすためである。彼女は自分を認め、賛美してくれる人に取り巻かれていなくてはどうにも安心できない女性であった。幸か不幸か彼女はそれだけの美貌と魅力、そして演技力を備えていた。ときおり思わずにいられない。この奥方は、舞台に立てばさぞや観衆を魅する大女優になれるのではないか。その演技で他人をも自分をも酔わせてしまうのが彼女の無上の幸福なのではないか、と。リチャードの妹のアンジェラ嬢が一度、かすかに口をゆがめて言ったことがある。

「リチャードは遠視ね。はるか遠くのものしか見えない。ヘレナは近眼。それも鏡に映った自分の顔しか見えないほどひどい近眼なのですもの。二人が同じものを見つめるなんてこと、とうていあり得ないわ」

さすがに彼女は、その冷めた目で兄夫婦を鋭く見抜いていた。

そんな夫婦であるから、甘い蜜月の時期をすぎるとかすかなきしみを発しはじめたのも無理はない。連れ立って夜会に出掛けても、奥方は自分の賛美者をまわりにはべらせて驕慢《きょうまん》な笑い声をあげ、夫は夫で奥方とまったく違ったタイプの女性となにやら親密に語らってばかり——多くは東洋の血を思わせる黒髪の女性だそうだ——、そんな話を聞いていた。二人の間柄はもうすっかり冷えてしまったのだろうか、とさえ思えたほどだ。脚の怪我のことさえなければ、夫に飽き足らなくなった妻の犯行という可能性は当然浮かんでくるところであったが……。

しかし、と思い返す。やはりヘレナがリチャードを愛していたのは間違いない。あの嘆きようはとうてい演技とは思えないからだ。

「ジャネット、しっかりなさい！」

強い声が物思いを破った。戸口に二人の令嬢、アンジェラとジャネットがいた。無残な兄の姿を見て卒倒しかかった妹を、姉が細くとも丈夫な腕で支えている。アンジェラの瞳は未亡人となったヘレナをひたと睨んでいた。

その後の奥方の行動には周囲のものの多くがとまどった。半年で喪服を脱ぎ捨てると、前にもまして華やかな色をまとうようになった。亡き夫の思い出話をすると称して夫の友人を次々館に招く。中でも歓待したのがあのハーディ・スコットである。この男、最近ではまるで居候のように館に長期滞在することも多い。どこぞの大地主の六男だかなんだかということだが、実に粗野で無骨な人物である。ちょっとしたことでも召使いを不機嫌にどなりつける彼は館の皆に受けが悪かった。目下の者にたいして横柄な態度をとる人物の器などたかが知れている。だがこれを男らしさと勘違いする向きもあるのか社交界ではけっこうもてはやされているらしく、本人はちょっとしたドン・ファン気取りだった。そういうわけだから誰もが彼と奥方との仲を疑っていたし、当てこすりや詮索《せんさく》を受けることもよくあったらしいが、奥方は周囲の反応などどこ吹く風であった。お坊ちゃんだけに純粋で美しかったリチャードを失った後でなぜあのような人物に目を向けたのか、奥方の思いはまったく解せない。そのうえ最近では怪しげな霊媒まで客人として迎えるようになったのだから、何をかいわんや、である。

しかしどうやら、霊媒を迎えるようになったのには理由があったようだ。

ここのところ不審なことが続く。リチャードが死んだ夏至が近づくにつれ、ヘレナがしきりにそう訴えるようになった。常に見張られているような気がする、窓辺でまどろんでいるとき確かにだれかが顔をのぞき込んだのに、目を開けるとだれもいなかった、風もないのにろうそくの火が揺れて消えることが何度もあった……気鬱《きうつ》の病としか思えないような訴えである。ヘレナが気を病むような性格かと問われれば首をかしげざるを得ないが、万事が芝居がかった女性だけにまた暗示にもかかりやすいのは確かだ。

だがヘレナは手をもみしぼってこう言った。

「わたくしにはわかるの。夫がわたくしに、何かを伝えようとしているのですわ。気のせいではない証拠もあります」

人払いをした部屋でヘレナは部屋着の胸をくつろげた。人払いといっても幼いころから姉弟同様に育った僕は別格である。ほんの赤ん坊のころに両親を失ったこの僕は近在の大地主であったベントレー家にひきとられ、一つ上のヘレナの遊び相手として（そしてしばしば、この気性の激しい女性のかんしゃくのぶつけどころとして）一緒に育てられた。ヘレナがクレアモント家に嫁いだときにもそのままついてきたわけで、ヘレナがいまさら男性と意識しないのも当然なのだが……それは本当にどうでもいい存在だからか、それとも空気のように欠かせないけれど意識していないだけなのか。後者であってほしいところだ。

形のよいふくらみを見せた白い胸は、彼女を幼いころから見慣れている目にもまぶしかった。その片方のふくらみの少し上に赤黒いあざができている。

「いつの間にか、少しも気がつかないうちにあざになっていたのです。これは気のせいでは片付けられないでしょう」

ヘレナはそう言う。あざ自体はたいした手当も必要ない軽いものだったが、一応湿布をはってやりながら答えた。

「うーん。しかし、どこかにぶつけておいて忘れてしまうなんてこともよくあるではないですか」

「手足ならともかくこんな場所、めったなことでぶつけることはありませんわ。まったく心当りがないなんてこと、考えられません。やはりこれは霊的な現象だわ。心霊的な攻撃を受けたときは体に心当たりのない傷ができることがあると、先生《マスター》がおっしゃいました」

マスター・シヴァのことである。

「ははあ、あの……」

うさんくさい男がねえ、と言いかけてあやうく言葉を呑み込んだ。ヘレナは繰り返した。

「先生《マスター》は、夫がわたくしに何かを訴えようとしているのだとおっしゃるの。何とかそれを聞き取らなければ……」

奥方の緊張した美しい顔を見ていると、彼女を脅《おびや》かしているのは夫の霊というより、夫に対して彼女が感じている後ろめたさではないだろうかという気がした。ハーディを迎えるようになってからこういう現象にさいなまれているのが証拠だと思える。

それにしても降霊会を行おうとは。マスター・シヴァの差し金だろうか。


そして夏至が訪れた。その晩、奥方は親しいものを招いて——つまりハーディや治安判事など——ごくささやかな夕食会を催した。ディナーの間、奥方はマスター・シヴァにしきりと「心霊」や「降霊会」について問いかけていた。マスター・シヴァはいかにも思わせぶりに最小限の答え方をすることで、自分を権威ある存在に見せるすべに長けていた。奥方は自分に加えられたという「心霊的攻撃」について語り、夫の魂がまだ安らぎを得ていないと嘆き、彼がなにを訴えたがっているのかを知りたいと言った。そしてディナーののち移動したラウンジで、とうとう奥方は「降霊会を行う」と宣言したのである。

男たちは顔を見合わせながらも、面子《めんつ》にかけて参加を承諾する。ジャネットは何事にも強く反対するということのない娘なので席に連なることになったが、実はこういうタイプの娘には、意外と心霊現象とやらに興味を示すものが多い。神秘と恐怖が強い酒のように、その繊細な神経を酔わせるのだろう。いつもと同じ儚《はかな》げな表情からは窺《うかが》えなかったが、彼女とて好奇心をそそられていなかったとは言えまい。アンジェラは参加を強制されでもしたら席を蹴っていたところだろうが、奥方がいかにもひきとってほしい風を見せたので逆に参加すると言い張りはじめた。これは恐らく奥方の作戦勝ちであろう。

ラウンジの中央に丸テーブルをしつらえ、その周りに椅子《いす》を七脚置く。明かりはテーブルの上のろうそく一本だけ。参加者たちを座らせると、マスター・シヴァは一人立ったまま話しはじめた。

「今宵は夏至の夜。諸霊の活動がもっとも活発になる夜です。その力を借りられるという点で降霊会を行うには実に都合がよいのです。だがその反面、邪悪な存在の侵入を許す可能性もあります。それを避けるため、まずこの場の浄化を行っておきます」

低く荘重な声だった。ろうそくの炎が揺れるたび、霊能者の細長い影もゆらゆらと揺れる。マスター・シヴァはラテン語の聖句を発声した。

「アテェ・マルクトォ・ヴェ・ゲブラァ・ヴェ・ゲドラァ・ル・オラァム・アーメン」

言いながらゆっくりと十字を切り、最後に胸の前で手を組む。見事な響きの声だった。しばらくは部屋の中を残響が支配し、空気がにわかに厳《おごそ》かなものに一変したような気がした。人物はどうあれ、神秘の衣をまとう術《すべ》は一流である。感心せずにはいられなかった。

彼は腰を下ろした。

「ごく簡略な儀式ですが、これで問題はないでしょう。今回は皆様にとってごく親しい霊を招くのですから。天使を召喚するようなときにはもっと厳密な儀式場の聖別が必要でありますし、魔界の存在を喚起するならば魔法円で身を守っておかなくては大変なことになります。かつて私は……いや、このお話はするべきではありますまい」

どうせ話すことなどありはしないのだろうが、このあたりの思わせぶりもなかなかうまい。

「それでは皆さん、テーブルの上に両手をお出しください。そして隣の方と手をつないで。こうして輪を作ることで生体エネルギーを循環させ、『力の場《フォース・フィールド》』を生み出します。人間の霊魂は本来ごく微弱な力しかもたないため、ここにできた『力の場』を利用して自分の意思を伝えるのです。光があっては霊が近寄りませんのでろうそくは消しますが、どんな現象が起ころうとも恐れる必要はありません。今申しあげたように、肉体をもたぬ霊魂は生者の皆さんよりはるかに弱く、また臆病なのです。皆さんが恐れて騒いだりすれば、霊魂はその何倍も恐れ、傷を負います。どうか心をしっかりもって、冷静でいてください」

いい終わるとマスター・シヴァは自分も両隣と手をつないで「力の場」なるものを完成させ、ろうそくの火を吹き消した。それからまたひとしきりラテン語を唱えはじめた。

「エル・エロヒム、オムニポテンス・アエテルネ・デウス、ジェセム・クリスタム……」

長々と続いた詠唱は、ひときわ荘重な「かくあれかし《アーメン》」という言葉で締めくくられた。最後の余韻《よいん》が消えると、呼吸をするのもはばかられるような静寂がラウンジを支配した。やがてその中に、かすかな音がした。「コツン」とも「コキン」ともつかぬ音だった。

「霊の合図がありました」

マスター・シヴァの声に重なって、また同じ音がした。ひっと息を呑む気配がしたのはジャネット嬢のようだ。

「私が質問いたします。皆さんは心を静めて集中していてください。……おうかがいします。あなたは我々と交流する意図をおもちですか。イエスなら一度、ノーなら二度、音をさせてください」

コツ、と音が一度。

「あなたはこのうちに縁の深い霊ですか」

同じく一度。

「ご先祖の方ですか」

コツコツ、と今度は二度。

「それでは近年亡くなった方と考えてよいのですね」

ややためらうように間があいて、音が一度。

「あなたは何かメッセージをおもちですか」

コツン。

「それはこのうちの令嬢であるアンジェラ嬢やジャネット嬢に対してですか」

コツン、コツン。

「それでは、奥方に対してですか」

心なしか張り上げたようなマスター・シヴァの声に、今度はずいぶん長い間があいた。覚えず緊張していたこちらの心に、突然錐《きり》をもみこむような悲鳴が響いた。続いてガタン、と椅子の倒れる音。一瞬、騒然となりかけた場にマスター・シヴァの叱責が響いた。

「皆さん、お静かに！」

マッチを擦る音がして部屋が少し明るくなった。光の中にマッチをもった治安判事の上半身が浮かび上がる。しかしみんなの目はすぐ、床につっぷして肩を震わせる奥方の姿にくぎづけになった。

降霊会は中断され、部屋には明かりがはいった。命じられて僕がもってきた気つけのブランデーを啜《すす》りながら、ヘレナは言った。

「わたくし、確かに夫の声を聞きましたの。わたくしの耳許でささやく声を」

その顔に恐怖の色はなく、むしろ陶酔したように頰にはバラ色がさしている。

「夫は以前と同じように愛情に満ちた声で、『わが麗しのきみよ《マイ・スウィート・レイディ》』とささやきました。『今夜は塔の寝室でやすみなさい。僕がなぜ君をおいてゆくことになったか、それを明らかにするから』

と。それを聞いた後、わたくし、何もわからなくなって……」

「あのときマッチをつけてしまったのは残念でしたな。あれで霊は去ってしまい、しばらくは呼びかけにも応じないでしょう。いや、無論あの場合はやむをえぬことでしたが」

マスター・シヴァは不服そうな治安判事の反論を封じ、ついでに中途半端に終わった降霊会を正当化した。霊媒師殿は落ち着き払っており、奥方は霊の出現をかたく信じている様子だが、ほかの皆は大なり小なり、今しがたの現象をどうとらえればいいのか途惑っているようだった。一番白けた顔をしているのがアンジェラ嬢である。

「そうだわ。早く寝室の用意をさせなければ。あの晩以来しめ切りで、さぞやほこりだらけになっていることでしょう」

奥方は酔ったようにわくわくした調子で言いながら立ち上がった。治安判事は慌てたようだった。

「奥方。本当にあの部屋でお休みになるおつもりですかな」

「そうですわ。何か不都合がございまして?」

「いや、別に不都合というものでもありませんが……」

治安判事は少し口ごもってから続けた。

「……危険ではないですかな」

「危険？　何がですの」

「うむ、さきほどの降霊会でも何やら妙なことが起こりましたし……」

「まあ、あれが危険ですって？　わたくし、夫の優しい声をはっきり聞きました。夫がわたくしに伝えたいことがあると言っているだけですのに、何の危険がありましょう。わたくし、夫の霊との大いなる交流《コミュニオン》を楽しみにしておりますのよ。ねえ、先生」

マスター・シヴァは重々しくうなずいた。

「いかにも。あの霊からは少しも害意のようなものを感じませんでした。むしろ深い愛情の波動がこちらにまで伝わって参りました。決して危険な存在ではありません」

「しかし、ご主人があの部屋で亡くなった原因もまだはっきりしませんのに……」

「わたくし短剣の手入れなどしませんから、事故の恐れはございません」

奥方の言葉には治安判事に対する皮肉のような響きがある。治安判事はぐうの音もでないようだった。だが彼の懸念も無理はない。リチャードの死以来、ヘレナは塔の寝室を使わず本館で休んでいた。夫の死の悲しみを思い出すからか、死の部屋に対する恐れか、その両方かもしれないが、塔の寝室はずっとしめ切ったままだ。そこを開けて使うという思いつきに、治安判事だけでなく居合わせた者の多くが迷信的な恐怖を感じたのではないだろうか。

「ですが、そうまでおっしゃるならアンドルーに」

奥方は肩越しにちらと僕のほうを振り向いた。

「塔の階段に通じる扉の張り番をさせましょう。そうすれば誰もこの本館から塔へ行くことはできなくなります。窓の鎧戸もしっかり閉めておきますわ。これで生きている者の危険もありませんわね」

「あら、生きている者って誰のことかしら?」

アンジェラが冷笑まじりに言った。この鋼《はがね》のような令嬢は、降霊会の結果などにはびくともしていない。

「危険うんぬんはわたくしが言い出したことじゃありません。判事さんに聞いてくださいな」

奥方も負けてはいない。女性二人のけんかのだしにされた形の判事は困り果てたようだった。

「それではせめて、寝室のすぐ外で張り番をさせたらどうです」

「部屋のすぐ外にいられたのでは落ち着きませんわ。霊との交流には集中が欠かせないのです。それに寝室の扉には鍵がかかります。鍵は二本ともわたくしがもっておりますから、大丈夫ですわ」

「しかしそれなら、不肖ご友人としてわしが番をするべきでは……」

ハーディがそれほど熱のこもらぬ様子で言った。ドン・ファンを気取る彼としては一応申し出なければ面目が立たぬと思ったのであろうが、こういう手合いは存外、霊魂のようなこぶしを振り回してどうなるものでもない相手に弱いものだ。

「いえ、それはいけません。夫との交流なのですから、あなたさまにいていただいてはいけませんわ。おわかりでしょう」

ヘレナはひどくなまめかしい笑いを浮かべた。では奥方は今、ハーディが自分の情人であることを認めたのであろうか。そもそも奥方は、ハーディとの関係を後ろめたく思って降霊会を催したのではなかったのか。だがそれでもやはり、夫の声を聞いたことでハーディのことなどどうでもよくなったということだろうか。女心は謎だらけである。

だが、ハーディにはそのような微妙な問題はどうでもいいようだった。とりあえずリチャードの霊と決闘する必要がなくなったことで、目に見えてほっとしていた。

「ま、奥様がそうおっしゃるなら」

「ありがとう存じます。……アンドルー、自分の役目はわかったでしょうね」

僕は素直にうなずいた。

不安がないといっては嘘《うそ》になるが、一度言い出したが最後引き下がるような女性でないことは皆知っていた。これ以上とやかく言っても無駄というものだ。

「そうと決まったらさっさとなさいな。急に寝室の用意をさせられるなんて、小間使いたちも難儀なことだわね」

アンジェラ嬢はわざとらしくあくびをしながらそう言った。

実際大騒ぎだった。ほこりだらけの部屋をどうにか整えるのに小間使いたちでは手が足りず、老家政婦まで駆り出されての大仕事となったのだ。ヘレナは熱に浮かされたようにあれこれと指図していた。一晩のことだというのに化粧道具だの衣裳を入れたケースだのを運び込ませている。まことに難儀である。

だがいささかの気味悪さは感じていたにしろ、誰一人として思いもしなかっただろう。上気した顔で紫のドレスを翻し、螺旋階段の薄くらがりに消えた奥方が、翌朝あのような痛ましい姿で発見されるなどと……いや。今にして思い返せば、階段に通じる扉の前で奥方を見送った我々のうち一人は、その姿をありありと思い浮かべていたはずであった……。

「一体これはどういうことなんだ。アンドルー、下の扉の前で張り番をしていたんじゃないのかね」

「もちろんです。ゆうべは扉の前から動いておりません」

女主人の遺体のそばに片膝をついていた僕は、治安判事のなじるような声に呆然《ぼうぜん》と答えた。

「ふん。居眠りでもしておったんじゃないか?」

「それは……おおかたはうとうとしておりましたが」

僕は唇をかんでちょっとうつむいたが、すぐ顔をあげてきっぱりと言った。

「でも、扉にぴったり椅子をおしつけ、そこに腰掛けていたんでございます。不心得者が通ろうとすれば私をつきのけていかねばなりません。そんなことをされればもちろん目をさましたはずです。ところが今朝、奥様にお茶をおもちするアニーに起こされたときもゆうべと同じ姿勢のままでございましたから」

「うむ……」

人のいい治安判事はそれ以上追及する方法を思いつかないようだった。

「判事さま、下の扉だけのことではありませんわ。さしでがましいようですが、この寝室の扉には内側から鍵がかかっていたはず。そして鍵は二本ともヘレナがもっておりましたでしょう」

アンジェラが言った。ハーディ・スコットなど戸口のところから及び腰で眺めているだけなのに、この令嬢は恐れげもなく、部屋の様子を子細に観察している。ヘレナの遺体を見下ろしたとき、その顔には突然の死に対する嫌悪と好奇心、そして一抹《いちまつ》の――荒野にかかる朝靄《あさもや》のようにかすかな――哀悼が浮かんでいた。悲嘆にくれる素振りなどしないのがこの令嬢らしいところである。

「うむ。どうだ、昨夜奥方は確かに鍵をかけたかね」

奥方が部屋に入るぎりぎりまで部屋の掃除に追われていた小間使いと家政婦が、口々に判事の問いに答えた。

「間違いございません」

「奥様は最後にもう一度、明日の朝九時までは何があっても起こさぬよう、お客様にもくれぐれもその旨伝えるようにとおっしゃって扉をお閉めになり、その後確かに鍵をおかけになりました。錠のおりる音をこの耳で聞きました」

「それで、その鍵は今どこに？」

「ここに二本とも」

治安判事の問いに僕が答えて、倒れた奥方の右 掌《みぎてのひら》と顔の間あたりから、一つの輪にはまった二本の鍵を持ち上げた。ちりん、とかすかな音がした。奥方が手にもっていたものが倒れた拍子にこぼれたらしく見えた。

夏至の夜はこの館に再び惨劇をもたらして明けていた。朝九時に寝室の扉をたたいたのは去年リチャードの遺体を発見したのと同じ、アニーと呼ばれる小間使いだった。実に不運な娘である。去年と同じように返事がないのを知った彼女は、震え上がって家政婦のボーモン夫人の許に駆けつけた。今回家政婦はすぐに若い使用人たちを起こした。鍵は二本とも奥方が部屋にもって入っている。他の者が入るには扉を打ち破らなければならなかったからだ。こうして奥方は寝室の中で息絶えているところを発見された。

それからすぐ治安判事や客人も起こされ、降霊会に参加していた面々がみな寝室の前に集まった。壊れた扉の中をのぞいたとき、薄暗さの中でも目を射るのは鮮やかな色彩である。まるでバラの花びらをしきつめたような深い赤。豪奢なドレスを身につけた女主人が、ベッドのそばに倒れてこと切れていたのだ。ドレスの背中の部分は地色より一段暗い赤に染まり、短剣の柄がその中心にのぞいている。かなりの力で一思いに突き刺したようだった。そのせいか、あまり長く苦しまずにすんだらしい。丁寧に化粧をほどこした美しい顔は思いの外に安らかだった。

部屋の様子は去年と変わっていない。向かって右手にゆうべ大急ぎで整えた天蓋つきのベッド、しかしそのシーツは少しも乱れていなかった。奥方は結局このベッドに横たわることはなかったらしい。扉から見て正面にある窓には、去年と同じく鎧戸がおりていた。治安判事が今回も開けてみていたが、異状はなかったようだ。窓の左手には化粧台とスツール。部屋の中央にはテーブルと椅子が二脚、テーブルの上には水差しとグラス。そして奥方の遺体はテーブルとベッドの間に、足を窓のほうに向けて俯《うつぶ》せに倒れていたのだ。右手の壁にはカーテンで仕切られた小部屋《アルコーブ》があり、その中はこぎれいな浴室になっている。もちろん不審な人物がひそむ余地などなかった。

「やはり鎧戸に異状はなし、外の壁にも手掛かりになるようなものはなし……だがこの傷ではなあ」

治安判事はまたも去年の繰り返しで、困り果てたようにはげ上がった頭をこすった。背中を一突きされて死んでいるとあっては自殺であるはずもなく、事故と強弁するのも無理であった。

「それに判事さま、この短剣に見覚えがおありでしょうか」

アンジェラに言われて判事は、こわごわ奥方の背中に目を近づける。彫刻をほどこした柄は確かに特徴のあるものだった。

「これはまさか、去年ご主人が亡くなったときの」

「そうですわ。これは確かに兄が生前愛用しておりましたもの。そして死んだときはその胸にさっていた、あの短剣です」

「なんということだ。あの後処分なさらなかったのですか」

「ヘレナがあの化粧台の引き出しにいれたままでした」

アンジェラは部屋の隅の化粧台に目を向けた。

「不吉な品ですが、兄の形見でもありますから捨てるにはしのびないとか申しまして。思い出ごと、寝室ごと封印してしまおうと、芝居がかったことを言っておりましたよ」

アンジェラの声にいつもの皮肉な調子が少し戻った。この事実は初耳だったが、奥方の気持ちとしては自然なことかとも思われる。

「しかしそれでは、一体どういうことなんじゃろう」

「判事さま、ご遠慮なくおっしゃってくださいな。当然、ゆうべこの館にいたものが疑われるところでございましょう」

アンジェラの声が死の部屋に響いた。部屋にいた誰もが、こわごわ周囲を探っていた傷口に不意に触れられたように顔をしかめたが、かえってほっとした空気も流れた。言いにくいことを言ってもらったためだろう。確かに自殺とも事故とも考えられない以上、奥方は何者かに殺されたという思いが当然浮かんでくる。窓からくせ者が忍びこんだということもまずありえないのは昨年と同様だ。それでは本当に内部のものが……いや、やはりおかしいではないか。

同じことを考えたらしい治安判事がむっつりと言い返す。

「アンジェラさん、それが無理だということはあんたもさっき言ってただろうに。下の扉ではアンドルーが張り番をしていた。あの扉以外にこの塔への入口はあるまい？　まあアンドルーは居眠りもしたらしいので絶対とは言えぬにしろ」

治安判事の八つ当たり気味の視線を受けて僕は目を伏せる。

「寝室の扉に鍵がかかっていたこともミセス・ボーモンたちの証言で確かめられた。これではゆうべ館にいた者でも、この寝室に忍びこむことは不可能じゃろう」

「ヘレナが中から鍵を開けたとすればどうかしら？」

一瞬、部屋の空気がざわっと動き、その後静まりかえった。アンジェラは言葉を続ける。

「そうよ。誰かが大事な用を装って扉を叩《たた》いたとすれば」

治安判事が態勢をたてなおした。

「いや、無理だ。仮にそうやって凶行に及んだとしても、その後で扉に鍵をかけることはできまい。この扉は内からでも外からでも、鍵がなければ施錠できんじゃろう？　ところがその鍵は二本とも部屋の中にあった。ほかに合鍵があれば別だが」

「いえ、ございませんでした」

家政のことなら誰にも口をはさませぬボーモン夫人がきっぱりと断言した。

「あら、そのことなら簡単だわ。だって……」

アンジェラは意味ありげに僕がテーブルの上に置いた鍵を眺めたが、何を思ったか話題を変えた。

「そうね、鍵のことはさておくとしても、やっぱり変だわ。だってヘレナはあれほど、決して自分の邪魔はするなと言っていましたものね。たとえ聖ペテロがやってきて大事な用だと言ったところで、あのヘレナが扉を開けたとは思えないわ。扉の向こうから剣突《けんつく》をくって追い返されるのがおちね。

ああ、火事だとか何とか言ったとしたらどうかしら。……いえ、これも駄目。そんなふうにだまして開けさせたなら、すぐ凶行に及んだはずだから扉の近くに倒れているはずだわ。扉を開けてすぐ刺されたなら傷の位置も背中にはならないでしょう。よほど相手に心を許して背中を向けていないと、こんな刺され方にはならないんじゃないかしら。格闘のあともないことだし」

アンジェラは話しながら考えをまとめようとするかのように、部屋の中を歩き回った。お株を奪われた治安判事は口をぱくぱくさせるばかりである。

「それに何よりも解せないのはヘレナのこのドレスね。ディナーのとき着ていたのとは違う、確かヘレナが一番気に入っていた晴れ着だわ。これ、昨夜用意させたのかしら」

問われた小間使いの一人がおろおろと答える。

「そうでございます。ゆうべ、夜着やお化粧道具と一緒にこのドレスも運ぶようにと奥様から仰せつかりまして、わたし、あの、不思議には思いましたけれども……」

「心配しなくともあなたを責めてるわけじゃないわ」

そっけない口調で相手を安心させてやってから、アンジェラは考えこむ。彼女の衣裳は奥方の華やかな色彩とは対照的に、無彩色の銀鼠《ぎんねず》である。夜明けの月のような色合いはきつめの顔立ちによく似合っていた。

「どうして寝室に引き取ってから、わざわざ一番いいドレスに着替える必要があったのかしら。化粧も丁寧になおしてあるようだわ。誰かを迎えるつもりだったのかしら。ヘレナにとって大切な誰かを」

部屋の中のいくつかの目が一瞬、ハーディ・スコットのほうを向いた。粗野な割に小心な彼は敏感に覚《さと》ったようだった。

「何と、わしをお疑いになるのかな。それは侮辱ですぞ。わしに対する侮辱であると同時に、亡くなった奥方に対する侮辱でもある。奥方はそれは貞節なお方で、ご主人を慕われること深く……」

「誰もあなたのことだなんて言ってやしないわよ」

アンジェラはうるさそうに顔をしかめる。

「仮にあなたがヘレナの情人だったというなら、彼女がそれを迎えるのにどうしてよそゆきの晴れ着に着替える必要があるの？　それこそ夜着で十分なはずだわ」

「アンジェラ様」

家政婦がこの困った令嬢をたしなめた。確かに良家の子女の口にすることではない。アンジェラは涼しい顔である。

「それにスコットさんは、リチャードの短剣がこの部屋にあることなどご存じなかったでしょうしね。ヘレナがそんなことを話す理由がないもの。万一聞かされていたとしても、殿方がそれを取り出すために化粧台に近づいたりすれば不審がられるのが落ちよ。その点で判事さんたちも除外されるわね。あら、ごめんなさい。本気で疑ってるわけじゃないのよ」

アンジェラ嬢はかすかに笑って一礼した。

ハーディ・スコットは赤くなったり青くなったりしていた。言い返したいが下手《へた》なことを言って犯人と疑われてはかなわない、というところか。それでもようやく一矢《いっし》報いる気になったようだった。

「それではあなたのほうこそ怪しいのではありませんかな。ご婦人ならば口実をこしらえて化粧台に近づくのは簡単でしょう」

「あら、さっきも言った通りですわ。私やジャネットが相手では使用人と同様、ヘレナは扉を開けたりしなかったでしょう。仮に開けたとしてもこんなに着飾っている理由はないわ」

やすやすと言い返されてハーディは黙ってしまった。治安判事がようやく口をはさんだ。とはいっても最前と同じ言葉である。

「それでは一体……どういうことになるのかな」

まったくだ。これは一体どういうことなのだろう。

アンジェラが答えるより早く、これまで蒼い顔をして黙っていたジャネット嬢が叫んだ。

「そうよ、お兄様だわ！　お義姉様《ねえ》はお兄様の霊との交流《コミユニオン》を切望していたのでしょう。愛するお兄様に美しい姿を見せたかったから、一番の晴れ着を着たのよ。そしてお兄様は、降霊会のときの約束どおりこの部屋に現れた。そしてお義姉様を自分の短剣で刺して命を奪ったんだわ。霊になったお兄様なら扉に鍵がかかっていても関係ないでしょう」

「まさか……なぜそんなことが」

　治安判事はどぎもを抜かれたようだった。

「そうね。まず考えられるのは復讐《ふくしゆう》かしら。もちろん去年の事件のときヘレナが脚をいためなかったらの話、お医者様の診立《みた》てもある以上それはないでしょうけれど」

　アンジェラがまた皮肉っぽい調子で言った。皮肉の内容がみんなに伝わるまでちょっとかかった。治安判事がどもりながら言う。

「つ、つまりそれは、お、奥方がリチャード殿を殺したということかね。霊魂がその復讐に現れたとでも？　しかし、去年の奥方の嘆きはご覧になっただろう。とても芝居とは思えませんでしたぞ」

　アンジェラ嬢はひらひらと手を振った。

「あら、ヘレナがリチャードを憎んでいたなんて言っておりませんわ。愛していたからこそ、彼女には動機があったのよ。だって兄は、ヘレナを置いて去ってしまおうと考えていましたもの」

　小さな部屋にまたざわめきが走った。この話も初耳である。

「リチャードが何度か、都で会う黒髪の異国美人に熱をあげた話は、みなさん聞いておいてでしょう? 去年の熱は特にひどくて、その相手を『一緒に君の故郷に行って暮らそう』なんてかき口説いていたらしいわ。リチャードも馬鹿よね。お坊ちゃんなんだから、異国に行ってどうやって暮らすかなんて考えてもいない。相手に対する気持ちだってどこまで本気だったのか怪しいものだわ。リチャードは狭い世界にいるのがいやで、遠い国に憧れつづけていた。結局はその憧れが、異国の雰囲気を漂わせた女性への憧れという形をとっただけだと思うわ。そしてまた悪いことに、ヘレナにはそういう遠くへの憧れが少しも理解できない。だからヘレナの目には、リチャードが単に自分よりその女性を選んだというふうにしか映らない。ほかの女にとられるくらいならいっそ……愛していたからこそそんな気になったとしても不思議はないわね。二人とも本当に馬鹿だったわ」

吐き捨てるようにそう言ったアンジェラの表情はしかし、なぜか痛ましそうなものだった。いつもの冷笑的な表情よりこのほうがずっと美しい。何のかの言ってもヘレナとリチャードを一番よく理解していたのは彼女だったかもしれぬ。

「なんでそれを去年言ってくれなかったのかね」

治安判事が気色《けしき》ばんでいる。アンジェラはまた手を振った。

「だからさっき言ったでしょう。ヘレナが歩けなかった以上、彼女が手を下したのでないことは確かですからね。それなら、別れ話が行き詰まったリチャードが勝手にこの世からおさらばしたと考えるのが自然だったのよ」

なるほど、彼女も事故だなどとは信じていなかったらしい。ジャネットがまた叫んだ。

「そうよ。復讐なんかじゃない。お兄様も本当はお義姉様を心から愛していた。だから亡くなったあともだれにも渡したくなかったんだわ。だからこそ、その……」

ジャネットはちらりとハーディ・スコットに目をやり、顔を赤らめた。

「スコット様がいらっしゃるようになってからお義姉様にメッセージを送るようになった。そしてついにゆうべ、お義姉様をやさしく抱きしめながら自分の許《もと》に連れ去ったのだわ」

亡霊が愛する妻を抱きしめ、その背中を短剣で優しく貫く。その想像は確かに、ジャネットの乙女心を揺すぶったようだった。すっかり恍惚《こうこつ》とした表情になっている。

「しかし……シヴァ殿でしたかな、言っておられたでしょう。ゆうべの霊に害意は感じられないと」

治安判事は弱々しい反論をはさんだ。インチキ霊媒師の言ったことを根拠にするようではおしまいである。これまで部屋の入口近くで悠然と構えていたマスター・シヴァは動じるふうもなかった。今日も相変わらずの黒い長衣《ローブ》で、やせこけた容貌《ようぼう》はどこか死神めいている。

「いかにもその通り。リチャード殿の霊にとっては、ただ愛する奥方を自分の世界に招こうとしただけのこと。そもそも現世と霊の世界はごく薄いしきりを隔ててすぐそばにあるもの、そのしきりを先に越えたものからすれば、後から来るものに手を貸して仕切りを越えさせてやることなど何の抵抗もありますまい。ですから害意が感じられなかったのも当然なのです」

詭弁《きべん》だと頭ではわかっているが、これほど不可解な状況下で聞くと奇妙な説得力があった。アンジェラ嬢も何も言わず、黙って鎧戸を開けた窓から外を見ている。すらりとした銀の立ち姿は月の女神のようだった。その顔に不可思議な表情が浮かぶ。あれは、そう——憐《あわ》れみ、か？　ヘレナに対する？　生前のヘレナなら、この義妹から憐れみを受けるなどとうてい我慢できなかっただろうが。

窓の外は昨年と同じ、美しい水色の夏空が光っていた。この窓から飛び出した夫を追ってヘレナの魂も空を駆けたのだろうか。その背に深紅の翼を与えたのは、本当に夫の霊魂だったのだろうか。自分の命を断ったのと同じ短剣で？　だからヘレナの死に顔は思いもよらぬほど安らかなのだろうか。

まさか。信じがたいことだ。しかし、それしか説明はつかないのだろうか。

……いや。

あったではないか。すべてに説明のつく方法が。しかしそうだとすれば、これは何という痛ましい事件だったことか。

［「わが麗《マイ・スウィート・レイディ》しのきみよ……」問題編　了］

「お待たせしました」

一番時間をかけて読んでいた清水《しみず》先輩が、ようやく問題編のコピー原稿から顔をあげた。やれやれ、である。目の前で作品を読んでもらうというのはどうにも心臓に悪い。できることなら朗読したんだけれどそうもいかないので、三人の先輩に一部ずつコピーしてきて読んでもらったのである。

見渡せば花も紅葉《もみじ》もなかりけり。土曜の昼下がり、私たちが溜《た》まっている喫茶「オーギュスト」では相変わらず閑古鳥だけがさえずっていた。もちろんそれだからこそ、われら浪速《なにわ》大学ミステリ研究会、略して「なんだいミステリ研」の溜まり場にできるのである。ミステリが三度のご飯より好きなフルメンバー四人、放っておけば何時間でもテーブルを占領してミステリ談義をし続けるのだから。マスターも慣れたもので、ときには「留守番頼むわ」とパチンコに出掛けたりする。いっぺんその間にお客さんが来てしまったので、若尾《わかお》先輩が勝手にカウンターに入り、コーヒーをいれてお出ししたことさえある。——あ、いや、そんなことはどうでもいいんだ。

「で、どうですか？」

週に一度の例会の話題は新刊の品定めが中心だが、今回は私こと吉野桜子《よしのさくらこ》が書いた犯人当て小説にチャレンジしてもらうことになった。先日ふと思いついたトリックを一刻も早く誰かに知らせたくて書いてみたのだ。でも、なにしろ初めての犯人当てである。どきどきしながら感想を聞いた。

「まあ、書きたいポイントはよく書けてるんじゃないか。うまい下手は別として」

私の隣でいち早く読み終え、退屈そうに待っていた若尾先輩がコメントした。「なんだいミステリ研の頭脳」と呼ばれるこの凄絶《せいぜつ》な美男子は口が悪い。何世代か前にまかり間違って堕天使の血統が混ざった、と噂《うわさ》されるだけのことはある。

「いやあ、すごいなあ。ちっともわかりませんねえ」

正面に座った「なんだいミステリ研の良識」こと清水先輩が、お公家さんのような顔をおっとりほころばせて言った。

「小説としては問題があるで。なんか登場人物が立ってこんのやな。人間が書けてないんちゃうか」

はす向かいでさっきから頭を抱えていた「なんだいミステリ研の筋肉」黒田《くろだ》先輩は、やんちゃっ子よろしく口をとがらせてどこかで聞いたような文句をつけた。ふっふっふ。そういう感想を述べるところをみると、黒田先輩は思うツボにはまってくれている。

「そうですか？　女主人のヘレナなんて、いかにもいそうやないですか」

気を遣ってくれる清水先輩。ほんとにいい人だ。

「何をいうか。俺はああいう女は嫌いや」

「いえ、別に好きずきを言ってるんじゃないんですけど……」

「まあそのへんはまだええねん。肝心の語り手がな、どうも見えてこん。文章にところどころ違和感があるしな」

黒田先輩、はまりまくりの大当たりである。

「それになんか大時代や。なんでこんな外国の、昔の金持ち連中をださないかんかったんや。原作者名まででっちあげてやな」

「Cはチェリーの略、吉野でグッドフィールド。ミステリファンなら遊び心を理解してくださいよ」

「吉野、気にしなくていい。犯人がわからないから八つ当たりしてるだけだ」

若尾先輩が切れ長の目を細めていった。

「はい、ぜーんぜん気にしてません」

「……訂正する。少しは気にしてやれ。黒田が不憫《ふびん》だ」

黒田先輩はごつい背中を丸め、壁のほうを向いて何やらぶちぶちいっている。……不憫かもしれない。

「だけど雰囲気がいいじゃないですか。僕は好きだな。これ、『嵐が丘』をイメージしたんでしょう」

「さすがは清水先輩。『嵐が丘』は私の青春の書なんです。ヒースの野に咲く、不毛だけれど美しい愛……」

夢見る乙女の独白を堕天使の末裔《まつえい》がさえぎった。

「雰囲気はともかく、この話の舞台は大時代でなきゃいけなかったんだろう？　現代日本ではどうしても、この話のメイントリックが不自然になるからな。昔の日本でもあるいは中世ヨーロッパでもかまわなかったところだが、吉野がたまたま『嵐が丘』の雰囲気になじんでいたからその時代を舞台にしたわけだ」

ふーんだ。確かにそうなんだが、これだけの美男子である若尾先輩に彼女がいないのは、ひとえにこのロマンを解さない性格のせいだ。そうに決まってる。

「すねるなよ。……いいじゃないか。トリック自体に似た前例はいくつもあるが、それと舞台の融合が悪くない」

黒田先輩が壁際から復活して目をむいた。

「おい、似た前例があるって……まさかこれ例の、〝ドアの前で考えた〟やっちゃうやろな。（桜子註……黒田先輩がどういう作品のこと言ってるのか、おわかりですよね？）俺かてそれは考えたが、それやったら明らかなアンフェアやから除外したんやで。自分で『信じがたい』とか言うてるやんか」

「いや。その意味ではこの話、百パーセントフェアと言っていい」

若尾先輩がきっぱりと断言してくれた。どうやらこの人には完璧に見破られているらしい。

苦悶すること一時間、コーヒー三杯を空にした黒田先輩がギブアップしたので、私は解答編を配った。そうして見守る。最初の一字を読んだ黒田先輩が「どわあっ」とわめくのを。

僕《しもべ》は静かに言った。

「私が奥様を殺したと、先生はそうおっしゃるんですか」

その表情は、世界の終わりを見てしまった者のように穏やかだった。……その通りだ。この世の何にも代えがたいほど愛していた女主人を殺したとき、アンドルーにとって世界は終わってしまったはずだった。話があるから塔の部屋に行こうと声をかけたときも、この青年は不審そうな顔さえ見せなかった。何もかもがどうでもよかったに違いない。

事件から一週間たった午後のことである。窓の外はあの日と同じように輝かしい夏の景色を見せ、それに反して部屋の中はひんやりと涼しかった。再び使う者のなくなった寝室には、まだ死の空気が静かにわだかまっているようだ。言うまでもなく奥方の遺体は運び出され、弔いもすんでいるが、それをのぞけば部屋のたたずまいは事件の朝とまったく変わっていなかった。テーブルの上には二人の命を奪った短剣が置かれたままだ。

わしはアンドルーの言葉に答えた。

「そうだ。考えるまでもない、簡単なことだった。下の扉の前ではお前が張り番をしていた。そこを通り抜けた者がいないからといって亡霊を持ち出すには及ばん。当のお前が通ったのならな」

「しかし、この部屋の扉には鍵がかかっていましたね」

「それも簡単なことだ。奥方が中から鍵をあけてお前を迎え入れたのだ。お前は奥方を刺し殺し、それから扉に鍵をかけた。そして翌朝遺体が発見されたとき、隠し持っていたその鍵をいかにも床から拾いあげたふりで皆に見せた」

「何もかもおわかりのようですね」

アンドルーの純朴な顔が痛々しくゆがんだ。

「いや。一体なぜお前がそんなことをしたのか、そこのところには確信がもてん」

「私はあのかたのしもべでしたから……命令には従わなければなりません」

やはり。思わずため息が出た。確信がもてなかったとはいえ、ほかの理由はあり得ないと思っていた。彼がおそらく自分自身よりも愛していたであろう女主人を殺したのなら、それは女主人本人の命令であったとしか思えないからだ。聖ペテロがやってきても開くはずのなかった扉が開いたのも、それが中にいた奥方の意思であったなら当然のこと。化粧台にしまっていた短剣が使われたこともこれで説明がつく。奥方が手ずから出して彼の手に握らせたのだろう。残酷な命令と共に。

「リチャードを殺したのも奥方の命令かね」

「そこまでご存じなのですか」

アンドルーは悪びれなかった。否定する必要も感じなかったのだろう。

「もちろん知っていたわけではない。今回の事件が起こるまでは自殺だろうと思っていたよ。だが今回のことで去年の事件もまったく違った目で見ることができた。アンジェラ嬢の証言もあったからな。奥方は、別の女性に走ろうとした夫を嫉妬《しっと》のあまり殺してしまおうと決心した。しかし自分に容疑がかかってはいけない。だから自殺に見せかけるためわざと膝を打って歩けない状態を作り、そのうえでお前に——自分の命令ならば決して逆らうことのないお前に鍵を渡して、夫を殺すよう命じた。お前は命令に従い、その後で鍵を返した」

「そう……ですが、ほんの少し違います。あのかたが気になさっていたのは容疑がかかることなどではなかったのです。ご自分がリチャード様を殺したということになれば、リチャード様が奥様を捨ててしまおうとしていたことが明るみにでます。それは誇り高い奥様にはとうてい耐えられないことでした」

アンドルーは何かがほどけてしまったように話し始めた。

「自殺だろうかという判事様の言葉を否定なさったのも同じ理由です。自殺だなどということになれば、旦那《だんな》様が奥様をおいていってしまったことになる。それも奥様には耐えられぬことでした。自分たちは愛し愛され、本当に幸せだった。旦那様が自分をおいていく理由などない。周囲の者にそう信じさせ、やがて自分もそう信じるようになりたいと思っておられたのです。……でもご自分の意思だったはずなのに、リチャード様が本当にこの世からいなくなってしまうと、奥様にとってこの世界は生きていくに値しないものとなった。リチャード様を殺せば永遠に自分だけのものにできると思っていたのに、結局はリチャード様と一緒に、この世界のすべてが奥様から失われてしまった。……しかし自分で命を絶ってしまっては、夫においていかれた傷心のあまり死んだとしか思われないでしょう。あのかたは自分が夫に愛されていたというしるしを残そうとなさったのです。そのために奥様は、亡霊でなければ出入りできないはずの部屋で殺されなければならなかった」

そういうことか。つまりは自分がリチャードに対してした——ほかの女性に渡さぬため殺した——ことを、裏返して演出したわけだ。ほかの男性に心を移すふりをし、夫の霊が他人に渡さぬため彼女を殺したという形にすることで、自分が愛されていたことを証明しようとした。虚栄といってしまうのはたやすいことだが、わかるような気がする。ヘレナのように人の目に映った姿を見て己の存在を確認することしかできない女性にとっては、他人の目に映った事実こそが真実なのだろう。自分が夫に愛されていたのだと他人さえ信じてくれれば、それが真実になるように思えたにちがいない。たとえそれが自分の死後であっても。

「結局ハーディ殿はただの当て馬か」

「もちろんですとも」

アンドルーは口にするのも馬鹿馬鹿しい、といった口調だった。さすがにハーディ君には同情を覚えた。ドン・ファンどころかとんだ道化である。

「奥様にとっては仲を疑われそうな相手なら誰でもよかったのです。以前からそうでした。奥様がいつも周囲に賛美者をはべらせているのでとやかく言う者もいたと聞いていますが、奥様はそうすることで、リチャード様に自分のほうを見てほしいと訴えておられたのですよ」

やはり彼女は女優というにふさわしい女性だったのだろう。たった一人の観客に見られることだけを望み、そしてそのたった一人に見てもらえなかった、寂しい女優。彼女が死んだときにまとっていた華やかな赤が目に浮かんだ。

「つまりあの華やかなドレスはいわば舞台衣裳だった。自分の命とひきかえに、夫に愛されていた妻の像を演出したわけだ。安らかな死に顔もそのための演技だったわけだな」

「そうです。それに私も……できるだけお苦しみの少ないように刺しましたから……『わが麗しのきみよ《マイ・スウィート・レイディ》』とささやきながら。お二人が睦《むつ》まじかったころ、リチャード様がよく遣っておられた言葉です」

リチャードの遣っていた言葉。しかしアンドルーにとってまぎれもなく自分自身の思いだった。恐らくただ一度の愛の言葉だったのかもしれない。

「それにしても、よりによって誰よりも自分を愛していた男に自分を殺させるとはな」

「私への罰だったのでしょう。奥様は私を憎んでおいででしたから。リチャード様を殺したことで」

思えば恐ろしいことを、アンドルーは淡々と口にした。自分で命じたにもかかわらず、ヘレナは夫の死を悔やみ続けたのだろう。リチャードの遺体を見たときの嘆きはまさしく本物だったのだ。その後も折にふれ、彼女はアンドルーを責め続けたのかもしれない。「なぜ殺したの？ なぜあのひとを殺したの？」と……。ぞっと身震いを感じたのは、死の部屋の薄ら寒さのせいばかりではない。愛とはときに、人をここまで身勝手にするものか。

詮ない繰り言と知りながら、つい口にしてしまう。

「わしは昔から、ヘレナがお前の愛に報いる気になればいいと思っておったよ。身分の釣り合いなぞどうでもいい。ヘレナにはお前のように、じっと自分だけを見つめてくれる者が必要だったんだ。リチャードのように遠くばかりを眺めている男ではなくて」

アンドルーは軽く頭を振った。

「ありがとうございます。でもどうしようもないことでした。あの方が愛しておられたのはリチャード様だけ、けれどリチャード様はあの方のほうをご覧にならなかった。奥様があれほど狂おしく、声にならぬ声で『私を見て』と叫んでおられたのに、振り向こうともせずいつもはるか彼方《かなた》ばかり見ておられた」

アンドルーの目に悲しみの影がよぎった。そうだ。そしてヘレナも、自分の側でいつも自分を見つめ続けた忠実な青年のほうを振り向こうとはしなかったのだ。

何やらひどい疲れを感じた。肝心なことはすっかり聞いてしまったのだが、念のためにたずねておいた。

「マスター・シヴァも奥方に雇われたのかな」

「確かに降霊会はでっちあげでした。霊からのメッセージだというあの音は、マスターが自分の体の関節を巧みに鳴らして立てていたのです。道具もいらず、手も使わず、また口をききながらでも音を立てられるとあってよく使っている手段だそうですよ。もっともその後にあんな事件を起こすことは伝えてありませんでした。奥様はただ、夫からのメッセージを受けたふりをしたいと頼んだそうです。事件が起こった後でもあのマスターが自分のインチキを打ち明けるとは思えませんでした。むしろこれ幸いと、事件を自分の業績に加えるだろうと予想できたのです。果たしてその通りでした」

青い空を背景に、青年の姿がシルエットになって浮かんだ。アンドルーは窓辺に立っている。その手に握られているのは……。

「アンドルー！」

はっとして一歩踏み出しかけたわしの足を、悲痛な声がおしとどめた。

「来ないでください！」

アンドルーは自分の喉《のど》にあの短剣をおしあてていた。近寄れば即座に喉を切り裂くつもりだろう。それに、止めてどうなる？　そう思うと膝から力が抜ける気がした。ヘレナを殺したとき、彼にとっても世界は終わってしまったのだから。

「先生、あなたを信頼してお願いがあります。どうかこの真相は秘密にしておいていただけませんか。奥様が命をかけて作った『真実』を、私も守りたいのです。奥様はリチャード様に本当に愛されていたのだと、皆様にそう思っていただきたいのです。不可能でしょうか」

「いや……それは何とかなるだろう」

人のいい治安判事が真相に気づくことはあるまい。霊魂の仕業《しわざ》にしておけば無実の誰かに嫌疑がかかることもない。現にジャネット嬢は、兄夫婦の「悲痛だがロマンティックな愛」をすっかり信じこんでいるようだ。そう、アンジェラは——あの日、窓の外を眺めるその顔に浮かんでいた憐憫《れんびん》の表情を思い出した——薄々感づいているのかもしれないが、彼女の口から真相が漏れることはないだろう。兄夫婦の悲しい一方通行の愛を見抜いていた彼女は、義姉《あね》を許さぬまでも憐れむことができたのではないだろうか。

アンドルーは本当にうれしそうだった。これから死ぬという青年が、どうしてこれほど輝くような笑顔を見せるのだろう。

「よかった。私のほうはもう、生きている意味がなくなったという書き置きを残しております。私の人生は常に奥様と共にあったのですから、不審に思う者もないでしょう。さようなら、先生」

アンドルーは喉に短剣をあてたまま、窓から身を躍らせた。最後にこんな叫びを残して。

「今参ります、わが麗しのきみよ《マイ・スウィート・レイディ》！」

やがて遠く、体が地面にぶつかる鈍い音が聞こえた。

それでもわしの目には、三つめの魂がはばたいて飛び立ったのが見えた気がしたのだ——決して自分を振り向くことのない恋しい人を追い求めて、荒野《ムーア》の果てしない空へと。

［「わが麗しのきみよ《マイ・スウィート・レイディ》……」解答編　了］

「どわあああああっ」

黒田先輩は文字どおりそう叫んだ。

「反則やあっ。『僕』ゆう漢字を『しもべ』と読むやなんて、俺知らへんかったで。特殊な知識がないと解けへん真相はアンフェアやってノックス僧正の十戒に書いてあるやんかっ」

「そんなことは書いてない。未知の毒物を使うべきではない、なんて項目はあるがね」

若尾先輩が偉そうに腕を組んで言った。

「それはそれとして、お前だって『下僕』とか『老僕』とかいう言葉は知ってるだろう。それなら『僕』という字にそういう意味があることは想像がついてしかるべきだ」

「…………」

「それに僕は『しもべ』という読みのことを知ってたけど分かりませんでしたからね。書き方がアンフェアなせいやないですよ」

もっとわめきたいのに反論の言葉が見つからない、といった様子の黒田先輩を見て、清水先輩が柔らかな口調でフォローに入った。

「この話、何といっても、ミステリマニアほどひっかかりやすいトリックやってところが面白いんです。語り手が犯人というトリックはマニアならみんな警戒するけど、ここでは地の文で『不可解な状況』とか『信じがたい』とか書いてあるから、語り手が犯人だという可能性は読者の頭から排除される。せやから『僕』も犯人やないと思ってしまうけれど、実は『僕』は語り手とは別人なんですね。こんなに見事にひっかけてもらうと気持ちいいな」

清水先輩は率直かつ素直にほめてくれる。大枚三百円を投じて三人分コピーしてきた甲斐《かい》があったというものだ。何しろ朗読するわけにはいかなかったのだから。

若尾先輩は両手を頭の後ろに組み、シャム猫のように優雅に椅子の背にもたれながら言った。

「第一手掛かりはあちこちにある。たとえば最初の場面、語り手はハーディの左頰が引きつるのを見て、心の中で嘲笑《ちょうしょう》している。だがハーディはヘレナの左に座っていた。彼はヘレナの方に顔を向けていたんだろうが、ヘレナの後ろに立っていた『僕』に彼の左頰が見えるか？　語り手と『僕』の視点が違うことが明らかにわかるだろう。それから怪しげな霊媒師の唱える文句を

『ラテン語の聖句』だと聞き取っているあたり、この人物が当時としてはかなり高い教育を受けていることがうかがえる。それに二つの殺人現場で、治安判事は語り手にいちいち意見を求めている。若い召使いに対する態度とは思えない。これはどう見てもその道の権威に対する態度だな。それに……」

「ちょっと待て。それやったら」

黒田先輩は勢いよくコピーをめくった。紙を束ねていたクリップが床に落ちた。清水先輩がふわりと拾い上げる。

「ここがおかしいで。降霊会とやらの場面で椅子は七脚しか用意してへん。霊媒師に居候に判事に家族が三人、そこに語り手と『僕』がいてるんなら、八脚ないと足らんやないか」

「おかしくはない。アンドルーは降霊会には参加していないのさ。あとでブランデーをもってくるまではその場にいなかったわけだ。こういう性格の女主人が、給仕の必要もない時に、召使いを客と同席させると思うか？」

ポーカーフェイスだけど若尾先輩、ぜったい楽しんでるぞ。黒田先輩は盛大なふくれっつらで応じた。

「そんならそもそも、この語り手は何者なんや」

「アンドルーが最後に言ってるじゃないか。『先生』。吉野、これは『ドクター』と読ませるんだろう？　彼は明らかにベテランの医者だな。それなら治安判事が死体を見て彼に意見を求めるのもうなずける。ヘレナとリチャード、そしてアンドルーの関係をよく知っていたのも、家庭の内部事情に通じたホームドクターなら自然なこと。ヘレナの膝や胸のあざを診察するのも、医者なら当然だ。そうそう、それに家政婦が最初の殺人のとき、医者と治安判事を呼べと言っているな。だからその後の現場検証には当然医者がいたはずだ。そこに気づかなかったのは黒田の不覚」

「くっそおおお。まんまとしてやられたあああっ」

黒田先輩は呪詛《じゅそ》の言葉を撒《ま》き散らしながらコーヒーカップを取り上げ、空なのに気づいて代わりにコップの水をがばっと飲み干した。怒る人一人、素直に感心してくれる人一人、書きたかったポイントを完璧に見破った人一人。理想的な読者配分というべきだろう。

「だが、ちょっと動機が強引だな。まあ大体、動機とアロンアルファはどこにでもつくもんだが」

「いや、そんなことはないでしょう」

ロマンチストにあらざる若尾先輩の薄情なセリフに、清水先輩が穏やかに反論した。冷めてしまったホットミルクのカップをもう一度温めなおすように掌に包んで。

「ほら、このトリックはいわば『私』がどこにいるか見つからないというものですね。このお話の登場人物の苦しみもそれに似ているんですよ。ヘレナ夫人は愛する夫にしきりに『私を見て』と言っていた。アンドルー青年もヘレナ夫人に『自分はここにいます』と訴えていた。だが二人ともとうとう愛する人に自分を見てもらえないまま、相手を殺すことになってしまった。『私はここにいる』という叫びに気づいてもらえないという痛切な悲しみを、トリックが象徴しているでしょう。僕はそこが一番好きだなあ」

「……ふん」

若尾先輩は冷たいほど整った横顔を見せて黙ってしまった。

清水先輩はこれだから好きさ。こんな深いところまで読み取ってくれる。書いた本人だってそこまで考えてなかっ……あ。いやその。ちゃんとそこまで考えてましたってば。本当だよ。

「吉野、一体誰に向かって言い訳してるんだ？」

若尾先輩はくすりと表情を和らげてそう言い、しなやかな指をアールグレイのカップに伸ばした。

黄昏のオー・ソレ・ミオ

森　真沙子

森《もり》　真沙子《まさこ》

神奈川県生まれ。奈良女子大学文学部卒業。週刊誌記者などを経て79年「バラード・イン・ブルー」で第33回小説現代新人賞を受賞し、作家デビュー。『カチューシャは歌わない』などの初期作品は耽美色の強いゴシック・ロマン風恐怖小説が多い。93年に学園ホラー『転校生』、95年の続編『真夜中の時間割』で本領発揮した。

——2000年12月11日

「階上《うえ》の歌声がうるさいんですけど、何とかなりませんか……」

　ある朝電話が鳴って、そんな苦情が鳥井奈美子のもとに持ち込まれた。二十世紀もあと半月あまりという、雨のそぼ降る寒い日——。

　奈美子は、延び延びになっていた翻訳原稿の納期に迫られて、朝から机にかじりついていた。

　507号の住人が訴えるには、上階の607号室の小酒井家から、時折大きな歌声が降ってくるのだという。

「うーん、それって、何時頃なんですか？」

　奈美子は、少しうんざりして言った。

　これだから住民組合の理事長なんて、いやだと言ったのだ。くじ運が悪くて決まっただけなのに、知りたくもないマンション中のトラブルや密《みそ》かごとが、すべて耳に入ってくる……。

「そうですね、いつも大体、朝の九時から十時頃です」

「あのねえ、九時から七時の間は、トランペットを吹くとかいう非常識な音でない限りは……」

「それです、その非常識な音なんです！」

中田聡美は、ヒステリックに遮った。何だか厄介な男女関係でも抱えていそうな、甲走《かんばし》った声だった。

「とにかく半端な声じゃないんだから！　一度聞いてみたら分かります。まるでパバロッティなんですよ」

「パバロッティ！」

奈美子は思わず笑いそうになった。仕事の関係で、海外に出ることがあり、そのたびにオペラハウスに足を運ぶ。パバロッティなら何度も生で聞いていた。

「それが決まって〝オー・ソレ・ミオ〟なんです。それもしっかり声楽の基礎を学んだ正調オー・ソレ・ミオ……。だから、かえって耳につくのって、分かります？」

あのメトロポリタン歌劇場を圧するテノールが、この静かなマンションに響き渡るなんて！

小酒井さんといえば、引っ越してきて一年たつかたたない、忘れられたような老夫婦である。それが急にパバロッティにたとえられるなんて、素晴らしいじゃない……ボールペンで原稿の端をつつきながら、そんな皮肉なことを思った。

「たぶん息子さんが、声楽をなさってるんでしょうけど、防音もしないのは非常識と思いません？」

あら……と奈美子は首を傾《かし》げた。

「あのお宅に、息子さんなんていたかしら？」

都内の家を売って、湘南《しょうなん》に建築中のケア付きマンションを買ったのだと、挨拶《あいさつ》に来た時に夫人が言っていた。ここはそのマンションが完成するまでの中継ぎなのだと。

だが二人暮らしで、この分譲マンションの最上階の東南の４ＬＤＫを借り、月額二十五万円の家賃を払っているのだから、大変なお金持ちらしいと、噂《うわさ》になっていた。

「じつは夏の頃にも一度、電話してるんですよ。窓を開けてると、もう直撃波ですから。その時は、気をつけますって奥様が仰《おつしや》って、一時は静かになったんですが……。浜辺とかで歌ってほしいって理事長さんから厳重に注意してくれません？」

鳥井奈美子は、すぐに宮下早苗に電話した。彼女は三十半ばの専業主婦で、六階の理事である。

「ああ、６０７の〝オー・ソレ・ミオ〟ね」

噂話には詳しい早苗は、ここぞとばかり声を弾ませた。

「あれって最近マンションじゃ有名になってるのよ、うちは部屋が離れてるから、まだ聞いたことないけどね。すごくお上手《じょうず》だそうだし、歌詞だって本場のイタリア語ですってよ」

「中田さんは、凄《すご》い剣幕で怒ってたけど……」

「あの方って、ほら、夜にお出かけして朝に帰ってくるお仕事でしょ。昼過ぎまで寝ていらっしゃるから、昼間の音には神経質なのよ」

「ふーん、子どもが二、三人、走り回ってるような家だったら、問題もないのにねえ」

奈美子は厄介な気がしたが、少しばかり興味がないわけでもない。

「それで、あのご主人がパバロッティ……？」

「えっ、まさか！」

小酒井氏というのは、ほっそりした長身でたいそう品のいい、七十前後の老人だった。だが足が悪いらしく、いつ見かけても夫人に腕を取られ、寄り掛かるようにしてゆっくりと歩いている。すれ違うと、高級な男性化粧品の香りが微《かす》かに鼻先を掠《かす》めた。

全体に何となく心許《こころもと》ない感じで、何だかワカメみたいな人だ、と奈美子は思ったことがある。夫人がまた上品でおっとりした女性で、六十半ばくらいだろうか。白い蒸しパンのようにふくふくして、色白で、いつもにこやかだった。初めて会った時、昭和天皇の皇后様に似ている、と奈美子は思ったものだ。

「誰か声楽家に歌わせてるんじゃないかって噂だけど……」

そうかもしれない。およそ浮き世の苦労には縁のなさそうな、静かな、幸せそうなカップルである。

奈美子が老後を想像する時、あのように声楽家に歌わせて、それを夫婦で鑑賞するような、そんな優雅な黄昏《たそがれ》の時を迎えたいと思う。

ともかく一度607号に行って、少し加減して歌ってくれるよう、言ってみましょう、ということになった。

チャイムが鳴った時、小酒井夫人は、夫と共に散歩していた。

少し歩きたいという夫の腕を取り、いたわるようにゆっくり歩く。リビングから廊下へ。廊下から洗面所を通って、キッチンへ。キッチンからリビングに戻ると、ちょうど五分くらいになる。この回廊が、夫婦の最上の散歩コースだった。

夫人は、夫をソファに座らせ、セーターの裾《すそ》を直しながらドアを開けた。

「あら、まあ、お寒いところ、理事長さんと副理事長さんがお揃《そろ》いで……また、何でございましょう？」

鳥井奈美子は、この家から洩《も》れる歌声に、近隣から苦情が出ていると、やんわり言った。

「……もう少し低いお声で歌って頂けたらと、それだけのことなんですけどね」

「まあ、ご迷惑かけちゃって……。本当にもう、気のつかないことでした」

恐縮したように頭を下げる。

「ごめんなさい、うちのお父ちゃま、あれがストレス解消なんですのよ」

奈美子と早苗は、顔を見合わせた。

お父ちゃま？　小酒井氏本人のことか。あんな痩身《そうしん》から、あんな声が出るのだろうか。

「まあ、こんな所ではお寒いでしょう、玄関にお入り下さいましな」

長くなると思ったのか、夫人は、廊下に立っている二人を玄関に入れた。

「……主人はオペラやカンツォーネが好きでございましてね。ええ、小さい頃から声楽を習っておりましたそうで。教会の聖歌隊に入っていて、あちらこちらで歌ったそうですのよ」

「じゃあ、声楽家でいらしたんですか？」

早苗が訊《き》いた。

「いえ、プロにはちょっとねえ、ほほほ……オペラ歌手を志してから、イタリアに行ったそうですけど、でもプロには届きませんで……」

夫人は口に手を当てて笑いながらも、少し残念そうに言った。

その時だった。

奥から、長身の、美しい銀髪の老人が、ゆらりと現れたのだ。小酒井氏だった。頬《ほお》はげっそりこけているが、彫りの深い貴族的な顔立ちである。色が白く、面長で鼻筋が通り、眼鏡《めがね》の下の目は何の濁りもないように、澄み切っていた。

その目で奈美子をまっすぐに見て、彼はよく響く声で言ったのだ。

「あんた、トードウさんの奥さんですか？」

「えっ？」

奈美子は思わず息を飲んだ。トードウ？　東藤、藤堂、東道、塔堂……と一連の漢字が脳の中を走ったが、どの字にも心当たりはなかった。

「まあ、お父ちゃまったら……！」

夫人が慌てたように、二人の間に立ちふさがった。

「突然こんな所に出て来て、何を仰るの。ほらほら、あちらで天気予報をご覧なさいな」

小酒井氏の背中を押して、ぐいぐいと奥の部屋に連れて行ったのである。

「……ごめんなさいましね」

戻ってきた時は、夫人は泣き笑いのように顔をくしゃくしゃにしていた。

「実は六年前に脳梗塞《のうこうそく》で倒れましてねえ。その後遺症であの通り、痴呆《ちほう》が少しずつ進んできちゃって……」

早苗が抱いてきたマルチーズが、足元に擦り寄った。それを抱き上げて、頬ずりをした。

「それからなんですよ、昔、得意だった歌が、あんなふうに口に出るようになったのは」

「でも、ちゃんと、立派にお歌いになるじゃありませんか」

奈美子が言う。

「声の加減が出来ませんの。昔みたいに、精一杯の声を張り上げないと気がすまなくて。何度注意してもだめ……」

小酒井氏が足が悪いのは、脳梗塞のせいだった。六十四で倒れてから、しばらくリハビリに励んでいたが、痴呆が進んできたので、ケア付きマンションに落ち着こうと決心したというわけだ。

「あたくしも腰が悪くて、あまりよくお世話もできなくて……。でも、もうすぐ二人とも隠居致しますから、どうかたまにはわがままも勘弁して下さいましね……」

そうしんみりと頼みこまれては、二人ともこれ以上何も言えなくなってしまった。

「……そんなわけだから、少しの間、我慢して上げてくれません?」

小酒井宅を出てから、五階の中田宅を訪ね、奈美子が言った。ちょうどコーヒーが入ったから、と聡美は二人を室内に招じ入れた。

隅々までよく整頓《せいとん》されていて、チリひとつないモデルルームのような部屋だった。

「話してみると、とてもいいご夫婦なのね。ただご主人が脳梗塞の後遺症で、ちょっとブレーキが利《き》かないだけなのよ」

聡美は不満らしく、黙っていい香りのするコーヒーをすすめた。

「上のお隣りからは、苦情が出てないのかしら?」

気まずい空気を破って、奈美子が聞いた。

「ああ、606は誰も住んでいらっしゃらないのよ」

早苗が引き取った。前は大学教授がいたが、今は引っ越して、書庫にしているという。

また沈黙になり、三人それぞれの思いに浸ってコーヒーを啜《すす》っている時だった。

突然、歌声が響き渡った。

「しっ……ほらほら、聞こえて来た!」

血相変えて聡美が立ち上がり、ベランダの戸を開け放った。二人も立ち上がり、冷たい雨が顔にかかるのも厭《いと》わず、乗りだした。

木立に囲まれた郊外の静かなマンションに、堂々たるテノールが響いていた。かなり声量があるところへ、音量いっぱいに張り上げるため、向こうが窓を閉めていても、朗々と漏れ出してくる。

イタリア語を知らない奈美子にも、かなり修練を積んだ、本物のイタリア語だと察しがついた。

だがその〝オー・ソレ・ミオ〟は、ほんの二小節ばかりでプツッと途切れ、それきりしんと静まった。おそらく夫人が止めたのだろう。

「なかなか聴かせるじゃない……」

早苗が冗談めかして肩をすくめると、聡美が細いまなじりを吊《つ》り上げた。

「たまにならね。でも、私は毎朝、これ一曲で起こされてしまうんですよ」

「今日は途中までだったでしょう。そばで奥様が止めたのよ。きっと明日はもう歌わなくなるわ。もう少し様子を見てあげた方がいいんじゃない」

むっと押し黙っている聡美を残して、二人は中田宅を出た。奈美子は複雑な気分で、部屋に戻ったった。

プツンと止《や》んでしまった朗々たる〝オー・ソレ・ミオ〟と、耳元で言われた〝トードウさんの奥さん〟が、耳元に踊っていた。いったいあれは何なんだ。トードウさんて誰なの。

だが仕事中は忘却忘却……。奈美子は呪文《じゅもん》のようにそう唱えて雑念を払い、机に向かった。

――２０００年12月17日

あれ、小酒井さんだわ……。

人混みで奈美子が彼女を見かけたのは、数日後の夕方だった。阿修羅のように仕事に打ち込むあまり、あのことはもう忘却の彼方《かなた》だったのだが。

小酒井夫人は、開け放したレコードショップの入り口に佇《たたず》んでいた。温かそうな毛皮にくるまり、真っ赤なシクラメンの鉢を抱えて、ぼんやりとツリーを眺めていた。

ツリーを見ているのかしら。初めそう思ったが、すぐに別のことに気がついた。店から流れている曲はオー・ソレ・ミオ、それもよく聞くと、プレスリーだった。夫人はその曲を聞いているのである。

へえ、プレスリーがこの曲をねえ、と思いながら、さりげなく行きすぎようとした。

その時、夫人が気がつき、はっとしたように頭を下げ、にこやかな笑顔を作った。

「この間はどうも……」

「いえ、こちらこそ……」

流れ続ける曲を意識してか、彼女はもじもじして言った。

「そう。ほんとにお父ちゃま、急に歌い出すんですの。それが驚くほどしっかりして、まるで別人になっちゃうんですから……」

夫人は遠くに視線を向けた。視線の先には、駅前の大きなツリーがあり、きらきらと美しく夕闇に輝き始めている。

奈美子は頷《うなず》いて頭を下げ、その場を離れた。少し行って振り返ると、夫人はあのまま、放心したようにツリーを見ていた。

夫人はその時、遠い昔のプレスリーを聞いていたのである。そう四十年前の――。

――1960年11月

「……消せよ！」

車からじっと路上を窺《うかが》っていた男が、いらついた声を発した。

一時間近くもこうして迷っているところへ、守屋浩の〝僕は泣いちっち〟が流れてきたのだから。助手席でしきりにトランジスタラジオをいじっていた女は、慌ててダイヤルを回した。プツッと音楽は消え、ニュースに切り替わる。

「やめた……！」

男は勢いよくヘルメットを外し、手袋を放り出して言った。

「やっぱりやベエよ、親父の銀行は……」

十一月末の寒さの中で、緊張で青ざめた顔にたらたらと汗を滴らせている。革ジャンの下には開襟シャツ。その下のサラシに差し込んだ38口径リボルバーを抜き取って、女のはちきれそうな太股《ふともも》の上に置いた。

やめたやめた……と乱れたリーゼントの髪をなでつけながら、男は繰り返す。

「そうね……」

ずっと黙りこくっていた女が言った。

「無理することない、思ったとおりになさるといいわ」

頭に巻いていたスカーフを取って、気味悪い毒虫でも扱う手つきで、そっと銃をくるむ。男は吐息を漏らし、両手で頭を支えて背もたれに倒れた。

その時だった、ラジオからプレスリーの曲が流れてきたのは——。

〝イッツ・ナウ・オア・ネバー〟

時は今、今を逃せばチャンスは二度と来ない、そんな意味の、彼の大好きなナンバーだった。

男はふと体を起こした。これは神の啓示かもしれない、そんな思いが頭を掠めた。

そうだ、今だ、今しかない。

月末で、Mデパートの給料日で、失業対策の金の出る日……。いろいろ重なって、銀行にはたっぷり金があるはずだ。

また警察が、東京方面に目を釘付《くぎづ》けにしているのも確かである。浅沼委員長刺殺事件に続き、犯人の右翼少年が首つり自殺した。さらに〝風流夢譚〟の出版で、右翼に不穏な動きがあるとラジオが盛んに言っている。

そればかりではない。富士山で冬山訓練中の大学生五十数人が雪崩《なだれ》に遭い、多くの死亡者が出ている。神奈川県警はそちら方面にも、神経を尖《とが》らせているはず……。

先ほどから観察している限り、周辺に警察車はいない。逃走にはぴったりの車も盗んだし、38口径も手に入った。体調も最高、天気もブラボーだ。

これで成功すれば、自分を信じてついてきたこの女に、最高にいいところを見せられる。

こんなチャンスはもう二度とないだろう。天が吾《われ》に味方している。そう思ったとたん、すっと迷いが消えた。何者かに背中を押されたような気がした。

彼はゆっくりとヘルメットを被《かぶ》り直し、リボルバーを再び革ジャンの奥にねじこんだ。

「よし、行くぞ」

曲の途中で、彼は言った。

「車を回して、ドアを開いておけよ」

「頑張ってね」

女は言ったが、振り向きもせずに車から下りた。だがサイドミラーにちょっと顔を映し、サングラスの具合を確かめてから、大股《おおまた》で銀行に向かった。

彼がガラス戸を押して中に入った時、早くも店内に飾られているクリスマスツリーが、一瞬チラリと見えた。

それは女の目には、幻のように大きく、美しく輝いて見えた。

一歩入ると、まず天井に向けて一発撃った。

「伏せろっ!」

男は叫んだ。

「立ってるやつは撃つ!」

呆気《あつけ》にとられていた客と行員が、いっせいに床に沈んだ。そばでよろよろと倒れそうになった妊婦をすばやくベンチに座らせ、若い行員に38口径を突きつけた。

「カネを入れろ!」

ポケットから出した布袋を渡して、叫ぶ。行員は慌てて出納係《すいとう》の囲いに入り、運び出される寸前だった札束を、どんどん詰め始めた。

その間、ロビーに油断なく目を配り、カウンターに向けて一発、撃った。

「急げ、おまえ、時間稼ぎするな!」

叫んで、札束を詰めている行員の足元にもう一発、撃った。思いの外、パンパンと軽い音がして、弾がはね返った。

渡された袋はずしりと重く、それを担いで走り出る時、思わずよろめいた。

男が銀行を飛び出してきて、車に転がりこむや、ハンドルにしがみついていた女は思いきりアクセルを踏んだ。車は急発進した。

事前に何度も走って確かめた迷路のような道を、注意深く通り抜け、予定通りに倉庫街に入った。人通りのない路上に男の車が停まっていた。

盗んだ車から、一瞬でこちらに乗り換える。今度は男の運転で、猛スピードで裏道を突っ走った。知人の所有するビルのガレージに滑りこんだ時は、二人は顔を見合わせて笑った。第一ラウンド、ひとまず成功――そんな会心の笑みだった。

札束入りの袋ごと、車はここで二日ばかり過ごすことになっている。

男は手早く服を着替え、置いてあったオートバイに乗り換えて、後ろに女を乗せた。

彼の逞《たくま》しい背にしがみつき、最寄りの駅まで暴走する間、彼女は最高に幸せだった。銀行の奥に見たツリーのような、輝く大きなものに向かって走っているようで……。

――2000年12月20日

奈美子はふと手を休め、窓ごしに、赤いシクラメンの鉢を眺めた。

シクラメン、別名は篝火花《かがりびばな》――。

先日小酒井夫人に出会った夕方、マンションに帰ると、ドアの前にこの真っ赤なシクラメンの鉢がひっそりと置かれていたのである。

日を追って寒さが厳しくなるにつれ、鉢はさらに濃い真紅の花を咲かせた。

そのさまは、キーンと張りつめた冬空に向かって、赤い炎を次々と吹き上げているように見える。そんな花を眺めていると、奈美子は何がなし胸が騒ぐのだった。

あの穏やかな小酒井夫妻が、どこかしら影のある存在に感じられ始めたのは、この花のせいか、あのプレスリーの曲のせいか。

そんなことを思っているところへ、宮下早苗から電話が入った。

「ねえ、よかったらこれからお茶に来ない」

翻訳原稿を出す期限が明日に迫っていた。

「折角だけど、今日はそれどころじゃないのよ」

「じゃあ、私がクッキーを差し入れに行くわ。それならいいでしょ？　実はね、小酒井さんのことで、ちょっと面白い話、聞いたのよ」

じゃあ、待ってる……と好奇心が先だち、つい言ってしまった。これだもの、理事長なんかになるもんじゃない。

カーディガンを羽織り、キッチンでお湯を沸かしていると、早苗がやってきた。奈美子は紅茶をすすめながら言った。

「で、小酒井さんがどうしたって？」

「あたし、隣りの町に友達がいるの。お料理を一緒に習ってんだけど、こないだ会った時、変なこと聞いちゃったのよ。その友達の住んでるマンションに、〝オー・ソレ・ミオ〟をプロ並みに歌うご主人がいたんですって……」

「でも小酒井さん、東京から来たって仰ってたわね」

窓辺のシクラメンを見つめて、奈美子は言った。

「その友達のマンションの〝オー・ソレ・ミオ〟の夫妻はね、周囲のひんしゅくをかって、今年の春先に引っ越したんですって。あの方が、ここに来たのは春先よね。引っ越す前に、湘南に建築中のケア付きマンションが完成したからって、にこにこして挨拶なさったそうよ」

「…………」

「あの奥様、おっとりなさっている割には、なかなかやるじゃない？」

奈美子は絶句した。嘘《うそ》をつく必要もなさそうなことに嘘があると、何かしらドキリとさせられる。

「ねえ、たかがご主人のオー・ソレ・ミオが原因で、二年足らずで引っ越しちゃうもんかしら、幸せそうなご夫婦なのに、何かあるのかしらねえ……」

早苗が紅茶を啜りながら言う。

もしかしたら、マンションを転々としているのかもしれない、と奈美子は思った。新しい所へ行くたび、建築中のケアつきマンションの話をして……。

「あのご主人、前は何をしていらした方なのかしら……」

「さあ、それが誰も分からないのよ」

黙り込み、紅茶を啜る音だけになった。だが考えているうちに、ふと奈美子は思いついたことがあった。

「あ、そうだ、お手軽に分かる方法がある、インターネットを検索するのよ。ねえ、あの御主人のフルネーム、知ってる？」

「マンションの名簿を見れば分かるじゃない」

名簿を出してきて、小酒井喜久夫という名を確認した。奈美子はそれをメモしてから、パソコンに向かう。ある程度の社会的地位があったら、紳士録に載っているだろう。データベースを検索するとすぐに見つかった。

まとめると次のようになる。

〝小酒井喜久夫：1932年東京生まれ。N銀行副頭取小酒井則男の次男。W大学政経学部卒。1961年、Q製鉄社長藤川慶郎の長女瑠璃子と結婚。夫人はS女子短大卒。三十代でK貿易会社を興し、社長を三十年つとめたが、1996年に引退。兄政夫はR商事の代表取締役を引退して、現在は顧問。姉美子は病没。〟

趣味の欄には、何も書かれていなかった。

履歴の横に四十代くらいとおぼしき、若い顔写真が載っていた。

「ワオ、すごいハイソな家柄ねえ！　それにハンサムだわ」

奈美子は思わず言った。背後から覗《のぞ》き込んでいた早苗が、嘆声をあげた。

「へえ、これ、キムタクを渋くしたみたいな顔じゃないの」

二人とも画面の端整な顔に見入った。それはやはり、澄んだ眼差しで、トードウさんの奥さん？　と問いかけた小酒井氏に、どこか通じる面ざしだった。

しかしこの紳士録の記録もまた、謎《なぞ》だらけである。銀行家の恵まれた家庭に生まれ、一流大学を出たことだけは分かる。

だが二十九で結婚するまでの間、どこで何をしていたのか。その七、八年は、まったくの空白だった。

プレスリーが流行《はや》っていたのは、この時期だったのではないか、と奈美子は思った。

——2000年12月22日

「……もしかしたら、その〝トードウさんの奥さん〟から逃げてるんじゃないですかね」

原稿を渡した日、雑談でその話をすると、編集者までがにわか探偵になって、乗り出した。

「でも逃げるにしては、顔を知らないのよ」

「それは変ですね。〝トードウさん〟から逃げているのか。だからその奥さんをも恐れてるのかな……うーん」

苦笑し、タバコに火をつけた。奈美子はふと思い出して、言った。

「そういえば、オー・ソレ・ミオって曲、プレスリーが歌ってるんですね」

「あ、そうそう、よくご存じで」

「CDが結構出てるでしょう」

「ええ、〝イッツ・ナウ・オア・ネバー〟ってタイトルで、ロック風にアレンジしてます」

「へえ、イッツ・ナウ・オア・ネバーか……。チャンスは今、二度とない、そんな意味かしら」

「そうなりますか。〝オー・ソレ・ミオ〟はきみは我が心の太陽です……。僕なんか、カンツォーネよりロックの方が親しみやすいな」

レコード店の前で、〝イッツ・ナウ・オア・ネバー〟を聞いていた小酒井夫人を、奈美子はぼんやり思い出していた。


その帰りのことである。

マンションのロビーに入ったとき、エレベータから飛び出してきた女性と、ぶつかりそうになった。相手は前かがみで、ひどく慌てたふうだったから、行きすぎるまで507の中田聡美だと気がつかなかった。
二、三歩行ってから、あっと思い、中田さん……と呼び止めた。彼女は振り向いた。真っ青な顔に、怯《おび》えた表情を貼《は》りつかせている。

「どうしたの？」

「私、このマンション出ます！」

「ええっ、どうして？」

「今日も歌ってたんですよ、あの人。私、いま抗議に行ったんだけど、もういや！」

「いったい何なの、小酒井さんがどうしたっていうの」

品のいい老夫婦の顔が浮かんだ。だがその仮面の裏に、何かぎらりと光るものを感じて、奈美子は言った。

「もういいです。あの家、お化け屋敷よ、気味悪いったら！」

悪鬼のように眉《まゆ》を吊り上げ、口にするのも嫌と言う風に激しく首を振った。

カッカッカッ……とヒールの音も高らかにマンションを出て行く後ろ姿を見ながら、一体何があったのだろう、と奈美子は呆然《ぼうぜん》としてしまった。

気になって、何となくエレベータで六階まで行ってみた。夕暮れ近い六階の廊下は薄暗く、寒気を湛《たた》えてしんと静まり返っている。６０７のチャイムを押す勇気はなかった。

廊下の手すりにもたれて、何気なく下を見下ろすと、たまたま小酒井夫人がゆるい坂を上りきって、マンションに入ってくるところだった。

すると、夫人は留守だった？

怒鳴り込んで行った聡美に応対したのは、あの小酒井氏だったのである。またふらっと出てきて、何か変なことでも言ったんじゃないだろうか？〝トードウさんの奥さんですか〟とか……。それだけじゃあんなに取り乱さないだろうから、何か気味悪い、意味不明の言葉でも言ったに違いない。

部屋に帰って、シクラメンの鉢を部屋に入れてやりながらあれこれ考えた。だが何を言ったか、想像もつかなかった。

ただ、あの老夫婦の背後に感じられる、何か分からない黒い影が、ますます濃くなったのは確かである。

――２０００年12月23日

翌日の午前、鳥井奈美子は熱いコーヒーをいれてパソコンに向かった。

年内の仕事は終えて、明日はクリスマスイブ。今年はワインを共に飲むような恋人もいないから、一人でゆっくり過ごすつもりだ。年が明けるとすぐに忙しくなる。

この余裕の時間、インターネットで、M新聞のデータベースを検索してみようと思いついたのだ。キーワードはオー・ソレ・ミオ。

それはデータが多すぎて、まともに辿《たど》ればお手上げである。だが、小酒井氏の謎の二十代、つまり昭和三十年代に限って検索してみたのである。

それでも沢山出てきた。時間をかけて見て行くうち、あることに目が止まった。

昭和三十五年十一月末、若い男女による銀行強盗があった――。

それによると、警察は〝カミナリ族〟なる暴走族をマークし、犯人とおぼしき若者のアパートに踏み込んだが、逃げられて逮捕には至らなかった。

近隣の聞き込み情報に、その部屋から、時々歌声が聞こえたという証言があった。いつもカンツオーネの〝オー・ソレ・ミオ〟で、美しいテノールだった……。

あの小酒井さんが銀行強盗？

奈美子は息を飲み、しばし画面に目を釘付けにしていたが、次に〝銀行強盗〟のデータベースを調べてみた。

昭和三十五年の銀行強盗は、大手の都市銀行に押し入り、リボルバーで銀行員を脅して二千百万円奪い、逃走したという。共犯は若い女らしいが、車にいたので顔も分からない。

警察は、夜ごとオートバイを爆走させている〝カミナリ族〟に目をつけて、ついに髪をポマードでリーゼントスタイルに固め、すらりとした長身に革ジャンとジーンズが似合う、無軌道な一人の若者を炙《あぶ》りだしていた。

だが捜査員が別件で踏み込んだ時は、部屋は空っぽで、引き払われた後だった。借り主の名は偽名、保証人もまるで嘘。彼は仲間ではただジョーと呼ばれていたのである。

住人の証言を集めて似顔絵が作成され、世に出回った。

しかし警察はそれ以上の情報を得ることが出来なかった。事件は未解決のまま、時効になった——。

奈美子は冷えたコーヒーを啜って、溜息《ためいき》をついた。あの二人が銀行強盗……。あの物置の隅に置き忘れられたおひな様のようなカップルが。それが事実ならちょっとは面白いけれど、ちょっと現実的ではなかった。

符合しているのは、オー・ソレ・ミオだけ。ただの偶然に違いない。

彼らが転々と引っ越しを繰り返している謎は、やはりあのご主人が、大声で歌うということなのだろう。

だけど、と彼女は思う。仮に……である。仮にこれが〝あれ〟だったら、素晴らしいではないか。誰をも傷つけず、大金を奪って四十年も逃げおおせたなんて、何と見事だろう。夢だわ……。

自分なんてあくせくばかみたいに働いて、多少の印税を得るだけ。クリスマスといったって、海外にも行けやしない。

思いあぐんで、ますます赤く燃え盛るシクラメンに何となく目を向けた。

——1974年10月

「藤堂からまた電話があったよ……」

会社から帰ってくるなり、背広も脱がずに夫が言った。〝あのこと〟の時効が成立するまでもう少しという、ある秋の夜だった。

「え、藤堂さんが？」

一瞬、妻は表情を凍りつかせ、夫を見た。

彼は目をそらし、鞄《かばん》から何かの紙切れを出して、食い入るように見ている。妻が覗き込むと、それは彼がメモした走り書きの地図だった。

「また……？」

「うん、今度は五百万……」

彼は片手を広げた。

「今日は用意したのは、その半分だがね、残りは週末に渡すことにする」

妻は黙って夫を見ていた。

二人は確かに、藤堂芳夫には忘れることの出来ない恩義があるのだった。

十四年前、車を二日ばかり駐車させてもらったのは、藤堂不動産のビルのガレージだったのだ。藤堂とは長年親しくしてきたオートバイ仲間である。計画を打ち明けたわけではないが、ツーカーの仲である。彼の暗黙の協力がなかったら、〝あれ〟が成功したかどうか分からない。

車は二日後に取りに戻り、田園調布《でんえんちょうふ》の実家のガレージに入れた。

そこでざっと数えたところ、盗んだ金は二千百万円。それを彼はガレージの物入れに隠して、しばらく使わなかった。

かなり世上を騒がせはしたが、彼は捕まらなかった。恋人との愛の巣として借りていた原宿のアパートまで、警察の手は伸びてきた。だが唯《ただ》一人、すべてを知っていた藤堂芳夫は、最後まで知らぬ存ぜぬを通したのである。

もちろん謝礼はした。これで一生会うまい、という誓いをこめて。盗んだ金の十パーセントにあたる二百万は、少ない額ではなかったはずだ。

だが十年後、彼は再び幽霊のように姿を現した。父親から譲られたものを、ギャンブルですっかり食い潰《つぶ》して。小酒井氏は頼まれるまま都合してやった。それからというもの、しばしばやって来るようになった。

とめどもない蟻地獄《ありじごく》に、小酒井夫妻は落ち込んだのである。どのくらいの額を巻き上げられたか、計算するのも恐ろしいほどだ。

そして四年後のこの年、今度こそもうこれっきりだからと、無心してきた金が五百万。

「これで最後だって保証は、どこにあるの？」

妻が言うのも当然だった。たとえ時効になったとしても、過去の記憶が消えるわけではないのだから。

今の彼は四十二歳にして、千人近い従業員を抱える会社のトップに立っている。あの金を元手に独立し、叔父《おじ》のバックアップもあって、会社はうまく軌道に乗った。

「いや……これで最後にするよ。ついては頼みたいことがある」

夫はきっぱり言った。

その顔を見返して、妻はすべてを読みとっていた。青ざめて汗を滴らせていた〝あの時〟の夫の精悍《せいかん》な顔が、ありありと甦《よみがえ》る。彼さえいれば何も怖くはない。三十四歳の彼女にとって、怖いのはこの夫を失うことだけ。

「いいわよ、終わりにしなくちゃね」

妻は頷いた。

そしてその週末、二人の仕掛けた罠《わな》にはまって、藤堂芳夫は命を失った。

――２０００年12月24日

「……お父ちゃま、またご近所が騒がしくなってきましたねえ」

その夕方、テーブルにキャンドルを立て、夫に林檎酒《りんごしゅ》のグラスを渡しながら、小酒井夫人は、話しかけた。イブの日にキャンドルを立て林檎酒を飲むのは、外国で暮らした少女時代からの習慣だった。

窓辺には大きなツリーを立て、美しくライティングしているのは、小酒井氏の趣味である。聖歌隊にいた時分、よくあちらこちらのツリーの前で歌ったという。あの頃を懐かしみ、結婚してからは毎年、ツリーを飾る。

声楽は彼の見果てぬ夢だった。あの樅《もみ》の木を見ていると、声変わりする前の少年の高い声が聞こえてくるようだ、と彼はいつも言った。

今の夫人の頭は、つい先日、この部屋のオーナーからかかった電話で一杯だった。中田聡美はこの607のオーナーにも電話を入れ、厳重抗議したらしい。小酒井氏が何か恐ろしい暴言を吐いたのだと。

静かに暮らして貰《もら》わないと、部屋を出て頂くことになる……と、オーナーは脅した。

お父ちゃま、何を仰ったの……と夫人はくすくす笑いながら夫に問いかけてみる。返事はない。夫人にしてみれば、夫はときどきジョーに戻るだけなのだ。ジョーが言いそうなことを想像すると、おおよそ見当がつく。それとも、この自分にも想像つかぬものを、このお父ちゃまは持っているのか……。

あれからというもの、マンションの人の意味ありげな笑いや、ひそひそめいた立ち話が、急に目につくようになった。

包囲網が狭まったと彼女は感じる。

そろそろこのマンションも潮時か。また不動産広告のチラシを見て、新しい住みかを探さなくちゃ……。ケア付きマンションなど、もともと入る気はない。夫が歌い出したら追い出されてしまうし、もう不動産を買う気はないのだ。

「今度は温かい南の町で、素敵な一軒家を借りましょうよ、どこがいいかしら?」

小酒井氏はテレビを見たまま答えない。一日中、ケーブルテレビの天気予報チャンネルを飽かず眺めている。

すべてうまくいったのに、小酒井氏は、言い知れぬ心労に蝕《むし》ばまれていた。

藤堂芳夫のことは、闇に葬られたまま、ついに明るみに出なかった。藤堂の妻から電話があり、夫の消息について問い合わせてきたことがあったが、それもたった一度だけである。

だが六十代に入って、眠れない夜が多くなり、悪夢に魘《うな》されるようになった。

大きな石を後頭部に振り下ろした時の、ぐしゃりと脳の砕ける音……。途中の山林でワゴン車を止め、小柄な死体をビニールシートにくるみ、針金でぐるぐる巻きにしていた時の金木犀《きんもくせい》の香り……。伊豆の別荘の裏からクルーザーを出し、遥か沖合いからそれを投げこんだ時の、ボチャンという水音……。

そうしたことの断片が夢に現れて、彼を苦しめた。

六十四で脳梗塞を患って、半身が麻痺《まひ》し、痴呆に陥ったが、それはむしろ幸いだった、と妻は思っている。

「天気がよさそうだね、どこか出かけようか」

妻の問いには答えずに、小酒井氏は天気予報の太陽マークを見て言った。

「そうですね、そろそろお散歩の時間ですね。今日はどこへ行きましょう」

「公園あたりまで行こうかね」

「お父ちゃま、風邪《かぜ》をひかないようにしなくちゃね……」

首にマフラーを巻いてやり、頭には昔から愛用の野球帽を被せてやる。

妻は夫の腕を支え、そろそろと歩き出した。室内の廊下をゆっくりと歩き、洗面所を通って、キッチンに出る。細長いキッチンを抜けると、広いリビングだ。

リビングを大きく回り、また廊下へ。廊下から洗面所を抜けて、キッチンへ、そこからリビングへ……。こうして草臥《くたび》れるまでぐるぐると何周もしていく。

「なかなか着かんじゃないか、道を違えていないかね」

小酒井氏は、ふと立ち止まり、辺りの気配を不満そうに見回して言う。

「もうすぐですよ、お父ちゃま、ほら、その角を曲がると……その向こうが公園じゃありませんか」

すると安心したように再び妻の手にすがって、歩き出す。だが時々、何が気になるのだろう、急に急ぎ足になることがあった。

片足を引きずっているにもかかわらず、妻を引っ張るようにして先に立つ。そのか細い腕に恐ろしく力が入り、妻をぐいぐい引っ張った。

そんな時、夫人は、強くて立派だったジョーを思い出した。

父親の猛反対を受けて、声楽家に成り損なった小坂井喜久夫より、彼女を引きずり回したはぐれ者の、何ひとつ失敗したことのないジョーのほうが、どれだけ素敵だったか。彼女を虜《とりこ》にしたジョー。

その彼を、わずかに腕の力に感じる一瞬。もっと引っ張って。もっと走りましょう。銀行から逃げるのよ。

彼女と夫は息を弾ませながら、家の中の回廊を走る。

その時、床下からドンドンと床を突き上げる音がした。下の住人が、物干し竿《ざお》で天井をつついて警告しているのだ。

507のあの人だ。何てしつこいんだろう。小酒井夫人は立ち止まり、肩で息をしながら考えた。疲れたな、と思う。

「草臥れましたね、お父ちゃま、ほら公園に着きましたよ。ベンチで休みましょうね」

ソファに座らせようとする。だがまだ歩き足りないらしく、小酒井氏はぐいぐいと妻の手を引いて、歩こうとした。はずみでテーブルの上で、キャンドルが倒れた。

蠟燭《ろうそく》の火がテーブルクロスに燃え移って、めらめらと美しい炎をあげ始めている。だが消そうともせず、じっと見つめながら彼女は言った。

「いいわ、もっと遠くへ行きましょ。お父ちゃま、何だかここはもう飽きましたね」

「公園の向こうに何があったろうね」

「さあ、行ったことがないんですよ、行ってみましょうか」

夫人はまた夫の腕を抱え、回廊をゆっくり歩きだす。廊下から、玄関フロアへ。ここで鍵《かぎ》を確かめ、ドアチェーンをかける。それから洗面所へ、洗面所からキッチンへ……。テーブルクロスを舐《な》めた火は、絨毯《じゅうたん》に落ちてさらに炎を広げている。

薄暗くなってきた室内に、篝火《かがりび》のように炎が踊り、二人の姿をインドネシアの影絵のように映し出していた。火災報知器の音が廊下で鳴りだしていた。

「お父ちゃま、歌ってくださいな。あの音に負けないような大きな声で……」

怯えて立ち止まる小酒井氏に、夫人は出だしをハミングで導きながら、前へ進んだ。

オー・ソレ・ミーオ……と、張り上げた高い声で小酒井氏の声が入る。空から舞い降りる鳥のように。ピカ一の、誰一人真似《まね》の出来ない自慢の声である。

夫人は寄り添って、うっとり聞き惚《ほ》れた。


「小酒井さん、火事ですよ、ここを開けて下さい！」

ドアをドンドン叩《たた》いて、奈美子は叫んでいた。火災報知器の音が狂ったようにマンションに鳴り響いたのは、イブの日の夕方だった。

日曜だから、管理人は休みである。

理事長の奈美子がおろおろと、管理室の計器を調べた。まぎれもなく〝火もと〟は607だった。彼女は理事長として預かっているマスターキーを手に、六階にエレベータで上がった。これだから理事長なんかに……と思いつつ。

ベルはこの部屋で鳴っているのに、中からはオー・ソレ・ミオが朗々と聞こえてくるだけだ。マスターキーを差し込んで鍵を開けたが、チェーンがかかっていた。わずかな隙間《すきま》からどっと煙が噴き出てくる。

「小酒井さん、開けて……！　どうしたんですか、小酒井さーん！」

早苗も507号も駆けつけてきた。

近所の人も鈴なりになって、口々に叫んでいる。水だ、水だ、ホースはどこだ、こちらからは無理だ、屋上に回ったほうがいい、消防車は呼んだのか、窓を壊せ！　小酒井さーん、奥さーん、小酒井さーん……。

「お父ちゃま。そろそろ、行きましょうかね」

夫人はベランダの戸を開け放った。熱に噎《む》せ返った室内に、ヒリヒリした寒気が流れ込んできた。遠い町を走り抜けるバイクの音、渦巻く救急車のサイレンの響き……そんな雑音に混じって、消防車のサイレンの音が、近づいていた。

夫人は彼方の空を見上げた。

師走《しわす》の空は早い落日に赤らみ、遠い天頂にだけ青みが少し残っている。その辺りまで、はるかな回廊がうねりながら伸びているのが、彼女にははっきり見えた。

……お父ちゃま、見える？

ああ、見えるとも。この道をまっすぐ行けばいいんだね。

さあ、また歌を聞かせて下さいな……。


廊下側のガラスを破って奈美子が飛び込んだ時、室内にはもう人影はなかった。

やめろ、危ない……と背後から止める手を振り払い、炎の走るリビングに飛び込んだ。奈美子には何か腑に落ちるものがあった。よく分からないが、こうなるはずだったのだと。

煙の中を駆け抜け、ベランダに飛び出していた。誰もいなかった。

だが奈美子は間にあったのだ。遥かに伸びた回廊が、消えかかる虹のようにまだ残っていた。その消え始めた彼方から、オー・ソレ・ミオを歌う声が、ほんの微かに耳に届いたのである。

還幸祭

海月ルイ

海月《うみづき》ルイ

京都府生まれ。華頂短期大学幼児教育学科卒業。98年3月「シガレット・ロマンス」で第5回九州さが大衆文学賞大賞、9月「逃げ水の見える日」で第37回オール讀物推理小説新人賞を受賞し、作家デビュー。01年「尼僧の襟」で第18回サントリーミステリー大賞優秀作品賞、02年『子盗り』で第19回同賞の大賞と読者賞を受賞。

1

すでに東御座《ひがしみくら》の神輿《みこし》は到着し、二軒茶屋の前には担ぎ手の男達百人ばかりが座りこんでいた。南楼門の下の薄闇《うすやみ》に、男達の白い半纏《はんてん》が浮かび上がっている。半纏の背中には、横四本線の上に紺で染め抜かれた「若」の文字があり、担ぎ手は「四若」、つまり四条《しじょう》の若衆であることを示していた。

夕立の残していった蒸し暑さは夜になっても去らず、汗に濡《ぬ》れた半纏の下に上気した肌が透けている。二軒茶屋で振舞われる水を飲み、男達はしたたる汗を拭《ぬぐ》いもせず、拝殿まわしの段取りなどを話していた。

景子は傍らの萌《もえ》の手を握りしめた。二歳の萌は、何かに夢中になると母親の呼び止める声など聞こえなくなる。周囲も見ずに一人で駆け出していくので、人込みの中ではとくに困る。臨月の腹をかかえた景子には、萌を追いかけることはできない。萌は、初めて見る神輿やその熱気に目を見開いていた。

台座に置かれた神輿は夜目にも輝光を放ち、露盤の上で、鳳凰《ほうおう》が絢爛《けんらん》と翼を広げている。

目を射るような金箔《きんぱく》が、軒面に設《しつら》えられた提灯《ちょうちん》の灯に照らされていた。蕨手《わらびで》の下に垂れる羅《ら》網瓔珞《もうようらく》が煌《きら》びやかに揺れる。

帷《とばり》は朱金で、厚い緞子《どんす》が神輿の胴を覆っていた。飾り綱に取り付けられた鈴は赤子の頭ほどの大きさがあり、動くと、じゃらん、じゃらん、と甲高い音をたてるのだ。

熱気に煽《あお》られ、鳳凰の背に括《くく》られた青い稲がふわりとそよいだ。

大鳥居と南楼門の間の参道を埋めているのは担ぎ手の男達だけではない。氏子や観光客、プロ、アマチュアのカメラマンで境内《けいだい》はごった返している。

今夜は、本社に神輿がもどる還幸祭である。中御座、東御座、西御座の神輿三基が四条通りのお旅所《たびしょ》から還《かえ》ってくるのだ。

祇園《ぎおん》祭も十七日の山鉾《やまぼこ》巡行が終われば、観光客の大半は潮が引いたように京都を去っていく。しかし、祭事は二十八日の神輿洗いまで続く。二十四日の神輿渡御を知っている観光客など少ないはずだが、それでも大鳥居から下河原町《しもかわらまち》通りまで人垣ができていた。御幸《みゆき》のために四条通りは通行止めで、その影響で周辺道路はすべて渋滞している。

三基の神輿が八坂《やさか》神社に到着するのは夜もかなり更けてからだが、氏子の者達は皆、暗闇の中で還幸《かんこう》を待っていた。

「景ちゃん」

振り向くと、小柄な金髪の女が立っていた。濃い化粧の下に、見覚えのある面差しがある。

「ひや、美奈代ちゃん」

ローズピンクの口紅を塗った唇を大きく開き、美奈代は「久しぶりやなあ」と笑った。少しあがり気味の目も、小さな鼻も子供の頃と変わっていない。

「景ちゃん、いつ京都に帰ってたんえ」

「五日前」

「ほんなら、山鉾巡行は見てへんのか」

「鉾なんか、結婚してからいっぺんも見てへんわ」

東京やもんな、と美奈代は頷《うなず》いた。

美奈代は清水《きよみず》小学校の同級生だ。清水学区は、氏神が地主《じしゅ》神社と八坂神社に分かれている。清水道に実家のある景子は地主神社の氏子《うじこ》だが、八坂の塔の近くに住む美奈代は八坂神社の氏子だ。

「二人目か」

膨らんだ景子の腹と傍らの萌に目をやり、美奈代は言った。

中学生の頃から、髪を茶色に染めたり眉《まゆ》を剃《そ》ったりしていたが、今はすっかり金髪で、両の耳朶《みみたぶ》には金色のピアスがいくつも嵌《は》められていた。少し目立ちたがりの「やんちゃ」な気質は相変わらずのようで、この蒸し暑さもものともせず、美奈代はファンデーションもマスカラもしっかりと厚塗りしている。

「予定日、いつ？」

「今月の末」

背をかがめ、美奈代は萌に向かって「いくつえ？」と話しかけた。

「二つ」

指を二本立て、萌は美奈代を見上げた。

萌は人見知りしない気質である。実家に帰って産んだから、萌は京都生まれだが、育ったのは東京なので、京都弁は喋《しゃべ》れない。けれど、話しかけられると何の気後れもなく受け応えする。大人は、金髪に厚化粧の美奈代を遠巻きにするが、稚《おさな》い萌にとっては「きれいなおばちゃん」くらいに見えているのかも知れない。

派手な風貌《ふうぼう》からは想像がつきにくいが、美奈代は気性がやさしい。世話好きで、誰とでも仲良くなる美奈代は、昔から友達も多かった。中学まで一緒だったが、景子は私立の女子高校から短大へ進み、美奈代は近くの公立高校を卒業したあと、家業の茶店を手伝っていた。その後、結婚して大阪にいったのだと聞いている。

「もうじき、おねえちゃんになるねんなあ。楽しみやなあ」

萌は美奈代に頭を撫《な》でられて頷いた。

「この紐《ひも》、お守り袋やな」

美奈代は萌の首にかけられていた薄いピンク色の紐を手繰《たぐ》った。余り毛糸で景子が編んでやったものである。

「景ちゃんとこは、地主神社の氏子やったな」

お守り袋を手に取り、美奈代は景子を見上げた。

「うちのはもう、中学やで。十九で産んだ子やさかいにな」

ほれ、と美奈代は神輿の四天棒のあたりを指さした。見ると、四若の半纏を着た男の子が地面に座り、似たような年頃の者達と話していた。薄暗いから顔はよく見えないが、短く刈上げた髪に鉢巻を締め、長い脚を投げだすようにして座っている。

「息子さん？」

「うん」

「しっかりした息子さんがいやはるねんなあ」

「うち、母子家庭やからな」

「え？」

「離婚してん、あたし」

十九歳で結婚と出産をして、二十歳で離婚をしたと、美奈代は話した。

「京都に帰ってんねん。住んでるのは山科《やましな》やけど」

「仕事してるの？」

「うちの店、手伝うてるねん」

「そうやったん」

「あいつ、サッカーやっとうんねん」

息子の方を見ながら、美奈代は得意そうに言った。

「はよ、Jリーグの選手になって、お母ちゃん楽させてやて、毎日言うてるねん」

あはは、と声をあげて笑ったあと、なあ、景ちゃん、と美奈代は大鳥居の方を目で示した。

「佐久間君やろ、あれ」

人込みの中に、見覚えのある顔があった。佐久間も清水小学校の同級生だ。度の強そうな銀縁の眼鏡《めがね》をかけ、目を眇《すが》めるようにして神輿を見ている。色白は相変わらずで、細面と通った鼻筋も小学生の頃と同じだ。

「あの人がお稚児《ちご》さんに出はった時は、えらいこっちゃったな」

鼻の付け根に皺《しわ》を寄せ、美奈代は言った。

佐久間の家は東山《ひがしやま》でも屈指の旧家で、父親は商事会社と不動産会社を経営していた。昔から、稚児に選ばれるのは桁違《けたちが》いに豊かな商家か、旧家の息子と相場はきまっている。息子が祇園祭の稚児をつとめると親は借家の一軒をも潰《つぶ》すといわれているくらい、財力を要する神役奉仕なのだ。

「給食の時、先生が難儀したはったがな」

美奈代は握った両手を、打ちつける仕草をした。

小学校五年生の時、佐久間は稚児に選出された。祇園祭の稚児は神の化身とされ、「お位もらい」の社参をすませたあとは、不浄を避けねばならない。三度の食事も八坂神社より下賜された神火で仕度されるのが原則で、家人のそれとは別にされる。

さすがに今の時代にあっては、稚児も昔通りの潔斎をすべてこなせるわけではない。神役の宣状を受けたあとも、当然ながら佐久間は学校に来ていた。ただし、給食を食べることはなく、弁当を持参していた。

稚児は食事の前に、頭上で火打ち石が打たれる。邪気を祓《はら》うためである。本来、切り火は神官の役目だが、家庭内では父親がその任にあたる。さて学校ではというと、担任教師になるのだが、女は火打ち石に触れてはならないとされていた。当時の担任は女教師だった。

「給食の前はいつも四年生の担任の男の先生が来て、佐久間君の前で火打ち石を打ったはったなあ」

苦笑いしながら美奈代は言った。

二十年前、潔斎はすべて女人禁制であった。佐久間が学校給食を食することを許されなかったのは、調理の職員が女だったからである。今では考えられないが、稚児の食事はすべて料理屋から運ばせるのが常識で、女手がかかわるなどありえないことだった。昔は鉾に上ることさえ、女は禁じられていたのである。

女は月一回、血流すさかいに穢《きたな》いのやて。そやさかい、女は神さんのもんにさわったらいかんのやて。

同級生の女の子達が言っていた。

「あの時、てっちゃんが火打ち石に悪さしゃはって、えらい怒られたはった」

美奈代は声をあげて笑い、言葉を続けた。

「プールの授業の前やった。皆が着替えてる間に教室にもどって、火打ち石を校庭に投げはったんや。てっちゃん、やんちゃばっかりしたはったからなあ」

鉄男は五条坂の魚屋の息子である。小学生の時から大きな体躯《たいく》をしており、いつも何かをしでかしては周囲を混乱させていた。きかん気でやんちゃな性格は中学生になっても変わらず、どころか、同級生や下級生達を配下に置き、いつも騒ぎのあるところの中心にいた。年齢《とし》を経るごとに、周囲の大人は手がつけられなくなっていくという有り様で、鉄男が卒業する時は中学校の校長が泣いて喜んだという逸話が残っているくらいだ。その後、高校にいったものの退学したか、させられたかと聞いている。

「てっちゃんて今、どないしたはんの」

「魚屋やったはるえ。結婚はまだやけど」

京都の街なかでは、店頭販売を一切しないで営業している魚屋がある。看板すらだしていないので、顧客以外には魚屋ということもわからない。

昔からの得意客だけが相手で、注文を聞いた仕事しかしないという店である。この手の魚屋は、客から突然の要望があっても、その日の上物しか薦めない。普通の魚屋よりかなり割高だが、扱う品は間違いがない。店舗を持たない以上、顧客との信頼関係が頼りなので、店主が品質にうるさくこだわるからだ。鉄男の父親が営む「魚かつ」もそういう店だった。

「あそこのお父さんもまだ現役やけど、配達は全部、てっちゃんがやったはんねん。スクーターでまわったはるんやえ」

「スクーター？」

変われば変わるものだ。鉄男は中学生の時、無免許で先輩のバイクを乗りまわし、停学をくらっている。高校生の時は暴走族に入って、河原町通りでさんざん暴れていた。それが、スクーターなどと可愛らしいものに乗っているというのだから、景子は想像もつかない。

最後に鉄男に会ったのは、景子の結納《ゆいのう》の日だった。祇園祭も近い日のことで、母は仕出しとは別に、鱧《はも》の落としを魚かつに頼んでおいたのだ。

景子の実家は清水坂で陶器店を営んでいる。たまたま手伝いの者が表の玄関に出ていたので、景子が勝手口の呼び鈴を聞いて、台所に行った。

威勢のよい声とともに、大きな男が勝手口の引き戸を開けた。「おおきに、すんまへんな」という慣れた物言いと声の出し方で、てっきり鉄男の父親だと思ったのだが、それにしては若い。よく見ると鉄男だった。

会うのは中学校卒業以来だ。ちりちりにパンチパーマをあて、白いTシャツを着て洗いさらしたジーンズを穿《は》いていた。ごつい顔と張りだした頰骨《ほおぼね》のせいで、頰が少しこけているように見える。太い眉は上がり、鼻梁《びりょう》は高いが小鼻が横に張っていた。肩の筋肉がTシャツの下で盛り上がっているのがわかる。けれど、浅黒い肌とまるく大きな目は子供の頃と少しも変わっていなかった。

「お」と、鉄男は唇をとがらせて、眉をあげた。

「嫁にいくんか」

すでに着付と化粧を終えた景子は振袖姿だった。景子の結婚がきまったことは近所の者なら皆知っている。日柄からして、結納だと見当がついたのだろう。

「そら、おめでとうさん」

木箱の蓋《ふた》を開け、鉄男は器を取り出した。ガラスの器にはラップが丁寧にかけてあり、見事な鱧の落としが並んでいる。まるで、白い花びらをちぎって敷きつめたようだ。

「これ、お母ちゃんに渡しといてや」

鉄男はボール紙の切れ端を器の横に置いた。魚かつの請求書は、ボール紙に日付と値段がマジックで手書きしてあるだけだ。宇は見慣れた彼の父親のものである。

「おおきにい」と木箱を持ち上げ、鉄男は出ていった。

五年前のことだった。

「てっちゃんも、すっかりおとなしいならはったんやということやな」

景子の言葉に、美奈代は苦笑した。

「そらまあ、三十過ぎはったんやさかいにな。で、景ちゃん、東京へはいつ帰るの」

さあ、と景子は曖昧《あいまい》に笑った。

東京に帰るかどうかわからない。といって、京都に居続けることもできない。あとほんの数日で、景子は身二つになる。二人の子供を連れた出戻りを、実家の両親が何も言わずに受け入れるはずもない。実家には兄夫婦がいる。

夫の吉彦は、景子が二度と東京に戻ってこないかも知れないことを知っている。けれど、景子の両親はまだ何も知らない。話したところで、吉彦の元へもどれと説得されるにきまっていた。

2

景子より二歳年上の吉彦は大手食品メーカーのサラリーマンで、実家は千葉県にある。

短大に入ってまもなくの頃、友人の所属していたサークルのコンサートで吉彦と知り合った。吉彦は京都の大学の学生だった。友人に紹介されて付き合い始めたのだが、吉彦はいつも熱っぽく音楽のことを話していた。景子は関東弁を話す男と初めて身近に接したが、その抑揚は新鮮に思えた。

吉彦の話を聞くのは楽しかった。あの頃の吉彦は、疲れた顔など見せたことがなかった。歯並びのよい口元に笑みを浮かべ、景子を見る目はやさしく、言葉はいつも明瞭だった。

京都の老舗《しにせ》のお嬢さんが、京都の外に出るのは抵抗あるかも知れないけど、俺と東京に住んでくれよ。

卒業間際に、吉彦はそう言った。

とくに贅沢《ぜいたく》はさせられないけれど、苦労をかけることもない。慣れない東京で嫌な思いをすることもあるかもしれないが、必ず自分が守るから、とも吉彦は言った。

そして二人は結婚した。新婚早々、舅《しゅうと》が癌《がん》で倒れた。当時は子供がいなかったので、景子は都内の社宅から千葉市内の病院へ看病に通った。舅が手術を受けたのは二回だが、その度、吉彦の実家に泊まり込み、車の運転のできない姑《しゅうとめ》のキミエの送り迎えをした。

当時、キミエは何を思ったか突然、新興宗教に凝り始めた。否、正確には、「突然」というわけではなかった。昔から、キミエは新興宗教に入れ揚げていたのだという。舅の病気で、さらに熱が高まったのだ。

吉彦は、キミエが新興宗教の信者であることを結婚前、景子に黙っていた。結婚後も、彼の口から一度もそれについて聞かされたことはない。景子はそのことを今でも恨んでいる。

だが、景子は吉彦を責めなかった。後に聞いたところによると、舅も吉彦も、吉彦の弟も信者として登録してあるらしいが、実際に組織に出入りしているのはキミエだけだった。つまり、所《しょ》詮《せん》はキミエだけの問題なのだから、自分達夫婦には関係がないと景子は考えたのだ。

しかし、舅の手術の前日、揃《そろ》いの紫色のたすきと鉢巻をした仲間が十人ばかりでやってきて、仏壇の前で経文を唱え始めるのを見た時は、さすがに驚いた。たすきと鉢巻には白い蓮《はす》の花が描かれており、数珠《じゅず》を持って合掌する時の目は全員真剣そのもので、恐いくらいの迫力である。「白蓮会」というその宗教団体は三十年ほど前にできたものらしいが、景子はそんな名前を見たことも聞いたこともなかった。やってきた信者達はキミエと同じくらいの年格好の女ばかりで、やたらと「会長先生のお導き」という言葉を口にした。

舅は勤め人で、数年前に定年を迎えて年金生活を送っていた。郊外に建売住宅を買ったのが唯一の財産で、決して金が有り余っていたわけではない。けれどキミエは、白蓮会に惜し気もなく多額の喜捨を繰り返していた。

当時、舅の容態については「覚悟をしておくように」と医師に宣告されており、キミエも精神的な支えがほしかったのだろう。すべてが終われば冷静になるだろうし、今だけ付き合ってやればよいのだと、景子は自分に言い聞かせた。だが、二年の闘病生活の後、舅が亡くなると、キミエの執心ぶりはさらにひどくなっていった。

もともと、キミエは人がよい。性格も穏やかだし、意地の悪いところもない。人は、キミエのような人間を好意的に解釈しがちだ。景子自身もそうだった。

しかし、こと白蓮会にかかわる話となると、キミエは信じられないくらい激昂《げっこう》する。豹変《ひょうへん》するといってもいいくらいだ。

そのことを、景子は実家の両親に何度も話している。だが、普段の穏やかなキミエしか知らない両親は、その狂奔ぶりを想像できないらしく、景子の話は「たいしたことではない」と一蹴《いっしゅう》されるのだった。

舅が亡くなった翌年、萌が生まれた。萌が二歳になる少し前、白蓮会の仲間が家に集まるから手伝いにきてくれとキミエに頼まれた。仕方なく、景子は萌を連れ、キミエのもとを訪れた。

やってきた仲間は五人で、以前、たすきと鉢巻姿で読経《どきょう》をしていた女達だった。居間に集まった女達に景子が茶をだすと、「あんたもここへ来てお座り」と、女の一人が言った。この女は皆から「さと子さん」と呼ばれていた。とくに役職名を持っているわけではないが、さと子はいつもキミエ達に指図するような物言いをしていた。

カラーの写真集らしきものをキミエがテーブルの上でひろげた。白蓮会の「会長先生」の写真集だと、さと子が説明した。

写真では、狡猾《こうかつ》そうな顔をした初老の男が背広姿で微笑《ほほえ》んでいた。狭い額とこけた頬が猿のように貧弱である。顎《あご》にたくわえた白い髭《ひげ》がいかにも胡散《うさん》臭く、指名手配写真の詐欺師《さぎし》のようだ。男は芸能人のブロマイドさながらに、首を傾《かし》げて斜にかまえている。

「おやさしい顔をなさっているでしょう」

丁寧にページをめくり、キミエは言った。

「お慈悲の深いお顔だねえ、会長先生は」

　さと子の言葉に全員が頷いた。

「会長先生はいつもあたし達、白蓮会の信者のことをお気にとめてくだすってるんだよ」

　念を押すようにキミエが言うと、皆は口々に有難いと言って写真に向かって合掌した。

「来月、会長先生の降誕会《こうたんえ》があるの。六十五歳におなりでね、記念の式典が盛大に行われるのよ」

　会長先生はお釈迦《しゃか》様の生まれ変わりで、そのお姿を目にすることができる自分達は幸せだ、とキミエは得意気に話した。女達は深く頷き、にこやかに景子の方を見る。景子は仕方なく口元に笑みを浮かべた。

「降誕会のイベントでね、小さな子供達が舞台に出て、会長先生から直々にお数珠を頭に戴《いただ》けるという有難い企画があるの。萌は運がいいねえ」

　言いながら、キミエは傍らにいた萌の頭を撫でた。女達は口々にこの子は運の強い子だ、と感嘆する。

「こんなに早くから奉賛できるなんて、萌ちゃんは本当にお釈迦様に守られているのね。『白蓮つぼみ会』は学校へあがる前の年齢の子供だけというきまりなんです。小学生は『百蓮子供会』になってしまうから。今年五歳以下の子は運がいいねって、支部長さんも言ってらしたわ」

　さと子の言葉を引き継ぐように、キミエは身を乗り出した。

「ほんと、景子さん、あんたもこういうめぐり合わせに感謝しなきゃ。萌が当日着る制服はもう申し込んであるからね。来週、採寸に連れてってやってちょうだい。お代は済ませてあるから」

まあ、と女の一人が言った。

「いいおばあちゃまがいて、萌ちゃんは幸せねえ」

驚いて、景子はキミエの方を見た。

「あの、萌は、白蓮会とは関係がないんですが」

「ちょっと、何を言っているの」

眉間《みけん》に皺を寄せ、キミエは景子を睨《にら》みつけた。

「関係がないってことはないでしょ。口を慎しみなさい」

女達も険しい目をして景子を見ている。

「ちゃんと手続きしてあるのよ。あんたの名前の登録も一緒にすませてあります。萌もあんたも、たすきも鉢巻ももらってあるのよ」

景子は目を見開いた。

「それ、いつの話でしょうか」

「萌が生まれた時よ。支部長さんから、あんたんとこの嫁さんももう、白蓮婦人会に入ってもらわなきゃって、あたしもさんざん言われてたんだからね」

キミエは、景子が一度も白蓮会の本部に顔を見せず、参拝や奉賛にも協力をしないので、自分はいつも肩身の狭い思いをしていると甲高い声でまくしたてた。女達は何度も頷き、キミエさんは今までよく我慢してきた、と口々に言った。

景子さん、とさと子が顔をあげた。

「今の若い人は、礼儀とか人の心ってものが根本的にわかってないわね。そういう育ち方をしたというのは、あなたが悪いわけじゃないのよ。あなたのご両親のご教育が悪かったんだわ。でも、こういうことは勉強すればわかることです。お義母《かあ》さんはあなたにそれを教えてあげようとしてくださっているの。有難いことだと思うでしょ」

女達が景子を見ていた。皆、我ままな嫁が何を口答えするのかと言いた気に口元を歪《ゆが》めている。

景子は何も言わずに萌を抱き寄せた。萌は景子にしがみつき、不安気に目をしばたたいている。萌のブラウスの首元から、ピンク色の毛糸で編んだ紐がのぞいていた。突然、横からさと子が無遠慮にその紐を引っ張った。

「何、これ」

紐を手繰り、さと子は眉をひそめた。

「こういうことをするのが、どんなにお義母さんの心を傷つけるか、あなたにはわからないのかしらねえ」

お守り袋を手に取り、さと子はあきれたように言った。

「やめてください」

景子はさと子の手からお守り袋を取り返し、萌の首元にもどした。

「あんたねえ、どうして皆さんと仲良くやっていこうって気になれないのよ。そんなんで、世の中通用すると思ってるの」

キミエの目は血走っていた。景子は萌を抱いたまま身をかたくした。

「いいかげんにしなさいよっ」

怒鳴りつけ、キミエは大きく息を吸った。背中が怒りのためにふるえている。申し訳ないのですが、と景子は頭を下げた。

「わたしは白蓮会で活動させていただくことは、考えたこともなくて」

ちょっとあんた、とキミエは景子を見据えた。

「あんたもここへ嫁に来たからには、白蓮会に奉仕するのは当然の義務でしょうが」

「あの、それでしたら、最初にそのように言っていただきたかったと思うのですが」

「今はもう、あんたも白蓮会のことはよくわかってんだから同じことでしょう。支部長さんもあんたのことはよくご存知なんだし、ここは皆さんにご迷惑かけないようにと考えるのが筋ってもんでしょう」

「申し訳ないのですが、わたしは白蓮会に入信するつもりはありません」

「馬鹿なことを言うんじゃないわよ」

キミエはテーブルを叩《たた》いた。置かれていた茶托《ちゃたく》が音をたてる。

「ともかくね、うちは白蓮会なのよ。あんたもこれをやるしかないってのは、わかりきったことでしょう」

「お手伝いならいたします。けれど、入信だけは堪忍してください」

「なんで手伝いはできて、入信はできないのよ。わけのわからないことを言うんじゃないわよ。ともかくね、支部長さんからも言われているの。今度の降誕会にはあんたも顔をだす責任があるのよ、わかるでしょ」

言いながら、キミエはノックでもするようにテーブルをせわしなく叩いた。

「あんたの親は、あんたにいったいどういう躾《しつけ》をしてきたのよ。まったく、京都の古い老舗だかなんだか知らないけど、娘をこんなふうに育てるなんて、親の恥さらしだよ」

さんざん怒鳴り散らして、キミエは景子を責めた。夕暮れになってようやく解放され、景子は社宅に帰った。

その夜遅く、吉彦は帰宅した。

着替えもせず、ネクタイを緩めた格好で茶漬けをかきこむ吉彦に、景子は一部始終を報告した。

景子としては、お互い長く付き合っていかなければならない相手なのだから、どちらか一方がこうしたことを偏執的に繰り返すと人間関係が壊れてしまい、うまくいくものもいかなくなる、キミエが何を拝み、信じようが勝手だが、景子や萌を巻き込むのはやめてほしい、ということが言いたいだけだった。そしてそれは、誰が聞いてももっともな話であり、筋道も結論も瞭然としていると景子は思っていた。が、吉彦はそうは受け止めなかった。

「疲れてるんだよ、俺は」

うんざりしたように、吉彦は言った。

「わたしかて、今日は一日、お義母さんの相手させられて、疲れてるわ」

「勘弁してくれよ、もう遅いんだからさ」

「あなたのお母さんのことやないの。誰のせいやと思うてるの」

箸《はし》を止め、吉彦は顔をあげた。

「おまえこそ、こんな程度のことで鬼の首とったような顔して俺に言うなよ」

「こんな程度のこと？」

「ああ、こんな程度のことだよ」

吉彦は吐き捨てるように言った。

「どうでもいいじゃないか、こんなくだらないこと」

景子は吉彦を見据えた。

「こんなくだらないことを、一番喜んでやっているのは、どこの誰なのよ」

怒りを抑えた景子の低い声に、吉彦はわずかに目をあげたが、すぐに茶漬けをかきこんだ。

「わたしは、あなたの身内に迷惑をかけられてるのよ。あなたが手を打つのが当然でしょう。それとも、わたしがお義母さんと表立って喧嘩《けんか》した方がいいとでも言うの」

「だから、こんなこと、迷惑というほどのことなのかって言ってるんだよ、俺は」

「迷惑です」

顎をあげ、景子は唇をかたく結んだ。

「その感覚がおかしいんだよ」

「感覚がおかしい？」

「おかしいじゃないか。大袈裟《おおげさ》なんだよ、おまえは」

「感覚がおかしいのは、あなたの母親です」

今日の不快な光景が、景子の脳裏によみがえる。取り囲む信者達は、顔を歪めて景子を睨んでいた。キミエは罵倒《ばとう》を繰り返し、景子はまるで、罪人のように皆に責められ身を縮めていた。

「わたしは新興宗教もその信者も大嫌いです。そんなところに自分の名前が勝手に登録されているなんて、吐き気がするわ。なんとかしてよ、あなたの責任でしょう」

突然、吉彦がテーブルに茶碗と箸を力まかせに置いた。茶碗が割れ、茶と飯粒がこぼれる。陶器の割れる音に、隣の部屋で眠っていた萌が目を醒《さ》まし、泣きだした。景子は寝室にいき、萌を抱きあげた。眉根に皺を寄せて吉彦は立ち上がり、キッチンを出ていった。

その日以来、吉彦は景子とまともに口をきかなくなった。景子の軀《からだ》に指一本触れることもない。景子が妊娠に気づいたのは、翌週のことである。

3

神輿の飾り綱が、金箔の光を受けて朱色の艶《つや》を放っている。大鳥居の下は二軒茶屋の明かりしかない。

「夏のお産は大変やなあ」

美奈代が首筋の汗を拭いながら言った。

「どこの病院で産むの」

「北区の佐藤病院」

「このへん、産婦人科ないもんなあ。あたしは京大病院に入院したえ」

少子化が深刻な祇園の近辺には、入院設備を持った産婦人科医院がない。昔は安井に一軒あったのだが、それも二十年以上前に廃業してしまった。

景子は頷き、神輿に目をやった。南楼門の向こうには拝殿があり、軒に吊《つ》るされた夥《おびただ》しい数の提灯が見えていた。遠くの提灯の光が、地面にしゃがみこんだ男達の顔をわずかに照らしだしている。

参道に座りこんだ男達はたいした疲れもみせず、声高に話をしていた。聞き慣れた京都弁がとびかい、景子はふと、息を吸い込む。

京都弁には、突っ込むような勢いと、品のある抑揚が同時に存在している。正確に聞き分け、手繰れるのは、京都に何代にもわたって暮らしてきた者だけだ。さすがに八坂神社の神輿担ぎには、贋物《にせもの》の京都弁を喋る者など一人もいない。

担ぎ手の言葉は皆、荒げないが、三座のなかでも三若は一番勢いのある京都弁を話す。四若は粋《いき》で、錦はちょっと品がよい。

都大路を練り歩き、さんざん気勢を吐いて大暴れしてきた男達は、静かに心身の熱を冷ましていた。これから始まる拝殿まわしのために力を溜《た》めこみ、鎮まった火が再度噴き出す時を待っているのだ。

拝殿まわしは、渡御の無事完了を喜び、祝う、祭事の最後の斎行である。神輿は拝殿を三周したあと、本社に還し奉られる。その時、担ぎ手達は熱狂し、昂揚し、喉《のど》が割れるほどに咆哮《ほうこう》して還幸を喜ぶ。男達の怒濤《どとう》の声は境内に轟《とどろ》き、熱気と興奮のなかで氏子達は渡御の最後を見届けるのである。

「萌」

傍らを見ると、萌の姿がない。また、一人でどこかに行ってしまったのだろうか。あわてて景子は、神輿のあたりに目を凝らした。

神輿の周辺には若い男の子の姿はなく、年季の入った男達が座っている。蒸し暑さに半纏を脱いでいる者もいたが、そのうちの何人かの背中には、入墨が彫られているのが暗がりでもわかった。

東御座の四若は大店《おおだな》の旦那衆《だんなしゅう》の寄合だが、なかにはやんちゃな極道も混じっている。彼らは一様に筋肉質の背中をしており、もろ肌を脱いで屈強そうな肉体を隠そうともしなかった。

「きれい」

萌の声がした。見ると、神輿の向こう側に萌が立っていた。景子は目を疑った。萌は、座りこんだ男の裸の背中をぺたぺたと叩いている。男の背中には、鮮やかな濃い薔薇色《ばらいろ》が見えていた。

「萌、やめなさい」

声をかけても、夢中になっている萌には聞こえない。萌は男の背中に彫られた入墨を叩いていた。入墨は緋牡丹《ひぼたん》で、ひとつひとつの花びらに丁寧な濃淡が入れられている。あれだけの凝った彫り物をしているということは、本物の極道だ。

「もどってきなさい、萌」

景子は担ぎ手達をかきわけ、神輿の向こう側にまわろうとした。が、人込みと、神輿の台座を運ぶリヤカーや四天棒のために、なかなか前に進めない。

「ピンク色のお花だね」

萌はうれしそうに笑った。その時、男が顔をあげた。ごつい坊主頭を傾げ、萌の方を振り返るように見ている。景子は思わず、足がすくんだ。

「きれいか」

　男は言った。

「うん」

「おっちゃんの背中、そないにきれいか」

「うん」

　頷き、萌は緋牡丹を両手で叩いた。

「そないに誉《ほ》められたら、おっちゃん、照れるがな」

　周囲に座っている男達が笑い声をあげた。

「あの、すみません」

　ようやく駆けより、景子は萌の手を摑《つか》んだ。男が景子を見上げた。眉は太く、頬骨も額も岩のように張り出している。けれど、ごつい軀に似合わないまるい目をしていた。景子はその目に見覚えがあるような気がした。

「てっちゃん」

　思わず、声がでた。坊主頭の極道は、鉄男だった。

「お」

　鉄男は唇をとがらせるようにして、景子を見た。

「なんや、景ちゃんやないか」

景子の手を振り切り、萌はまた、鉄男の背中をぺたぺた、と叩き始めた。

「久しぶりやなあ」

以前より肉付きのよくなった頰に笑みを浮かべ、鉄男は言った。

「てっちゃん、魚屋さんやってんのと違うの」

自分でも驚くくらい唐突に、景子は言った。

「うん。やってるで」

子供のように鉄男は頷いた。それがどうかしたか、と言うように眉をあげている。知らずに、景子は自分が責めるような口調になっているのに気づいた。

「そやけど、それ」

「あ、これ？」

鉄男は自分の背中を親指でさした。

「やんちゃやってたんや」

「いつ」

「もう、だいぶん前や」

がはは、と鉄男は笑った。

「今は魚屋や」

ほんまかいな、と声がした。美奈代が腕組みしながら笑ってこちらを見ていた。

「てっちゃんは、嘘《うそ》ばっかりやからな」

「俺がいつ、嘘言うたんや」

ふふん、と鼻で笑い、美奈代は景子の傍らに立った。

「ま、今はやんちゃも、やめてるもんな」

「だいぶん前からやめてるわい」

鉄男はおか足袋《たび》を履いた脚を地面の上で組み、後ろに両手をついた。首には長い紐がぶらさがっており、その先には八坂神社のお守り袋がある。

遠目にはもっと年嵩《としかさ》に見えたが、近くで見ると、汗ばんだ鉄男の肌には艶があり、目も生気に溢《あふ》れている。軀だけは誰よりも大きいが、美奈代と話している表情は昔と変わらず、唇をとがらす癖はきかん気だった小学生の頃を思い出させた。

「お産で帰ってきたんか」

景子の腹に目をやり、鉄男は言った。

「予定日はいつ」

「もう、いつ生まれてもおかしいないねん」

ほう、と鉄男は頷いた。その時、「拝殿まわしや」と声が聞こえた。神輿の先頭に立つ年寄がスピーカーを持って采配《さいはい》している。

「よっしゃ」

口々に言って男達が立ち上がった。砂埃《すなぼこり》が舞い、汗の匂いが立ちこめる。景子達は神輿から遠のき、二軒茶屋の方に移動した。

担ぎ手全員が半纏を着直し、襟を正したところで、年寄が掛け声を掛けた。間髪を入れず、皆がぱん、と一斉に手を打つ。その途端、百人余りの男達の声が怒濤のように湧きあがった。大鳥居の下に、熱気と勢威が充満し、参道の石畳に咆哮が響く。

担ぎ手達が四天棒に集まってくる。棒に肩をあて、息を殺すようにして男達は前を見据えた。あたりは鎮まりかえる。薄闇のなかの神輿は、夜の海に浮かぶ舟のようだ。誰もが、最高潮を迎える直前の緊張のために全身をこわばらせている。

先頭の年寄が御幣束を振りかざした。瞬間、神輿が宙に浮くように台座から担ぎだされた。男達が吼《ほ》えるように声をあげる。

最後の御幸が始まった。

飾り綱が踊り、鈴が鳴る。じゃらん、じゃらん、という音は、夜空を裂くようにして境内に響き、澱《よど》んだ空気をかきまわした。

揺れる瓔珞が光を撒き、神の鎮座の場所を示して邪気を祓う。男達の怒濤の声は勢いを増し、神輿は波に翻弄《ほんろう》される小舟さながらに人垣の中を浮沈する。四天棒の周囲は半纏姿の担ぎ手以外、誰も近寄れない。

汗が飛び散り、夜気は熱を帯び、南楼門を揺るがすような地響きが起こる。

昂揚が頂点に近づいている。男達の力が漲《みなぎ》り、昂《たか》まり、大きな渦を作っていた。解き放たれた潮流が神輿を揺らし、鈴を鳴らす。男達は前を見据え、さらに声をあげる。鉄男は蕨手の下あたりにいた。坊主頭にねじり鉢巻を締め、波の背に乗るようにして足踏みを繰り返している。神輿は大きくうねり、鳳凰の稲が振り落とされそうなほどに靡《なび》いていた。

皆が南楼門の向こうにある拝殿を見ている。神輿が南楼門をくぐり、本殿前でひと暴れし、拝殿を三周すれば斎行は終了である。

担ぎ手達の最後の昂揚が、地を揺さぶっていた。立っていられないほどの大波が押し寄せてくる。

ふと、軀の奥から熱いものが溢れでるのを、景子は感じた。驚き、目を見開くと、また、何かが溢れだした。

「景ちゃん、どないしたん」

うずくまった景子に、美奈代が気づいた。

腰に鈍い痛みがある。どうやら、きたらしい。

「大丈夫、景ちゃん」

美奈代はしゃがみこみ、景子の背中に手をあてた。

痛みがひろがっていく。景子は軀がふるえるのを感じた。

陣痛がどれほど凄《すさ》まじいものかということは嫌というほど知っている。今はこの程度だが、あともう少しすれば、全身が裂かれそうなほどの痛みの波がやってくる。

「救急車呼ぶわ」

立ち上がり、美奈代は携帯電話を取り出した。

「そら、無駄やで」

見あげると、佐久間が立っていた。

「今夜は四条通りも東山通りも交通規制されてて通行止めや。周辺道路は全部渋滞やから、救急車待ってても、いつ着くかわからへんで」

消防署は清水道だ。ここから歩いて十分もかからない距離だが、渋滞となると佐久間の言う通り、車などあてにならない。

「どないした」

野太い声がした。土にまみれたおか足袋が見える。鉄男だ。

「てっちゃん」

美奈代が鉄男に状況を説明した。鉄男はしゃがみこんだ。

「俺が、連れてったる」

その途端、景子の軀がふわりと浮いた。わけがわからず、周囲を見まわすと、鉄男に抱きかかえられていた。人垣ができている。いつもなら、こんなところを人に見られるなど考えられないが、すでに耐え難い痛みに見舞われ始めた景子は、格好などかまっていられなくなっていた。

「どこの病院や」

「産科やったら、京大病院が一番近い」

萌の手をつなぎ、美奈代が言った。

「よっしゃ」

景子の軀が大きく揺れた。鉄男が走りだした。

「ごめんやっしゃ」

坊主頭で四若の半纏を着た鉄男の前に立ち塞《ふさ》がる者などいるはずもなく、人込みを彼は難なくかき分けていく。南楼門をくぐり、拝殿の脇《わき》を横切り、鉄男は西楼門の階段から四条通りに躍りでた。

「てっちゃん」

鉄男の太い首にしがみつき、景子は言った。

「堪忍え。拝殿まわしやったのに」

四条通りの喧騒《けんそう》が、景子の声をかき消した。車は渋滞したままなので、信号など無視して鉄男は走り抜けていく。

「堪忍」

痛みのために、脂汗が額に滲《にじ》んできた。

「堪忍、てっちゃん」

「何がや」

「ずっと黙ってたけど、あれ、わたしやて、てっちゃん知ってたんやろ」

鉄男は何も言わなかった。

「佐久間君の火打ち石を投げたん、わたしやて知ってたんやろ」

「知らん」

祇園会館の前を通り過ぎた。映画の看板やポスターが並んでいるけれど、痛みのためにそれらは霞《かす》んで見える。

「見つかる前に返しとこと思うたんやけど、急に教室に先生が帰ってきゃはったんや」

あの日、プールの授業を、景子は風邪《かぜ》のために見学することになった。皆が更衣室にいってしまい、誰もいない教室に景子は一人残された。

佐久間の机の中に、紫色の袱紗《ふくさ》が見えた。火打ち石だった。稚児の世話人は、祭りの揃いの浴衣《ゆかた》の切れ端で作った巾着《きんちゃく》に入れて携帯しているが、稚児は家で三宝に載せて保管する。登校の時だけ、こうして持参しているのだ。

女は月一回血を流すさかい、穢いのや。そやさかい、女は神さんのもんにさわったらいかんのやて。

ふと、同級生の女の子達が話していたのを思い出した。その日、景子は風邪などひいてはいなかった。斎行にもっとも忌み嫌われる期間を迎えていたのである。

神役の宣状を受けた佐久間は神の化身だというが、色白の細い顔も、眼鏡の奥の神経質そうな目も、ひょろりとした細い軀も、以前と何も変わってはいない。

祭事の潔斎に女は嫌がられるが、稚児にしたところで、女の腹から生まれでている。女がかかわったら穢れるというのなら、人は皆、最初から穢れているということになる。

血を流すということは、そんなに忌み嫌われなければならないことなのか。

火打ち石を手に取ってみたのは、その答えをたしかめてみたくなったからなのかも知れない。

袱紗には、火打ち金《がね》と石が丁寧に包まれていた。稚児はこれで切り火をして、邪気を祓い、身を浄《きよ》める。

景子は金《かね》と石を窓際に持っていき、日の光の下で見てみた。何のことはない石だった。少しばかり角張っているが、きらきらと光るわけでもなく、特別な形をしているわけでもない。火打ち金の鉄は黒色を帯びていて、古い鋏《はさみ》を思わせた。擦ると火花が散るはずだ。景子は石に金を打ちつけようとした。

「あの時、誰かが廊下を歩いてくる気配がしたんや。けど、佐久間君の机までもどる時間がなかった。手に持ってたら見つかると思うて、石も袱紗も窓から投げたんや」

咄嗟《とっさ》にやったことだった。投げられた石は校庭に落ちた。石と金は袱紗とともに一年生の生徒にすぐに見つけられたが、教師による「犯人捜し」が始まったのはいうまでもない。その時、俺がやった、と言ったのが鉄男だった。

「てっちゃん、わたしがやったん、知ってたんやろ」

「知らん」

「てっちゃん、校庭から見てたんやろ」

「知らん」

「先生が言うたはった。あの時、更衣室から一番に出ていったんは、てっちゃんやったって」

だから、鉄男が疑われた。そして鉄男は、そうだと皆の前で言った。

「おおきに、てっちゃん」

知恩院の新門の前を通り過ぎた。鉄男は前を見据えて走っている。半纏に染み込んだ汗は、湿った夜気の匂いがした。

「おまえ、そんなこと喋ってて痛うないんか」

「痛いわ、痛い」

「ほな、黙っとけ」

やってきた痛みのために、鉄男の半纏の襟元を鷲摑《わしづか》みにして、景子は首を振った。顔をあげると、三条通りだった。鉄男はやはり信号などかまわずに、仁王門に向かって走っていく。

なまあたたかいものが、奥から溢れてくる。また、大きな痛みの波がきた。耐えかねて景子は背を反らし、呻《うめ》き声を漏らす。痛みを押しやったあと、景子は大きく息を吸った。目を開けると、鉄男の半纏は血にまみれていた。

「堪忍、てっちゃん」

丸太町《まるたまち》の交差点はもうすぐだ。熊野神社の鳥居が見える。景子は目を瞑《つむ》った。もう、限界だ。目も開けていられない。

§　§　§

赤ん坊は、傍らのベビーベッドに入れられていた。景子はベッドから軀を起こし、顔をのぞきこんだ。

白くつややかな頰が、朝の光の中で輝いている。両手をぎゅっと耳の横で握りしめ、赤ん坊は目を瞑っていた。金色の短い産毛が、生まれてまもない生き物なのだということを物語っているようだ。この生き物が昨夜、景子をさんざん苦しめ、悶《もだ》えさせ、子宮から血を流させた。

窓際に立つ鉄男は、腕組みをして赤ん坊を見ている。鉄男の半纏は、茶色の染みが大きくひろがっていた。それは、襟の「四若」の字まで見えなくしている。

手を伸ばし、景子が赤ん坊の頰に触れた時、ノックの音がした。

「お母さんは、午後からもういっぺん来るて、言うたはったし」

ドアが開き、美奈代が入ってきた。

「おおきに、美奈代ちゃん」

「だいぶん眠かったみたいやな、萌ちゃん」

萌がぐずってきかないので、母は一度家に連れて帰り、出直すことになったのだ。美奈代は静かにドアを閉め、ベッドの傍《そば》の椅子《いす》に座った。

「てっちゃん」

景子は顔をあげた。

「やっぱり、男の子やったわ」

「腹にいる時、医者にどっちか聞いてへんかったんか」

首を振り、景子はベッドから降りた。

本当は、産むかどうか迷っていた。まともに口もきこうともしない夫とこの先、一緒に暮らしていくことなどできるものなのか、わからなかった。どうせ別れるのなら、腹の子は産まない方がいいにきまっている。

けれど、ずっと吉彦がそのような姿勢を通すとは思えなかった。時機がくれば、吉彦は母親の無礼を詫び、二人の関係は元にもどると考えていたのだ。しかし結局、出産のために京都へ帰る段になっても、吉彦は景子と向き合おうとはしなかったし、キミエに釘《くぎ》を刺すこともしなかった。

あとは、生まれた赤ん坊の顔を見た吉彦が、景子との関係を修復することを考えるかどうかだが、これぱかりは蓋を開けてみないとわからない。

景子は赤ん坊を抱き上げた。

なんとやわらかく、頼りない軀をしていることだろう。頬を近づけると、消毒液のそれにまじって、木綿の湿ったような匂いがする。赤ん坊の匂いや感触など、いつのまにか忘れていた。

「東京へはいつ帰るんや」

抱かれた赤ん坊の顔をのぞきこむようにして、鉄男が言った。

「わからへん、帰るかどうか」

え、と鉄男は眉をあげた。美奈代も驚いた顔をしている。

「どういうこっちゃ。京都に帰ってくるのんか」

鉄男の言葉に首を振り、景子は赤ん坊をかかえなおした。

「京都にもいられへん」

目をしばたたき、鉄男と美奈代は顔を見合わせた。

「大阪にでもいこうかいな」

赤ん坊に言うように、景子は言った。何や、それ、と鉄男はあきれたように首を傾げた。

「ええやん」

立ち上がり、美奈代が赤ん坊の頬を指で撫でた。

「かまへんがな。赤ん坊産んだ女は恐い物なしや。どこでも何でもして生きていけるわ」

鉄男は呆気《あっけ》に取られたように口を開けていたが、突然、がはは、と笑った。

「結構、やんちゃやるやないか」

やんちゃ、か。子供二人をかかえた女が一人で生きていくというのは、たしかに無茶で無謀なことに違いない。けれど、不可能というわけではあるまい。この腕の中の生き物がいるのなら、何を言われても、あるいはどんな目に遭っても、べつにどうでもいいような気がした。

「それにしても、えらいお産やったなあ」

言いながら、鉄男は赤ん坊に目をやった。

「昔、火打ち石さわったさかい、ばちあたったんやろか」

「かも知れんな」

不思議そうな顔をしている美奈代を尻目《しりめ》に、鉄男は四若の半纏の襟を直し、大笑いした。

カラオケボックス

春口裕子

春口裕子《はるぐちゆうこ》

神奈川県生まれ。慶應義塾大学文学部人間関係学科卒業。損保会社勤務を経て、01年、横浜の高台に建つマンションを舞台に、独身女性を襲う恐怖の日々を綴る『火群の館』で第2回ホラーサスペンス大賞特別賞を受賞し、作家デビュー。03年、受賞後第1作『女優』を書き下ろす。人もうらやむキャリア女性の悲劇を描いた。

「二〇五号室の客、またテーブルに乗ってるよ」

アキオが、客室監視カメラのモニターを見ながらつぶやいた。五人用の部屋に八人も入っているうえ、踊るわ騒ぐわ暴れるわで、両隣の部屋から三十分おきに苦情がきている。

年末のこの時期、ここカラオケボックス「歌唱館」は満室だ。

鉛筆みたいな細長いビルの、一階と二階がうちの店で、部屋数は全部で十。オーナーが道楽でやっていること、繁華街のど真ん中にあることなどから、知る人ぞ知るカラオケ屋としていまだ健在である。受付や会計の仕事から、ちょっとした調理（電子レンジでチン）、ウェイトレス役まで、常時二、三人のアルバイトでまかなっている小さな店だ。私——椎川奈々子《しいかわななこ》は、ここで週に五日ほどバイトしている。

「奈々子、ガツンと言ってきてくんない？　テーブル壊されたら困るから」

「イヤよ。なんで女の私が行かなきゃいけないわけ」

「大丈夫だって。そこらの男より男らしいから」

「まあ、頼りない男よりマシよね。どこかの誰かみたいにさ」

「なにぃ」

「二人ともケンカはやめてください。私が行きますから」

そばでやり取りを聞いていた珠緒《たまお》は、そう言うなりカウンターを出ていった。受付を出て左手に、二階へ続く階段がある。小柄な体がそこをのぼっていくのを見て、アキオがため息をつく。

「奈々子も珠緒の素直さをちょっとは見習えよ」

「何よ、自分のこと棚に上げて。そもそも大学に六年も通ってるアキオに言われたくないわ」

「人の文句ばっか言ってないで、いいかげんまともに働けよ。二十四歳になったんだしさあ。いつまでも親がかりでプー太郎やってたって、しょうがないだろう」

「ちょっと自分の就職が決まったからって威張らないでくれる？」

アキオは、数ヵ月前にようやく自動車部品メーカーへの就職を決めた。単位を落として一年、就職できずさらに一年留年しているから、年は私と同じ二十四。大学では長老と呼ばれているらしい。「俺はアルバイト学生。アテもなくフリーターやってるお前とは違う」というのがアキオの口癖だ。

電話が鳴った。例の二〇五室から珠緒がかけてきたのだ。

「奈々子さん、オーダーお願いします。ピザとジンフィズとウーロン茶」

声が少しくぐもって「ちょっとやめてください」という声がする。

「珠緒ちゃん、大丈夫？」

私はそう言いながらアキオをにらんだ。まったく、こういう時こそ男の出番ではないのか。このアキオが、社会人として働きはじめたら、それなりに出世したり偉くなったり、部下をもったりするのかと思うと、ものすごく憂鬱《ゆううつ》になる。

カウンターの奥にあるキッチンに向かい、冷凍ピザを電子レンジで温め、薄いジンフィズをつくり、ウーロン茶を水で割る。ウーロン茶一に対し、水道水二分の一。歌唱館オリジナルウーロン茶だ。

珠緒が「二〇五の客、レベル三に昇格」と眉間《みけん》に皺《しわ》を寄せながら戻ってきた。私たちは、悪質な客を五段階に分け、カウンターの内側の、客から見えない場所に、ブラックリストとして貼《は》りだしている。次回来店したときの参考――両隣に他の客を入れないとか、モニターで監視する時間をふやすとか――にしている。二〇五の客は、たった今、レベル二からレベル三に格上げ（?）したわけだ。

私はアキオに向かって、わざとらしく笑顔をつくろって言った。

「二〇五、ガツンといってまいります」

一階と二階の間の移動は、もっぱら階段だ。最近、上り下りが重なると呼吸《いき》が上がるようになってきた。先月誕生日を迎えたとたん、なんだかお肌まで曲がったような気がするし。

昔から、怒りっぽいとか理屈っぽいとか言われることが多かった。友達はあまり――というより、ほとんどいない。その点アキオは、ついつい悪態をついてしまうものの、毎日のように顔をあわせ、気兼ねなしに物を言い合う貴重な相手である。同時期にここで働きはじめ、以来六年近く一緒にいるから、空気みたいなものだ。半年前に入った珠緒もいい子だが、なにせ年が違いすぎる。

「十八歳かあ」

私が高校を卒業し、ここでバイトを始めた年齢だ。大学に進学する気も、就職する気もなかった。アキオが放った「アテもないフリーター」という言葉を思い出し、にわかに苛立《いらだ》つ。最近のアキオは私の癇《かん》にさわることばかり言う。

ずらりと並んだ個室のドアから、中の音楽が漏れている。何が楽しいんだろう。誰もかれも歌本ばかり見ていて、他人の歌なんか、間奏と最後におざなりの拍手をするだけで、ろくに聴いちゃいないのに。私は一度もカラオケで歌ったことがない。

二〇五のドアを開けると、入れ違いで大柄な男性が出てきた。年はたぶん四十ぐらい、このグループの幹事役だ。酒に目をうるませたオヤジは、「お、美人のキツイお姉ちゃん」と肩をさわろうとする。私が体をかわしてにらみ返すと、「今日も怖いねえ」と歌うように言って、トイレのほうへ歩いていった。

部屋に入ると、煙草《たばこ》の臭《にお》いと、大音量の『銀座の恋の物語』が体にまとわりついてきた。男は妙なビブラートをかけて歌い、女はまるでナイフとフォークを上品に操るような手つきで、指先だけでマイクを握っている。私はいつものように息を止めたまま、テーブルの上の空いたグラスを寄せ集め、注文されたものを隙間《すきま》に無理やり置いていった。

銀恋が終わり、拍手がまきおこる。

「課長、お上手〜」

「いやあ課長の歌唱力には脱帽ですな」

そう言った男は〝脱帽〟のところで、自分の禿《は》げた頭をつるんと撫《な》でた。中年の男女が一斉に笑う。その笑い声に押されるように、私は外へ飛びだした。

そう、私は酔っ払いが嫌いだ。憎んでいるといっても過言ではない。

酔った勢いで大声を出し、暴れ、あっちこっちで吐くのは当たり前。店を汚したまま知らん顔して帰るのも当たり前。客同士でケンカしたり、からんできたり、さわってきたり、歯の浮くようなおべんちゃらを言い合ったり、うまくもない歌を褒《ほ》めあったり。昼間は大きなビルで働き、それなりの給料をもらい、家庭をもっている〝社会人〟たち。スーツを着たサラリーマンは、社会人の象徴──記号のように思える。

じゃあ、なぜ自分はこんなところでバイトをしているかって？

カラオケボックスに罪はない。むしろ、接客業でありながら、客に無関心でいられる奇跡的な場所と思う。問題はそこに集まる人間だ。よく、不景気だとか、日本はダメになったとか言うけど、そうしたのはこの人たちじゃん？　だから、社会勉強させ、て、も、らっ、ていると思えばよいのだ。最低な連中の、最低な酔っ払い方を、反面教師にすればいい。

トレーの上のグラスが揺れる。ちょっとのせすぎたかもしれない。注意しながら廊下を歩く。

トイレの前を通り過ぎようとした、そのときだ。

いきなり、トイレのドアがすごい勢いで開いた。避ける間もなかった。

ドアで、しこたま、おでこを打つ。

手からトレーが滑り落ち、グラスが砕け散った。カラオケの音楽に負けないほどの音が、狭い廊下に響きわたる。同時にトイレから何者かが飛びだしてきて、一瞬立ち止まった。が、私を助け起こそうともせず、そのまま階段を駆けおりていく。

文句を言おうとしたが、頭を打った衝撃で目の前がちかちかしている。後ろ姿だけがかろうじて見えた。細い首をした男だった。

「なんなのよ」

これだから酔っ払いは……とつぶやきながら、よろよろと立ちあがり、散乱したグラスの破片を見おろす。この忙しいのに、また仕事が増えてしまった。

ふと、トイレの中から、妙な声が聞こえた。不気味な……呻《うめ》き声？　おそるおそる中をのぞいて、息を呑《の》む。

床の上に、男が倒れていた。

男は、後頭部を殴られて脳震盪《のうしんとう》を起こしていた。

すぐに救急車がきてパトカーがきて野次馬が集まって、古ぼけた歌唱館の建物はにわかに騒然となった。私も事情聴取を受け、すべてが終わる頃には、店じまいの深夜二時。終電もとうになくなっていた。

タクシーで帰る手もあったが、ここからだと三千円はくだらないし、このまま泊まっていくことにした。ふだんも時どきそうしているのだ。テレビや寝袋や歯ブラシなんかが揃《そろ》っていて、セカンドハウスのように使っている。

「よお、第一発見者。お疲れ」アキオがうれしそうに、三人分のジントニックをカウンターに置いた。店で出すものと違って、これは薄くない。

「やめてよ。ただでさえ気分悪いんだから」

「気分じゃなくて機嫌だろ。いつものことじゃん」

まったく減らず口を叩《たた》く男だ。

「俺もリアルタイムで見たかったなあ」

ミーハーでもある。

アキオはちょうど、エアコンの調整のために受付を離れていたらしい。

店内から外へ出るには、必ず受付の前を通るから、その場に居合わせた珠緒は当然犯人を見ているはずなのだが——。

「近眼なもので。今日コンタクトしてなかったから、男だったか女だったかも自信ありません」

両目とも〇・二で、裸眼で過ごす日も多いのだという。刑事らは軽く息をついたあと、私に望みをかけた。

「首が細くて黒っぽいコートを着てました」

私が証言できるのはそれだけだった。

「他に何かないのかよ」アキオが刑事の台詞《せりふ》をもう一度繰り返した。

「しょうがないでしょ、後ろ姿しか見えなかったんだもの。おでこぶつけて、とにかく痛かったんだから」

そう言って前髪を上げ、人より少し広めのおでこを見せた。珠緒も「そうです、いざとなったらじっくり観察する余裕なんてありませんよ」と援護射撃をした。

「けど、あのオッサンも不幸中の幸いだよな。何で殴られたのかは知らないけど、外傷はないんだろう?」

「残念だったわね、殺人事件じゃなくって」

「お前なあ」

「刑事さんも言ってたけど」テレビを見ていた珠緒がつぶやいた。「これって、例の事件と関係あるんでしょうか」

ここ二週間、カラオケ屋の客——サラリーマンばかりをねらった傷害事件が、三件も発生しているのだ。被害はいずれも脳震盪や打撲などの軽傷で、刃物は使用されていないらしい。今回も同一犯によるものだとすると、四つ目の事件が起きたことになる。

アキオが言った。

「監視カメラのない場所とか、カメラの死角をねらってるらしいじゃん。内部事情に詳しい奴の仕業ってことだろう？　常連客か、店員か。意外と顔見知りの中に犯人がいたりしてな。ハハ」

「アキオさんとか？」

「おいおい奈々子ならともかく、珠緒ちゃんまでそんなこと言うのかよ」

「冗談ですよ。アキオさんにそんな勇気ないですよね」

その言葉に、久しぶりにお腹《なか》の底から笑った。アキオはひどいなあと口をゆがめた。珠緒には頭が上がらないのだ。アキオは珠緒が好きらしい。珠緒は鈍感だから気づいていないようだが。

怪しい常連ならいっぱいいる。

毎回巨大なラジカセを持ちこみ、曲紹介してから自分の歌を録音するオジサン、歌本を見ているのかと思ったら電話帳を熟読していたオバサン、全裸で他の部屋に飛びこむ男、トイレにこもったきり出てこないカップル。採点ゲーム好きのグループが、罰ゲームをどんどんエスカレートさせ、最下位の人間に洗剤を飲ませて救急車騒ぎになったこともあった。

酒の勢いがそうさせるのか、カラオケボックスという場所がそういう客を呼ぶのか。いくら密室性が高いからって、「カラオケボックスは何でもアリ」みたいに思われてはたまらない。

珠緒が低い声で言った。

「最近よく一人で来る男の人、いるじゃないですか」

「俺もそいつ知ってる。いつも昼間の同じ時間帯に来る若い男だろ？　たしかに怪しいといえば怪しいな」

私、知らない――そう言おうとしたとき、珠緒の携帯が鳴った。彼氏が迎えに来たらしい。私は、ひそかに肩を落とすアキオの背中を叩いた。

「さ、私も寝ようっと。アキオ、帰りのバイクの運転、気をつけてよ」

「わかってる。それよか、お前こそ気をつけろよ。犯人はまだその辺にいるかもしれないんだからさ。まったく早く捕まってほしいよなあ」

「私なら平気よ。店員は今のところ狙《ねら》われたことないし。それに」

「なんだよ？」

「ううん、なんでもない」

――サラリーマンなんて、狙われちゃえばいいんだ。

そんな言葉は、さすがに飲みこんだ。

アキオを見送り、戸締りを確認したあと、寝袋を抱えて二〇一号室へ向かう。階段から一番遠いところにある狭いこの部屋が、いつもの寝床だ。

煙草の臭いがしみついたソファに横になる。

床に倒れている男を発見したとき、あまり驚かない自分が不思議だった。そしてにわかに背筋が寒くなった。たとえ一瞬とはいえ、死んでいるのかと胸が高鳴ったからだ。しかも、自分にしつこくしてきたオヤジだとわかり、「ざまあみろ」とも思った。そんなふうに思う自分に驚き、少し怖いと思った。

煙草の饐《す》えた臭いは、母親を彷彿《ほうふつ》とさせる。堅物の会社員だった父が愛人をつくって家を出たのが十年前。その後、厚木《あつぎ》の小さなスナックで働きはじめた母。酔っ払いたちに追従《ついしょう》し、手を握り、握られる母。客が帰ったあと一人で酒を飲み、愚痴をこぼす母。この十年間に刷りこまれてきたイメージを振り払うように、私は狭い椅子《いす》の上で寝返りを打った。

明日十一時のオープン前には一度家に帰ろう。夕方からのシフトだから、母親が眠っている間にまた出かければいい。私は暗闇の中で、ぎゅっと目をつぶった。

＊

翌日、早番の学生アルバイトから風邪《かぜ》で休むと連絡が入り、急遽《きゅうきょ》私が昼間のシフトに入ることになった。珠緒は、今日は授業があるので夕方からだ。

「いったん帰ってお風呂に入りたかったのに」

「お前なあ、俺が何時間働くと思ってるんだよ。通しだぜ、通し」

通しとは、オープンからクローズまでのこと。前後三十分は準備と後片付けがあるから、実質十六時間労働だ。アキオには月に何度か、こういう日がある。最近入ってきたアルバイトは、アキオのことを社員だと思っているらしい。

「いっそのこと、このまま社員になればいいじゃん」

アキオが店長になったら、どんなに楽しいだろう。

でも、私がそういうことを言うと、アキオは必ずムキになって怒る。正社員とか、アルバイトとか、フリーターとか、派遣とか、私の口からそういう言葉が出ると、とたんに真顔になるのだ。

「おい、奈々子」

アキオが自分のリュックサックから、薄っぺらい資料を取りだし、私に手わたした。

「就職——説明会?」

「年明けにMホールであるんだって。地元の企業ばかりみたいだから、うまくいけば就職したあともお袋さんと一緒に暮らせるだろう。まあこんなご時世だし、高校を出てからずっとブラブラしてたお前に、そう簡単に就職先は見つからないだろうとは思うけど」

余計なお世話、と反論しようとしたが、アキオに先手を打たれた。

「お、図星すぎて怒ってんの? とにかく、もう少し自分の人生のこと考えろよ。だいたいなあ、勤労は日本国民の義務だぞ義務」

これだからイイ大学の、頭の硬い人はいやだ。ううんアキオだけじゃない。最近は、母親さえも顔を見るたびに、ちゃんとした所でちゃんと働け、だ。ちゃんとした所って、父親が働いていたような会社のこと？　ちゃんと働くって、父親みたいに働くってこと？

「お前、国民の三大義務言えるか？　勤労、納税、それから、えーと……なんだっけ。まあいいや。とにかく、その説明会、行けよな」

アキオは言うだけ言って、ホウキとチリ取りを手に階段を上がっていった。

静まりかえった受付で、椅子に座り、パンフレットを眺める。こんなもの、もらったってしょうがない。コンピュータグラフィックの表紙には、「あなたの〝がんばりたい！〟を応援します」という文字が躍っている。

別にがんばりたいことなんて――やってみてもいいと思うことさえない。

私は大型のごみ箱を足で開け、そこにパンフレットを捨てた。

この受付に座っているときの居心地のよさを、何にたとえたらいいだろう。カウンターは少し高くしつらえられていて、いったん座れば、背伸びをしないと向こうが見えないようになっている。カウンターの向こうで、どんな酔っ払いが何をしようとも、ここは害の及ばない安全地帯。守られているような気持ちになるこの場所が、私は好きだ。

目の前にはモニターが並んでいる。音は聞こえないが、チャンネルごとに各部屋が映しだされる。退屈しのぎにチャンネルを変えてみると、午前中まで私が寝ていた部屋には女性の二人組が入っていた。楽しそうに歌っている。

アキオは掃除から戻ってすぐ、ゴミ箱のパンフレットに気づいた。

「わ、ひでえ。本当にかわいくない奴だな」

アキオはぼやきながらパンフレットを拾うと、「ここに入れとくぞ」と念を押して、キャビネットの一番上の棚にしまった。

客が来たことを告げるチャイムが鳴り、自動ドアが開いた。

立ちあがって入り口に目をやると、一人の男が立っていた。ねずみ色のコートからのぞく、くたびれた濃紺のスーツ。白いワイシャツに縞柄《しまがら》のネクタイ、黒いかばん。顔は青白く、目も鼻も口も、彫刻刀で彫ったように細く薄い。身の丈ばかりがひょろりと高いその男は、メガネの縁を触りながらこちらへ歩いてくる。

利用人数一人、利用時間一時間、名前佐山弘一《さやまこういち》、電話番号〇四五―×××……男は右上がりの小さな字で、記帳していった。顔はこわばり、手が震えている。こめかみの汗が首まで垂れていた。細く吊《つ》りあがった目は神経質そうにまばたき、目の下にかすかな痙攣《けいれん》が起きている。

二〇二とマジックで書かれたピンクのかごに、マイクと伝票とマラカスを入れて手わたし、二階にあがるよう伝えた。男がこちらに背を向け歩きだしたとたん、アキオが私のわき腹を突《つつ》いてきた。

「奈々子、あいつだよ」アキオは男の背中を見ながら、声をひそめた。「昨日言ってた怪しい男」

「ふうん」

「なんだ張り合いのない奴だな。貸してみ」そう言いながら、ノートをチェックする。「間違いない。ここ二週間ぐらい、三日に一度は来てんだよ」

アキオはうれしそうに言い、モニターを二〇二号室にあわせた。

ドアが開き、男が部屋に入ってくる。コートを脱ぐ前に部屋の照明を落とし、真っ暗にする。室内の明かりは、廊下からの光だけになった。男はコートを脱ぎ、きれいにたたんで、かばんと並べてソファの上に置いた。ピアニストが楽譜を譜面台に置くように、ゆったりとした動作で歌本をテーブルの上に置いてから、胸のあたりで両手を組む。

それっきり微動だにしない。

「なんだ、こいつ」

動いたかと思うと今度は腕組みだ。時おり立ちあがって、檻《おり》の中の動物のようにウロウロしながら、しきりに外の様子を気にしている。

「こうしてじっくり観察してみると、やっぱ怪しいなあ。一人で来る奴はたまにいるけど、ひたすら歌うか、寝るか、食うかだろう」

二人ともモニターから目が離せなかった。

男は相変わらず、姿勢正しく、足も崩さず、座っていた。たまに本を広げるが、ぱらぱらとめくるだけで、すぐに手から離してしまう。立ったり座ったりを何度か繰り返したとき、アキオは言った。

「もしかして、本当に連続傷害事件の犯人だったりして」

「そんなわけないでしょ、単細胞ね」

「だってさ、事件が起きだしたのも、こいつが店に来るようになったのも、ここ二週間のことだぜ」

「単なる偶然の一致よ。だいたい、自分が事件を起こした店に来るもんですか」

「わからないぜ。ほら、犯人は現場に戻るって言うし」アキオは探偵よろしくアゴに手をやり、にやりと笑った。「この店には二人も目撃者がいるからな」

私はポカンとしたままアキオを見た。

「それって、私と珠緒ちゃんのこと？」

「そ。確かめに来たのかもしれない。お前と、珠緒ちゃんが自分の顔を覚えているか」

「やめてよ。犯人の顔どころか後ろ姿だって、まともに見てないのよ」

「そんなの犯人にはわからないじゃないか」

アキオがまともなことを言うので、ちょっとドキッとした。

「怖がらせようとしてるわけ？」と口をとがらせながら、再びモニターに目を落とす。

男がこちら――カメラを見上げていた。

レンズを通して目が合ったような錯覚に陥り、思わず後ずさった。

「どうした？」

「今、こっちを見て……」

男はすっくと立ち上がり、電話を手にした。

赤いランプが点滅し、呼び出し音が鳴る。私が出るのを躊躇《ちゅうちょ》していると、アキオが応対してくれた。ウーロン茶の注文だった。

「アキオ、気をつけてよ」

「ばあか。何、まさかビビッてんの？　さっきのは冗談だぜ、冗談」

佐山はけっきょくマイクを握ることなく、まるまる一時間椅子を温めて、受付に戻ってきた。

レジを打つ間、佐山が私の横顔を盗み見ているような気がしたのは、思い過ごしだろうか。

奈々子も意外と怖がりなんだなあと、アキオはやけにうれしそうに言った。


八時を過ぎて、立て続けに団体が入った。忘年会の一次会を終えて、二次会に突入というパターンだろう。モニターを見ていたアキオが、私と珠緒を手招きした。

「二〇六でおもしろいことになってるぞ」

「なになに」

アキオの言う「おもしろいこと」とはたいがい、盛りあがったカップルが事に及ぶ場合を指すが、今日は違うようだ。

二〇六は十人部屋だ。薄暗い室内に、男女がぎゅうぎゅう詰めで座っている。モニター画面の右側に、男性が一人立っている。カラオケ機器やスタンドマイクが据え置かれている方だ。そこを囲むように、Uの字型にソファが置かれている。

一見変哲のない風景だが、ミラーボールがまわっていない。つまり曲が流れていないということだ。

「こいつ、さっきから立たされてるみたい。アカペラで歌ってるなら別だけど」

そのうち、ソファの真ん中の席に座っていた恰幅《かっぷく》のいい人物が、男に何かを投げつけた。さらに、手元にあるものを手当たり次第、投げつける。男は体を丸めはするが、抵抗する様子はない。他の人は皆、下を向いている。画面ごしにも、異様な雰囲気が伝わってくる。

とうとうマイクが飛んだ。その拍子に、テーブルの上のグラスが床に落ちた。

「おいおい、勘弁してくれよ」

アキオがつぶやく。

「私、ちょっと行ってくる」

「お、悪いね、奈々子ちゃん」

アキオがゲンキンな声を出した。

なぜか気になっていた、立たされっぱなしの、ひょろんとしたあの男のことが。

ノックしてから中に入る。形だけ「失礼します」と言いながら、皿やグラスを片付けていく。狭い室内には重苦しい空気が充満していた。倒れたグラスは、誰かの手によって立て直されていたが、テーブルの上には水たまりができていた。それをダスターでぬぐいとる。

「だからよぉ」

恰幅よく見えた男は、他に圧迫感を与える肥満体をしていた。その肥満男が、立たされ男に執《しつ》拗《よう》にからむ。

「お前それでいっぱしの社会人のつもりか。そんなだから、いつまでもノルマいかないんだよ。入社して何年経《た》つんだ？　あ？　お前なんかなあ、要らねえんだよ。首だよ、首！」

肥満男は赤い顔に脂を浮かせ、ソファの背にかけた手で、ダンッと壁を叩いた。振動が床まで伝わってくる。立たされ男だけでなく、周りの人も黙ったままだ。

誰か、何とか、言えばいいのに。

目だけで周囲を見まわす。男五人、女五人。そして、立たされ男の顔を見上げたとき、あっと声をあげそうになった。

昼間の男だ。一人で来ていた、佐山弘一。

佐山は拳《こぶし》をぎゅっと握っていた。彼の拳は、しゃがんだ私の目の前にあり、掌《てのひら》に爪が食いこんでいるのがわかった。そして昼間と同じように、細い目をしばたかせながら、こめかみに汗をいっぱいかいている。

私は立ちあがり、部屋を出た。ドアを閉める寸前、ぱしゃっという嫌な音が聞こえてきた。

受付に戻ると、アキオと珠緒が同時にこっちを見た。

「あの人、とうとう水かけられちゃいましたね。もしかして水じゃなくて、お酒ですか？　どっちにしても悲惨ですねえ」

やっぱり。

「これ持ってってやれば？」アキオがタオルを手わたしてきた。

「いやですねえ。職場のイジメってやつでしょうか」

いっぱしの社会人という言葉が胸につかえている。この苦々しさはなんだろう。腹立ち、嫌悪？　よろよろとカウンター脇《わき》のスツールに腰かける。

「おいおい大丈夫か」

アキオがキッチンから水を汲《く》んできた。それを受け取りながら、立たされ男は佐山だったと告げると、二人とも目を丸くした。

「どうりで、一人のときも、追い詰められちゃってる感じが漂ってるもんなあ」

「私は、肥満オヤジも、周りの人もむかつくけど、言われっぱなしの本人が一番嫌ですね。男らしくないじゃないですかあ。私だったら言い返しますよ」

アキオは、「そうなんだ、珠緒ちゃんは男らしい人が好きなんだ」とつぶやいている。

「そりゃそうですよ。もし自分の彼氏が会社であんな情けないことやってたら、ソッコーで別れるな」

そのとき、背後——階段の踊り場のあたりに人の気配を感じた。

ハッと振り返ると、佐山が立っていた。胸のあたりがびしょびしょに濡《ぬ》れている。眼鏡《めがね》に光が反射していて表情はわからない。

「水割り一つ……ください。こぼしちゃったんで」

佐山はそれだけ言うと、ゆらりと踵《きびす》を返し、足音も立てずに去っていった。

三人で顔を見合わせる。

「やべえ。今の聞かれたかな」

「さあ」珠緒はあっけらかんとしている。「別に聞かれてもいいですよ。本当のことですから」

「でも言葉には気をつけたほうがいいぜ。最近変なのが多いからさ」

珠緒は呑気《のんき》な調子ではーいと返事をしてから、吐き捨てるように言った。

「ああいう生活って、ストレスたまるんだろうなあ」

二〇六の客は一時間延長し、十時半にアウトした。あんな状態でなおも歌い続ける人たちの神経がわからない。二階から一団がドヤドヤと下りてくる。その中の一人が、マスカラの落ちた目をしばたかせて言った。

「楽しかったあ。また来ましょうね、部長」

もう決して若いとはいえない女たちの黄色い声。赤ら顔の肥満男が、満足そうに鼻を鳴らした。

「そうだな、今日はちょっと物足りなかったし、明後日、仕事おさめの後にどうだ」

一瞬、部下たちは顔を見合わせたが、肥満男は意に介さない様子で高らかに言った。

「よし決めた。明後日の金曜日、夜の八時から。今日と同じ部屋ね。お姉さん、予約頼むよ」

そして、部下たちに向かってひらひらと手を振った。

「今日はいいよ。俺がおごるから。先にみんな外に出てて」

そのとき、佐山が階段を下りてきた。下りきったところで立ち止まり、一箇所をじっと見つめている。視線の先には、珠緒の姿があった。佐山はゆっくり視線を移して、私の顔を注視した。その口がゆがんだ。何かをしゃべろうとしているのか、それとも笑っているのか。

私は射抜かれたように、動けずにいた。佐山は私から目を逸らすと、今度は肥満男の背中を見つめた。その表情からは、やはり、何の感情も読み取ることができない。

肥満男は法人カードで清算し、ちゃっかり領収書もとって、足をもつれさせながら店を後にした。佐山はその後に張り付くように、静かに店を出ていった。

＊

翌朝、アキオからの電話で起こされた。

「今日ちょっと早く来てよ」

「また？」私はベッドの中で身をよじって、目覚まし時計に手を伸ばした。十時。やけに早い。昨日あれから胸さわぎがして、なかなか眠れなかったのだ。なかなか眠れなかったのだ。もう少し寝ていたかったのに。

「また誰かぶっちしたの？」誰も彼も、バイトだからって簡単に休みすぎだ。

「違うよ。珠緒がちょっと困ったことになって」

私ははじかれたように跳ね起きた。

「今、俺、Ｙ病院にいるんだけど――珠緒がケガで入院したんだ」

「う、そ」

「こんなことで嘘《うそ》つくかよ。手と足を骨折したらしい」

「なんでそんなことに？」

「転んだとしか聞いてない。珠緒のおばさんも、なんかハッキリ言わないんだよ。電話もらってすぐ来てみたんだけど、珠緒は治療中だし、おばさんには会えないし」だいたい手足を同時に骨折するってどういう転び方だよ、と独りごちた。

頭の中で警鐘が鳴る。居ても立ってもいられない。

「ねえアキオ。珠緒ちゃんがケガしたときって一人だったのかしら。一人で、転んだのかしら」

「なんだよ急に怖い声出して。そんなこと知るか。こっちが聞きたいぐらいだ」

「私も病院に行く」

「まあ落ち着け。とにかく、いったん店で落ち合わないか。見舞いのこととかは、後で話そう」

「………」

「おい奈々子、大丈夫か？　お前まで何かあったら、俺困るぜ」

電話の向こうで、「別に、人が足りなくて困るとか、そういう意味じゃないからな」とブツブツ言っている。

「……わかった。すぐ店に向かうわ」

「恩にきるよ奈々子さん」

電話を切ったあと、取るものも取りあえず店へ駆けつけた。アキオもちょうど到着したところだった。

「ずいぶん早かったな」アキオが入り口の鍵《かぎ》を開ける。「そういえばさっきさ——」

アキオの言葉を無視して、私はまっしぐらにカウンターへ向かった。呆気《あつけ》にとられた様子のアキオを尻目に、ノートをめくり、佐山弘一の欄を探す。そして、そこに書かれた番号に電話をかけた。

——お客様のおかけになった電話番号は、現在使われておりません。

「やっぱり」

私がつぶやくと、アキオは怪訝《けげん》な顔をした。

「何がやっぱりなんだよ。なんかおかしいぞ、熱でもあるんじゃないか？」

「ここに書いてあるの、ニセの番号よ。名前も偽名かもしれない」

「ちょ、ちょっと待て。何の話だよ」

「あの男、昨日珠緒ちゃんのことにらんでたの」

「なんなんだよ。わけわかんねえ」

「だから！　アキオの言ったとおり、あいつが連続傷害事件の犯人だったのよ」

つい早口になってしまう。話の順序もぐちゃぐちゃだ。

「あいつは日ごろの鬱憤《うっぷん》を晴らすために人を殴ったんだわ。後ろから殴って逃げるなんて、いかにも肝っ玉の小さいサラリーマンが考えそうなことじゃない」

アキオは黙っている。

「珠緒ちゃんは、あいつを目撃したから、口封じのために狙われたのよ」

妙な沈黙が、焦躁感《しょうそうかん》をあおる。

「アキオったら聞いてるの？　そのうち私もきっと——」

アキオが、ゲラゲラ笑いだした。

「な、何よ。いきなり笑うなんて」

「ごめん。だってあまりにすごい妄想だから」

「妄想ですって？」

「もとはといえば、俺が変なこと言ったのがいけなかったよな。悪かった。冗談だったんだよ。まさか奈々子が真にうけるとは思わなかった」

そう言ってアキオは新聞を投げて寄越した。「それ、今朝買った新聞」

アキオが新聞を読んでるなんて知らなかった。

「横浜版、見てみろよ」

下のほうに小さい見出しで、連続傷害事件の容疑者逮捕、とある。捕まったのは無職の十九歳男性をはじめとする未成年グループで、「一連の犯行は罰ゲームの一環」などと答えているという。

「うそ」

「仲間うちの採点ごっこで負けた奴の、罰ゲームだってさ。殴られたサラリーマンはたまらねえよな」

「じゃあ、珠緒ちゃんのケガは――」

「珠緒はただのアホ」一語一語を区切るように、アキオは言った。「さっき、やっとおばさんがつかまって、詳しい話が聞けた。家の中で、新聞紙の束に思いきり蹴《け》つまずいて、右足の小指を折ったんだと。おまけにバランス崩して倒れこんで、とっさについた右手まで骨折。運動不足か栄養不足か知らないけど、骨密度はおばあちゃん並みだってさ。恥ずかしいからあんまり言うなって、珠緒が口止めしてたらしい」

「…………」

「とにかく、佐山弘二は何の関係もないんだ」

「で、でも」私はノートの上の、佐山の名前に視線を落とした。

アキオがため息をつく。

「偽名を使ったり、ニセの電話番号を書いたりなんて、こんなところでは日常茶飯事だろ？　お前、ちょっとどうかしてるぞ」

そう言ってコツンと頭を叩いた。

「お前、サラリーマンに偏見持ちすぎ。言うほど、しょうもない奴ばっかじゃないぜ」

「なによ。アキオだって、ちょっと前まで、あんな奴らクズだなんだって、さんざんけなしてたくせに。自分の就職が決まったとたん、ころっと態度変えちゃって」

最低、と口の中でつぶやく。

「問題すりかえんなよ」アキオは頭を掻《か》いた。「あのなあ、永遠に今のままでいられるわけじゃないんだぞ」

「…………」

「いつまでもヒネクレてたってしょうがないだろう」

「……アキオってば、私のことそういうふうに見てたわけ？」

「人の話ちゃんと聞けって。そりゃ、ここは居心地いいよ。ここにいて酔っ払いの奴らを好き勝手言って、無責任に笑ってりゃいい。自分は傷つかないからな。でもそれって、笑ってる相手よりも最低だと思わないか」

「思わない。あんなのが社会人だっていうなら、私は社会人になんかなりたくない」

「お前はもう片足つっこんでるんだぞ。それなら中途半端にしてないで、ちゃんとやれよ。自分が世の中変えてやるぐらい、思えばいいじゃん」

「なによ、そのクサイ台詞。今時教師だってそんなこと言わないわよ」

「負け犬っていうのは、戦う前に逃げる奴のことを言うんだぜ」

「なんか、アキオうざい」

ぷいと背を向ける。気まずい沈黙が流れた。

「まったくお前見てると、もったいないと思うよ。いい加減な仕事しないし頑張るしさ。いつまでもこんなところでバイトやってたって、何のキャリアにもなんないぞ」

「キャリアって何よ。アキオにとやかく言われる筋合いない」

「オヤジさんのことが原因なら、いつまでも引きずらないで――」

そのとき、自動ドアが開いた。

佐山弘一だった。

一人っきりの佐山は、大部屋の二〇六号室を希望した。私はアキオとは一言も口をきかずに、二〇六のモニターをじっと見ていた。

三十分が過ぎても、佐山は前回と同様、座ったままだ。

私は薄めたウーロン茶をトレーにのせ、二階へ向かった。ノックして中に入ると、佐山は気をつけをして立ちあがった。

「あ、あの……今日は頼んでませんけど」

消え入りそうに小さな声だ。

「サービスです。それより」自分でもビックリするほどトゲトゲしい声だ。「電話番号、違いますよね。名前も違うんじゃないですか」

佐山はハッとして目を伏せた。

ああ、自分は八つ当たりをしている――そう気づいてすごく嫌な気分になった。佐山はかばんを取りあげると、私の脇《わき》をすり抜けて部屋を出ていこうとした。

「ちょっと！」

「は、はい」

「帰るんですか」

佐山はその場に立ちすくみ、肩を縮めて言った。

「だって……嘘ついたのバレたから……もうだめ、ってことなんでしょう?」

「別にいいです、うちは警察じゃないし偽名の人なんていっぱいいますから」

佐山は何が何だかわからないというように、泣き笑いの顔をした。こんなに近い場所でまじまじと見るのは初めてだが、もしかしたら自分と年が変わらないかもしれない。

「どうして歌わないんですか」

自分で自分の言葉に驚いた。なぜこんなことを聞くのだろう。

「それも、ご存知だったんですか」

佐山はヘロヘロとソファに座った。

「名前の件は、会社の人にバレないようにと思って……すいませんでした。本当の名前はですね」

「別にそんなの言わなくていいです。サヤマさんだろうと、ハヤマさんだろうと、かまいません」

「あなたは」佐山は少し言いよどんだ。「どうしていつもそんなに怒ってるんですか」

「怒ってる?」

「ええ。いや、こちらが勝手に怒られている気分になるというか。ただ、いつもイライラしてるみたいに見えます」

「…………」

「歌わないんじゃなくて、歌えないんです、僕」

佐山は、顔に引きつれのような笑みを浮かべた。

「小さい頃から、大声出すのも苦手なくらいで。ハミングぐらいならいいんですが、マイクを手にするとどうも」

そう言いながら、眼鏡の縁をさわった。「ところが新しい上司がカラオケ好きな人で」

「だから、歌えるようにするために一人でカラオケボックス?」

「え、ええ」佐山はポケットから、糊《のり》のきいたハンカチを取りだし、額の汗をぬぐった。「付き合ってくれるような友達もいないですし」

「……ばかじゃない」手が震えた。「そんな思いまでして上司にへつらって、どうするのよ」

「はは、そうですよね。ばかですよね」男はせかせかと汗をぬぐう。「私、こう見えても子供がいるんです。あ、妻は、うだつの上がらない亭主に愛想つかして出ていってしまいまして、昼間はもっぱら両親に面倒を見てもらってる始末で」

そんなこと、聞きたくないわよ。

「あの子のために、会社を首になるわけにも地方に飛ばされるわけにもいかんのです」

「…………」

「すみません、変な話して」佐山は、歌本を手にとる。「今日こそは歌わないと。明日が、今年最後のチャンスですから」

私はだまって部屋を出た。

受付では、アキオがあくびをしていた。部屋の様子をモニターで見ていたのかいなかったのか、何も言わなかった。

モニターには相変わらず、歌本を前にうつむいたままの佐山の姿が映っていた。

＊

金曜日。八時五分前に、例のご一行がやってきた。佐山もいる。

昨日あれから、佐山が歌ったのかどうかは知らない。佐山一人に時間をかけるほど、こちとら暇ではないのだ。なにせこの時期、夜は連日超満員なのだから。

しばらくして、アキオが「これ見ろよ」とアゴをしゃくった。

佐山が、マイクを持って立っている。

モニターは無音で、佐山が歌っているかどうかわからないが、ミラーボールがまわっていた。曲はかかっているということだ。

「ちょっと、下げに行ってくる」

私は二階へ急いだ。階段を駆け上がったら、ひどい息切れがした。

ドアをノックして、中に入る。ルパン三世のテーマがかかっている。ちょうど間奏の部分にさしかかっていた。私はテーブルの上の、空いたグラスを片付けていく。

肥満男は、そばにいる女性に顔を近づけ、耳元で何かささやいている。他の人たちはみんな、自分の選曲に余念がない。ドアに近い場所の男性だけは、私のほうにちらっと視線を向けたものの、すぐにまた歌本に目を落とした。

その中で、佐山はポツンとマイクを握っている。

二番がはじまる。ぼそぼそと地を這《は》うような低い声が、スピーカーから流れる。軽快な曲だというのに、佐山の歌はまるでお経だった。

ルパーン、ルパーン……。

ばか、そこはコーラスだから歌わなくていいのに。

佐山の顔は見なくてもわかった。きっと汗をいっぱいかいて、顔をひきつらせながら歌っているのだろう。肥満男と女の笑い声が、佐山の声より大きくなった。

私は思わず、テーブルの上に転がっていたもう一つのマイクを握って立ちあがった。

全員が驚いて、こちらを向く。

「人が」キーンというハウリングの音が部屋に響いた。「人が一生懸命歌ってるときは、ちゃんと聞いたらどうですか」

部屋が静まりかえる。一拍おいて、肥満男が目を剝《む》いた。

「な、なんだね、君は」

その声をさえぎるように、佐山が再び歌いだした。上手《うま》いとはいいがたい歌に、パラパラとまばらな手拍子が付いた。

私はその勢いのまま外へ出た。なんだかひどく興奮していて、下手《へた》をすると涙が出そうだった。こんな顔をアキオに見られるのはシャクなので、トイレに寄ってチンと一回鼻をかむ。

受付に戻った直後、携帯に、珠緒から電話があった。

「もしもし奈々子さん？」

「呑気な声出さないでくれる？　人がどれだけ心配したと思ってんの」

「すみません。我ながらビックリですよぉ。骨ってあんなことで折れちゃうもんなんですね。それで、あの……」

「こっちは大丈夫だから」

「よかったあ」

「よくないわよ。早く治して出てきてくれないと困るの」

珠緒は、はーいと長い返事をした。「そういえば、例の犯人つかまりましたねえ。遊びで人を殴っといて、酔っ払いがむかつくとか、世の中の腐った人間に罰を与えてやったとか、好き放題言ってるみたいですよ。何様のつもりですかね。だいたい、素手で殴ったら痛いからって、ボクシング用のグローブ使うとこまで、卑怯《ひきょう》じゃないですかあ」

「そう、ね」

私は曖昧《あいまい》に相槌《あいづち》を打った。「明日には、お見舞いに行くわ」

「ご夫婦そろって来てくださーい」

「なによ、それ」

「アキオさん、奈々子さんご夫妻のことですよ。とにかく暇なんですもん。お菓子もお忘れなく」

まったく人の気もしらないで。隣で口笛を吹いているアキオを、横目で見た。

「あ、オーダーが入ったみたい」赤いランプが点滅している。「じゃあ、お大事にね」

オーダーは佐山からだった。

「あ、あの、水割りをお願いします。それとウーロン茶を一つ」

佐山はそして、小さな声で、さっきはありがとうございましたと言った。

キッチンに入り、薄い水割りとウーロン茶をつくる。いつもどおり、ウーロン茶に水を入れて薄めようとして、手を止めた。そのままトレーにのせて、アキオに手わたす。

「これ、二〇六に持ってって」

「なんだよ、自分で持ってけよ」

さてはまた何かやらかしたな。アキオはぶつぶつ言いながら二階へ上がっていった。

その後ろ姿を見ていたら、鼻がつんとした。

三ヵ月後、アキオはもうここにいない。これじゃまるで置いてけぼりだ。

無性に寂しくて悔しかった。

キャビネットの一番上の棚を開ける。背より高い位置にあるので、手を伸ばして、中を探る。指先に薄っぺらな用紙が当たり、私はそれを取りだした。表紙の、「あなたの〝がんばりたい!〟を応援します」の脇に、汚いマジックの字で「オレ様も」と付け加えられている。

恥ずかしげもなく、よくもまあ。私は乱暴な手つきでパンフレットを折りたたみ、自分のバッグにしまった。

アキオがばたばたと階段を駆けおりてくる。

「奈々子! お前、客に説教したって本当かよ」

その形相を見て、思わず笑ってしまった。

——ここの社員になるってのもアリよね。

「なんだって?」と顔をしかめるアキオに、私はなんでもないと舌を出した。

翳り

雨宮町子

雨宮町子《あめみやまちこ》

東京都生まれ。早稲田大学文学部卒業。航空会社勤務を経てフリーとなり、小説教室に通って創作を学ぶ。96年、平岡遼名義の競馬サスペンス『眠る馬』で第1回新潮ミステリー倶楽部賞最終候補、97年、大手予備校の女性講師をヒロインにすえた『Kの残り香』(『骸の誘惑』と改題)で第2回同賞を受賞し、作家デビュー。

新人賞をいただいたのは十一年前、十六のときのことです。『週刊フレンズ』が創設した賞で、わたしが受賞したときが第十回目でした。その賞の最年少受賞者でした。

十七で『ガーランド』に十二回の連載ものを描かせていただき、それで年間の読者賞をいただいたんです。うれしかったですね。ほんとに。読者に認められたというのはね、ええ、やはりね。

二年目に手がけた連載は四本です。週刊誌の『コミック銀河』と『週刊フレンズ』、月刊誌の『ガーランド』と『クララ』です。『クララ』の連載で、月間と年間、両方の読者賞をいただくことができました。

次々に仕事の依頼が舞いこむようになって、ものすごく忙しくなりましたね。二十歳前に、アシスタントさんを二人迎えていました。

若かったですから、体力的にいくらでも無理がきくんですね。徹夜明けがつらいということ、なかったですね。仕事に没頭するだけじゃなくて、遊びましたよ。遊びまくったと言っていいくらい。

若い女流漫画家で、まあ、売れているということで、新聞や雑誌のインタビューを受けたり対談に呼んでいただいたりしました。テレビのクイズ番組なんかにも出たんですよ。ラジオのトーク番組は、もう数えきれないくらい。浮ついてるとか調子に乗りすぎてるとか、いろいろ聞こえてきましたけど、気にしませんでしたね。ちやほやされるのは一時的なものだと思ってましたし、そういう状況は、なんていうか……自分という個人とは無関係なものだと考えてました。マスコミが騒いでくれる、そういう状況がたまたま生じただけ、そういう状況とクロスしたのがたまたま自分だった、というだけのこと。そんなふうに解釈してたんです。

仕事は順調でした。体調をくずすこともありませんでしたね。自分も、実家の両親も二人の弟も――弟二人は双子なんですけど――病気も怪我《けが》もしませんでした。父親が借金の連帯保証人になってて、それでトラブルを背負いこむ、なんてこともありませんでしたし。両親は、そう見せてるだけかもしれませんけど、なんだかやたらに仲がいいし、弟たちはかわいいんです。

二十一で、自分が住むマンションを買いました。現金で。

二十二のとき、郷里に家を建てました。両親と弟たちのために。自分が帰ったときに寝る部屋も、もちろん、あるんですけどね。

――ここまで聞いていただいて、いやみなやつだな、と思われたかもしれませんが、もうすこし、おつきあいくださいね。自分の成功物語を得々として語っている。そう思われるだろうことは承知で、お話ししています。この先、お話しすることをご理解いただくには、この前置きを省略するわけにはいかないんです。

すみません。わたしの得意話、もうちょっと、つづきます。

結婚したのも二十二のときです。相手は「さやか書房」の担当編集者でした。「さやか書房」は、ごぞんじと思いますが、『週刊フレンズ』、『ガーランド』、『クララ』の版元です。じつは、わたしたち、結婚する前にすでに四年くらい、半同棲《はんどうせい》状態だったんです。彼とはもう離婚していますので、ここでは彼をMさんと呼ぶことにします。

Mさんは長身の二枚目でした。『週刊フレンズ』で新人賞をいただいたとき、授賞パーティで彼に紹介されて、わたしが一目惚《ひとめぼ》れしちゃったんです。彼は誰にも渡さない、ぜったいわたしのものにする。そう決めちゃったんですね。

四年間の同棲生活、三年間の結婚生活。Mさんとは七年間のご縁でしたが、しあわせでした。なにしろ、彼は俳優顔負けの美形です。二人で買物に出かける。街で同世代の女の子たちの羨望《せんぼう》のまなざしをビシバシ感じましたね。優越感、ありましたね、わたし。

Mさんとの離婚の原因は、彼の不倫とわたしのわがままです。どっちが先だったのか、よくわかりません。

結婚してから、わたしはますます多忙になっていました。事実ですから、もうはっきり言ってしまいますが、二十五のとき、わたしは漫画家として売れっ子の上位五人の一人になっていたんです。漫画家の場合、売れっ子というのはつまり読者の人気を勝ち得ているという意味ですから、そろそろ仕事量を減らしていっても、世間から忘れられる心配はありません。版元のほうもあんまりうるさいことを言わなくなってました。わたしは海外旅行とショッピングが大好きで——このふたつがきらいだという人、あまりいないと思いますが——仕事のほうはすこしのんびりして、毎週末のようにシンガポールやハワイに飛ぶようになったんです。もちろん、Mさんを誘って。

Mさんがスチュワーデスとつきあうようになったのが、そのころです。

離婚を言い出したのは彼のほうです。

で、わたしはどうしたかというと——傷つかなかったんですね。わたしにも新しい出会いがあったんです。出会いの相手は、ひとまわり年上のTさんという建築家でした。ですが、これ、不倫じゃありません。わたしのほうはまだ、その彼とそういう関係には、なってなかったんです。

Mさんとわたしは離婚して、向こうはすぐに再婚しました。そのころ、新聞社系の週刊誌一誌に、わたしの離婚の顛末《てんまつ》をおもしろおかしく書き立てられました。版元が女流漫画家を囲いこむ手段として二枚目編集者を差し出す、編集者は泣く泣く漫画家と結婚するが、漫画家が地位を確立したところで年季が明ける……云々と書いてありましたね。わたし、笑っちゃいました。ああ、そうだったのかもしれないなあ、と思って。

わたしは恋する女でした。相手はさっきお話しした建築家のTさんです。わたしは恋をしていて、まだ二十五で、かなりの年収がある。なにがどうなろうが、なにを言われようが、へいちゃらでした。落ちこみようがなかったんです。

もういちど、すみません。ほんとにいやみなこと言ってますね、わたし。

Tさんもすてきな人でした。やはり、美形です。もうおわかりでしょうが、わたし、面食いなんです。わたしが好きなのはハンサムな男性で、きらいなものは不倫関係。道徳的にけしからん、なんて考えてるわけじゃなくて、不倫は面倒くさいと思うんですよね。

Tさんは独身でした。離婚して子供をひきとっている、という身でもありませんでした。正真正銘の独身。ああ、なんてわたしはついてるの。そう思ってました。

彼との交際が始まってから、仕事のほうでも、また前進することができました。『コミック銀河』に連載していたものが、とんでもないヒットになったんです。あれは映画にも舞台にもテレビドラマにもなりましたから、ここでタイトルを言う必要はありませんよね。

仕事と私生活。どちらも充実していました。離婚の一年後、ハワイにコンドミニアムを買いました。この買物は大当たり。家族や友だちや編集者にホテル代わりに使ってもらって、好評でした。ハワイで、わたし、ちょっとした整形手術も受けたんですよ。あごの線を変えたんです。審美歯科にも通いました。歯が真っ白ですね、歯並びがいいですねと、よく褒められますが、ありがとうございますとおこたえして、心のなかでは、お金がかかってます、と言ってます。

――こうした時間は、ですが、去年までのことです。

Tさんとの交際は自然消滅というかたちで終わりました。

海外旅行熱もショッピング熱も冷めました。ハワイのコンドミニアムは人に貸しています。維持がめんどうなので、もういくらでもいい、手放してしまおうかと思っています。

いま、わたしはめったに仕事場を離れません。一日じゅう仕事場にこもりきりというわけじゃありませんが、夕方、近所の公園まで散歩に出るくらいです。仕事をしていないときは、本を読んだり映画のビデオを見たりして過ごします。

孤独？

いいえ。こうなってよかったと思っています。こういう暮らしを受け入れることができるようになって、よかったと。

変化の原因――なんだと思いますか？

お話ししましょう。

去年の十月の終わりのことです。

Tさんと二週間をハワイで過ごし、東京へ戻ってみると、仕事場のデスクの上に何通かの封書とはがきが載っていました。

わたしが仕事場を留守にするときは、いつもアシスタントさんが郵便物を適当に仕分けしておいてくれます。ダイレクトメールなどは宛名部分をシュレッダーにかけてから、廃棄してくれます。作品の掲載誌は本棚に並べ、いろいろな団体からのお知らせのたぐいは、ファイリングキャビネットに保管しておいてくれます。デスクの上にひとまとめにしておいてくれるのは、私信と思われるものだけです。——「吉岡静夫《よしおかしずお》」からの封書は、そのなかの一通でした。

ありきたりの白い定型の封筒でしたが、すこし厚みがあって、百四十円ぶんの切手が貼《は》ってあります。住所と名前は万年筆で書かれているようでした。お世辞にも達筆とはいえませんでしたが、几帳面《きちようめん》な性格の人かもしれないと思わせる文字でした。インクはブルーブラックです。

吉岡……吉岡さん……顔は思い浮かばないものの、聞いたことのある名前です。けれど、封筒の裏に書かれた住所は都内のものでもわたしの郷里のものでもなく、＊＊県内のものでした。その土地に知りあいはいません。ファンかもしれない、と思いました。一般の読者は仕事場の住所を知らないはずですが、わたしはあちこちでいろいろな人たちと名刺を交換しているので、仕事場にファンからの手紙が届くこともあります。たまに、ですが。

わたしは「吉岡静夫」からの手紙を開封しました。

便箋《びんせん》のかわりに、茶色い厚紙のようなものが、封筒の口のところに覗《のぞ》いていました。封筒のなかに、もうひとつ茶色い封書が納められているようなかたちになっています。わたしは内側の茶色いものをひっぱりだしました。

油紙でなにかを包んであるようでした。油紙の包みは、ただ折りたたまれているだけで、セロテープなどで封印されてはいませんでした。わたしは包みを広げてみました。中身は、湿っぽい黒いもの——どう見ても、土でした。匂いも、土のそれとしか思えませんでした。

白い封筒をさかさにして振ってみましたが、「吉岡静夫」が油紙に包まれた土塊《つちくれ》をわたしに送る理由を説明した紙切れは、落ちてきませんでした。

おそらくは一分くらい、その奇妙な郵便物の外身と中身を、わたしは見つめていたと思います。もちろん、いい感じはしませんでしたが、こんなものにびくついたりはしません。よくあることです。誰にでもよくあることかどうかは、わかりませんが。

手近なところに古新聞があったので、土塊を油紙ごとそれに包んで、塵箱《ごみばこ》へつっこみました。外側の白い封筒は、消印だけをもう一度確認して、・シュレッダーにかけました。消印の日付は二週間前のものでした。わたしがハワイへ発ったすぐあとに配達されたもののようです。

そのあと、わたしは洗面所で手を洗いました。デスクに戻って、ほかの郵便物に目を通そうとしたとき（！）思い出したんです。釣具《つりぐ》店の吉岡さんのことを。あの吉岡さんの下の名前は静夫さんなんだろうか？　彼は＊＊県の出身なんだろうか？　そうだとして、彼は帰省中なのかしら？　こういうわけのわからないことをする人なの……？　厚子《あつこ》ちゃんに訊《き》いてみよう、と思ったんですが、その日はなにかと忙しく、それきりになってしまいました。

次の日は土曜でした。土曜だった、と思います。仕事場に独りでいたのをおぼえています。アシスタントさんたちには週休二日で働いてもらっています。

午後、雨になりました。気温もぐんと下がってきて、暖房をつけなければなりませんでした。そうだ、厚子ちゃんに電話しなきゃ、と思い出したとき、デスクの電話が鳴り、受話器を取ると、厚子ちゃんでした。単なる偶然だとわたしは思いました。――いまでは、ちがう考えを持っていますが。

彼女は前置きを省き、わたしに告げました。吉岡さんが亡くなったの……と。食道癌《がん》だったそうです。

厚子ちゃん。小学校でわたしといちばん仲のよかった女の子です。彼女の実家は酒屋さんで、民宿もやっています。彼女は高校を卒業したあと、地元の信用金庫に就職しました。週末には民宿の手伝いをしていたんですが、そこの宿泊客だった人と三年前に結婚したんです。彼女の結婚相手は東京の下町の人で、釣具店を経営しています。

吉岡さんは、そこでアルバイト店員をしていた男性です。わたしには四十歳くらいに見えました。

一年半ほど前、釣りに夢中になる女子高生を主人公にした連載を始めるので、厚子ちゃんのご主人の釣具店で半日、取材させてもらったんですが、吉岡さんと知りあったのは、そのときのことです。最初のうち、わたしは厚子ちゃんのご主人とばかりおしゃべりをしていて、吉岡さんとのあいだには会話らしい会話はありませんでした。途中で、ご主人が急用で出かけ、そのあと吉岡さんがわたしの質問に答えてくれました。まなざしのやさしい、物静かな雰囲気の人でした。

連載が始まってから、あいさつかたがた、わたしが掲載誌を釣具屋さんへ届けたときも、吉岡さんと一時間ほど雑談したんだったと思います。吉岡さんはわたしの漫画にじっと見入っていました。ストーリーを追っているより、絵を鑑賞してくれているようでした。気に入っていただけましたかと訊くと、もちろんですよと、おだやかな笑みを返してくれたのをおぼえています。

ですが、吉岡さんと会ったのは、あとにもさきにもこの二回だけです。吉岡さんが病気で亡くなったと聞かされても、正直なところ、悲しい、さびしい、という気分は希薄でした。

厚子ちゃんによると、亡くなった吉岡さんは三十六だったそうです。実年齢よりすこし老けて見えたのは、いまにして思えば、やや冴《さ》えない顔色のせいだったかもしれません。

吉岡さんは、その半年前——去年の春ごろですね——腎臓を患《わずら》っているお母さんの世話をすると言って釣具店を辞め、郷里へ帰ったそうです。働き口が見つかるまで、親戚《しんせき》の農家の手伝いをさせてもらう、とも話していたそうです。

「きょう、吉岡さんの伯父《おじ》さんという人から手紙が来たの」と厚子ちゃんは言いました。「東京で甥《おい》がお世話になりました、って。吉岡さんが亡くなったのは二週間前で、だから、お葬式もすんでいるそうなの。吉岡さん……五月ごろに自覚症状が出て、病院へ行ったけど、もう手遅れだったんですって。吉岡さんのお母さんも、だいぶいけないらしいのよ。子供に先に逝《い》かれるなんてね……。お母さん、すっかり寝たきりになってしまったそうなのよ。息子の野辺の送りのときも、床《とこ》から起きあがることができませんでした、って……書いてあるの。ところでね、この伯父さん、ちょっと変わってるのかしら。変わってると感じるほうがおかしいのかしら。でも、なんだか……あのね……こんなことまで手紙に書き添えてあるの——土葬です、って」

「ドソウ？」

「火葬じゃなくて」

わけのわからない郵送物にさほど驚かなかったわたしですが、厚子ちゃんのことばに、どきりとしました。

そのあと、たしか、こんなふうに会話がつづいたんだったと記憶しています。

「吉岡さんの郷里のほうじゃ、いまでもあるらしいのよね。さっき、お隣の布団屋さんが町会費のことでうちに寄ったんだけど、そのご主人、どういうわけかそういうことに詳しくて、教えてくれたの。自治体によっては土葬を認めてるところがあるんですって。といっても、これこれという土地の、これこれというお寺に埋葬する場合だけ、というふうに制限つきなんだそうだけど。そのお寺の昔からの檀家《だんか》さんたちだけに限って認めてるんですって。スペースがなくなったところで打ち切り、ということらしいの。打ち切り、というのは、土葬の習慣が、という意味よ。もっとも最近じゃ、自治体は認めていても、お寺のほうで断ることが多いんですって。吉岡さんの実家の菩提寺《ぼだいじ》は本当に例外的なのかもしれないわね。日本で死亡したイスラム教徒のための特別な霊園があるとかいう話は、雑誌で読んだことがあったけど、日本人はみんな火葬なんだと思ってたのよ、あたしは」

土葬。土塊。わたしは身震いしました。

「ねえ……厚子ちゃん……吉岡さんの郷里というのはどこなの？」

「＊＊県よ。＊＊県×××郡北緑川。ずいぶん不便なところらしいの。東京から日帰りは、できなくはないでしょうけど、かなりきついでしょうね。あたしたち、お線香のひとつもあげさせてもらってこようと思うんだけど、赤ん坊がいるでしょう。お店のこともあるし。パパは、俺一人で行ってくる、って。パパが出かけるとしたら、来週ね」

「ところで――吉岡さんは静夫さん、だったかしら」

「え？　ああ、ええ、そうよ。どうして？」

わたしは厚子ちゃんに、仕事場に郵送されてきたもののことを話しました。

厚子ちゃんはしばらく黙っていましたが、「で……それ、どうしたの？」と訊きました。

「捨てたわよ。油紙に包んであったものも、封筒も、なにもかも」

「そう。そうよね。そうするわよね、誰だって」

また厚子ちゃんは黙ってしまいました。わたしも受話器を握ったまま、考えごとをしていました。あれは本当に吉岡さんから送られてきたものだったのだろうか？　生前、まだ元気だったころにどこかの土を採取しておき、油紙に包み、表書きをすませた封筒に入れて封をしておく。それを、自分が死んだら投函《とうかん》してくれ、と誰かに託す。そうしたんだろうか？　だけど、なんのために？　なぜ、わたしに宛てて送ってきたの？

そこまで考えて、ふと、奇妙なことはほかにもある、と気づきました。

なぜ、厚子ちゃんは吉岡さんの死を、わざわざ、わたしに報《しら》せてきたんだろう？

さっきもお話ししたように、吉岡さんとわたしは互いにただの顔見知りでしかなく、それは厚子ちゃんも知っていることです。――まるで、わたしの考えを読んだかのように、厚子ちゃんが言いました。

「どうしてこの電話をしたかというと、ね。どうして、ということもなくて、ほとんどあとさき考えなしに電話しちゃったんだけど。パパに知れたら、怒られるかも」

厚子ちゃんはわけのわからないことを口にしてから、ためいきをついて、こうつづけました。

「吉岡さんが不憫《ふびん》に思えて、それで、つい、電話しちゃったの。吉岡さんね、ちょっとお酒が入ったとき――彼、コップ一杯のビールで酔っぱらっちゃう人だったんだけど――パパに、もらしたそうなのよ」

吉岡さんは言ったそうです。わたしのことが好きだ、というような意味のことを。

「好き、ということばじゃなかったらしいけど。いいなと思ってるんです、とか、理想のタイプです、とかなんとか。しらふだったら、口にしなかったでしょうけど。吉岡さんてね、純情だったのよ。純情でまじめ。天然記念物だって、パパは笑ってた。吉岡さんは文学青年だったようなの。文学青年くずれ、かしら。二十代のころには同人誌を作ったりしてたけど、三十になったとき、そういうの、すっぱりやめてしまったんですって。――ごめんなさいね。こんな電話をして、かえって迷惑だったかもしれない。そんなものを送りつけてきたのが、ほんとに吉岡さんだったとしたら……そういう人に片想いされてたと聞かされて、たぶん……」

「いいのよ」とわたしは言いました。「気にしてないわよ、きのうのあれのことは。それに……亡くなった人は亡くなった人だから」

「そうよね。亡くなった人だものね。あんまり悪いように、とらないであげて」

「そんなことしないわよ。亡くなった人だもの」

——たしか、そんな会話で電話が終ったんだったと思います。

厚子ちゃんを恨むような気持ちは、ぜんぜん、ありませんでした。


その数日後のことです。

夜の九時ごろでした。わたしは仕事場のそばにある小さな洋食屋で、独り、遅い夕食をとっていました。行儀が悪いとは思いつつ、文庫本のページをめくりながら、カレーライスを食べていました。こういう食事に慣れてしまっていて、すこしも侘《わび》しいとは感じません。十代のころからあまりにもせわしなく日々を駆け抜けてきて、この状態があたりまえだったんです。

わたしが食べていると、会社員風の中年の男性三人が入ってきて、わたしのすぐそばの席にすわりました。

「さっきの話のつづきだけど」

「先に注文しようぜ。ビール、どう？」

「いいね。今夜はちょっと背中が寒いけど」

「寒い？　風邪《かぜ》ひいたのか？」

「おたくら、感じなかった？　さっき、エレベーターで——ま、いいや。ビールね」

テーブルが三つにカウンター席だけの本当に小さなお店です。三人の会話は、いやでも耳に入ります。

「話のつづきね。カミさんの実家のほうじゃ、つい二、三年前まで土葬ばっかりだったって。それまで、そのあたりに火葬場がなかったっていうんだ」

あやうく、わたしはスプーンを落とすところでした。厚子ちゃんから電話がかかってきたこと。見知らぬ男性三人がこんな会話を始めたこと。——こんな偶然があるでしょうか。

「火葬場がなきゃ、土葬にするしかないわな」

「土葬って、まだまだあるよ。ぼくの祖父《じい》さん祖母《ばあ》さんの郷里も土葬エリアだ」

「へえ、そうなんだ」

「ぼくの家は、祖父さん祖母さんの代に東京へ出てきたから——親父のほうの祖父さん祖母さんね——ぼくがあっちへ帰ることはめったにないんだけど、祖父さんのきょうだい、祖母さんのきょうだいがいるじゃない。その子供とか孫が。十年くらい前かな、あっちの葬式に出たことがある。祖父さんの名代《みょうだい》で。そしたらさぁ……古い映画なんかでしかお目にかからないような場面の連続だったな。ホトケさんは頭に三角の小さなものを巻いてて。そばで、年寄りが言ってるのが聞こえた。わしのジイサマんときは座棺《ざかん》じゃった、こんなに立派な寝棺《ねかん》じゃあなかった、とか」

「ザカン？　ネカン？　なんだい、それ？」

「座席の座に――」

「あ、そういうことか。座棺というのは、ホトケさんに足を折りまげてもらって、樽《たる》みたいな棺《かん》桶《おけ》に入ってもらう、あれか」

「うん。それでね、近所の人たちが穴を掘るんだ。そういう場所へ行って」

「なんか、特別な道具を使うの？」

「スコップだったよ。ふつうの」

「どれくらいの深さまで掘るの？」

見知らぬ男性三人のことばのひとつひとつが、わたしの耳を打ち、記憶に刻まれました。わたしがいまこうして再現する会話は、そのとき三人がじっさいに語っていたものと、ほぼ一致すると考えてください。

「一メートルちょっと、くらい。あれぇ、思い出しちゃったじゃないの。やだなあ。誰だ、こんな話、持ち出したの。これから飯を食おうってのに」

「苦しゅうない。聞かせろって」

「もう、やめ」

「おいおい。もったいつけるなよ。ここでやめられたら気になるよ。なあ？」

「ああ。しまいまで話すべし」

「ふん……。そのあたりは、もう何十年も前から何体ものホトケさんが埋葬されてきた場所なわけさ。あっちこっちに卒塔婆《そとば》みたいなのが立ってるんだけど——いや、卒塔婆じゃなかったのかな。もっとちゃちな棒杭《ぼうくい》か板っきれみたいなもんだったかな。とにかく、そんなものがいくつも立ってる。誰かが、このあたりでいいんじゃないか、みたいなことを言って、掘りはじめたんだ。その場所の決めかたが、なんともいいかげんなの。たぶんここは空《あ》いてるだろう、というような感じ」

「だけどそれじゃ、土を掘り返してみたら、古いホトケさんとご対面、なんてことに——？」

「なるんだよ。なっちゃうの」

「そんとき、おたく、その墓掘りを手伝ったわけ？」

「そうよ。助っ人として来てくれと、頼まれちゃったんだもの。で……掘ってたら、人骨が出てきた。半生の骨」

「なんだ、ハンナマの骨って？」

「だから……ところどころに、まだ、肉片がぴらぴらくっついてる……。墓掘りグループのリーダー格の人が、あれれ、まずったな、こないだお見送りしたバアサマだ、とか言って」

「……なるほど」

「……そういう……もんなんだな」

「驚いたんだけどさ、結局、場所は変更しなかったんだよ。赤いぴらぴらのくっついてるホトケさんに、ちょっとわきへどいてもらって、そこへ――」

「新しいホトケさんを埋葬した？」

「そう」

三人の口から小さな乾いた笑いがもれました。

「墓はどうなるわけ？　そこに墓石はなかったんでしょ？」

「先祖代々の墓が寺にあるの。墓参りするときは寺へ行く。埋葬地と墓が別々の場所にあるんだ」

「だけど、それって十年前の話なんでしょ。そこの土地じゃ、いまもそうなの？　ホトケさんはみんな土葬にするの？」

「してる。いまも。その葬式のとき、大伯父の息子の息子、従兄《いとこ》でもないし、なんていうのかな、その人と親しくなってね。たまに電話で近況報告しあうんだけど、半年ばかり前にも、そんな話が出た。どこそこの家の嫁さんが亡くなって、墓掘りにかりだされた、って。二十八とか九とか」

「亡くなった女の人？」

「うん。これも、いまどき信じられないような話なんだけど、産後の肥立《ひだ》ちが悪かったらしい、とか言ってたな」

「年寄りも若いのも土葬……か」

「なあ……なんでこんな話になったんだ？」

「こういう話題が出る日和《ひより》なのかも」

「いやいや。さっき、エレベーターに乗ったとき、背中がぞくっとしたから——」

「なんなんだよ、それ」

「だけどさ、日本じゃ、どうしてこうも火葬が徹底されちゃったんだろ。いま、おたくの話を聞いて、土葬もいいかなと思えてきたよ。なんか、牧歌的な感じがして」

「どこが牧歌的だよ」

「牧歌的ってことは、ないよなあ。おたく、変わってるよ」

「あ、そう？　変わってるかな」

「ぼくは火葬がいいよ、やっぱり。いや、ぼく自身はどう葬られようがいいけどさ、誰か親しい人間が土葬になる、なんて……おえ……想像したくもないな」

「どうして？」

「どうして、って……。火葬のほうがいいよなあ」

「ああ。そりゃそうだよ。土葬じゃ、気持ちに区切りってもんがつかないじゃないか。家族や故人と親しかった人間は。たとえばだな、うちのカミさんが交通事故かなにかで死ぬとするわな」

「カミさん殺しちゃっていいのか。殺すならジュディ・フォスターにでもしとけよ」

「ジョディ・フォスターだよ」

「そうか。失敬、ジョディ。背中、ぞくぞくするな……」

「じゃ、ジョディ・フォスター。彼女が埋葬される。棺《ひつぎ》のなかでだんだん遺体が腐乱していく。腐乱して、それからいろいろあるだろう。具体的には言わないけど。彼女が死んで、きょうで三日目だ、四日目だ、なんて考える。四日目に遺体はどんなふうになっているだろう……一週間では……。そういうこと、想像しないんだろうか？　西洋人は」

「土葬は西洋人の専売特許じゃないって。アジアでも火葬はすくないよ。それに、たったいま、安斎《あんざい》の田舎《いなか》でまだ土葬がつづいてるって話を聞いたばかりじゃないか」

「ぼくの田舎じゃない、って。祖父さん祖母さんの田舎」

「とにかく、だ。肉親や友だちが土葬になったとき、生きてる人間は、そういう想像、しないんだろうか？　ぼくだったら、どうしても考えがそっちへ向いてしまうような気がするなあ……」

「あるよね、そういうこと。ダイアナさんの棺が埋葬されたというニュース聞いたときなんか――」

「ダイアナさんを身近に感じてたのか？」

「いや、あの事故死があまりにも衝撃的だったから。はかないもんだと思ったよ、人の命は」

「ときどき、棺を掘り出すだろう。外国じゃ」

「あるある。ＤＮＡ鑑定をするんだろう。親子関係かなんかをはっきりさせよう、というんで」

「キリスト教徒にかぎっていえば、ああいうのは、わりと平気なんじゃないのかな。死んだ人間の魂は天国へ行って、土中にあるものはただのぬけがら。ぬけがらなんだから、そっちのほうはぜんぜん気にならない。そういうことなんじゃないのか」

「ぜんぜん気にならない、ってのは、つまり、棺のなかの遺体はいまごろどうなってるだろう、なんて想像しないということか？」

「たぶん」

「そうなのかな。死後一週間経《た》った。棺のなかはどうなってるんだろう。二週間が過ぎた……どうなってるんだろう……」

わたしはデザートのコーヒーも飲まず、のろのろと立ちあがり、また仕事場へ戻りました。

戻ったものの、その晩はもう仕事など手につきません。

吉岡さんが亡くなって、きょうで何日目になるんだろう？　いまごろ、冷たい土の下で、吉岡さんの顔は、皮膚は、肉は……？

視野の中心部分に薄墨《うすずみ》色の翳《かげ》りが見えたのは、このときです。横に平べったい翳りでした。

どうしたんだろう？　眼精疲労だろうか？　そう思っているうちに――数十秒くらいだったで

しょう——翳りの輪郭がはっきりしてきました。

横たわっている男の人でした。

死者の姿でした。

デスクの上の雑多なもの、室内にあるそのほかの家具、壁、窓。そうした現実世界を映す視野の中心が、死者に侵食されていました。思わず、わたしはきつく両目をつぶり、しばらくそのままでいました。消えて、消えて、消えて。そう念じ、ゆっくり深呼吸してみました。そんなことができたのは、いまにして思えば、まだいくぶんかの冷静さが残っていたからでしょう。——いいえ。そのあと、ひきつづいて生じた事態のなかでわたしがどうなったかを考えるなら、しごく冷静だったといえるんじゃないかと思います。

目を開けると、視野に異常はありません。横たわった死者のかたちをした翳りは消えていました。ほっとして、わたしはタクシーを呼びました。

帰宅すると部屋じゅうの明かりをつけました。玄関、廊下、リビングルーム、キッチン、書斎、寝室、浴室。テレビもつけました。

Tさんに電話しようかと思いましたが、先に入浴をすませることにしました。バスタブにお湯がいっぱいになるまで、テレビ画面をぼんやりとながめていました。五分くらいで、浴室へ入っていった、と思います。

お湯に身を沈めるとき、ふと、このバスタブは「寝棺」タイプだな、などと思ったのをおぼえています。

ぬるめのお湯でした。わたしはバスタブのなかで体を伸ばしました。ほんの数十秒間、うつらうつらしたかもしれません。

次に見たものは、わたしの全身を硬直させました。

自分の手足が透けていました。透けて、骨が見えるのです。皮膚も見えているけれど、骨も見える。そういう状態でした。

ぱっと眼前が真っ暗になりました。電源を落としたパソコンのモニター画面みたいでした。両手でバスタブの縁をきつく握っている感覚はありました。悲鳴は出ませんでした。自分が描く漫画の登場人物には、こういう場面ではかならず、「ぎゃあああああ！」と叫ばせていたというのに。

消えたときと同じように、ぱっと、光がもどってきました。けれど、ついさっきまでの世界はもどってきませんでした。やはり、骨が見えていました。

身震いがとまりません。立ちあがるのに苦労しました。そろそろとバスタブから出ました。

マンションの浴室には、かなり大きな鏡がついています。そちらへ顔を向けないようにして浴室を出ると、寝室へかけこみました。

心臓が口から飛びだしそうでした。クローゼットの扉の内側に、全身が映る鏡があります。わたしはクローゼットのノブに手をかけました――

その瞬間には、なにか声を発したように記憶しています。喉《のど》から空気が洩《も》れただけだったかもしれませんが。

皮膚一枚をかぶった人骨。鏡に映っていたのは、それでした。

警察の犯罪捜査に関した本で、写真や図録がたくさん載っていて、白骨化した遺体の身元割り出し作業について書かれたものをお持ちなら、ちょっとそれを開いてみてください。――パソコンを利用して、行方不明者の生前の写真と、身元不明の白骨を重ね合わせ、一致するかどうかを調べるスーパーインポーズ法というのがあります。スーパーインポーズ法について説明した箇所には、おぞましい写真が載っているはずです。

そう……ひどく……おぞましい姿でした。わたしは震えがとまらなくなり、そしてなぜか激しい咳《せき》の発作におそわれました。涙が流れましたが、鏡のなかのわたしは、下卑《げび》た笑みを浮かべているように見えました。眉《まゆ》が見え、まぶたが見え、白目も黒目も見え、同時に、暗い眼窩《がんか》が透けて見えている。醜悪な顔でした。鼻先は見えているのに、同時に、その部分は削《そ》げ落ちてしまったかのようでした。歯の根もとまで透けて見えるので、口もとには実にいやらしい印象がありました。

――気がつくと、わたしはクローゼットの前に倒れていました。気を失ったようでした。床からわずかに頭をもちあげ、鏡のほうへ目をやると、「見慣れた自分」が映っています。わたしは起きあがり、鼻が鏡にくっつきそうな位置に立ちました。骨は見えません。思わず、両手であちこちさわったり、ぴしゃぴしゃたたいたりしました。安堵《あんど》して、また泣けてきました。

安堵したとはいえ、ぐっすり眠れるような精神状態じゃありません。わたしはベッドに入り、頭から毛布をかぶり、そのまま朝まで眠りに落ちることなく、この数日間の記憶を反芻《はんすう》しました。混乱した頭では、ひとつひとつの場面やことばや色彩や手触りを、順序よくならべることができませんでした。

厚子ちゃんからの電話――三人の会社員風の男性がわたしのすぐそばにすわったこと――ハワイから帰ってきた翌日、仕事場のデスクの上に郵便物が載っていたこと――「亡くなった人だものね」という厚子ちゃんのことば――茶色い油紙――油紙に包まれていた土塊――「なあ……なんでこんな話になったんだ?」――「こういう話題が出る日和なのかも」――「エレベーターに乗ったとき、背中がぞくっとしたから」――土塊――土塊……。わたし、あの土に触ったかしら?

触ってはいない。薄気味が悪かったから、指先に土がついたりしないように、あの包みは慎重に扱ったはずだ。そう思ったものの、油紙を新聞紙にくるんで塵箱に捨て、封筒をシュレッダーにかけたあと、洗面所で手を洗ったのはなぜだったのか思いだせず、不安になりました。指が汚れたから手を洗ったんじゃなかったの? そうじゃなくて……なんとなく汚らわしい気がして、手を洗っただけ……そうだったかしら？

眠れないまま、朝を迎えました。

六時ごろ、仕事場のあるオフィスビルの正面玄関をくぐりました。もう、皮膚をかぶった人骨のようには見えないと、頭ではわかっていましたが、びくびくしていました。受付に立っている警備会社の男性職員が、いつものように笑顔で、「おはようございます」と声をかけてくれたとき、すっと体が軽くなるのがわかりました。

わたしはエレベーターに乗り――気づきました。

どちらも偶然なんかじゃない、と。

厚子ちゃんが、こちらから彼女に電話するより先に、電話をかけてきてくれたこと。三人の見知らぬ男性が、あのような会話を始めたこと。どちらも、わたしがあれをしたから、起きたんだ……。わたしがあの封書を開封したから。あの油紙の包みを開けたから。土塊の匂いを嗅《か》いだから。そうして、「亡くなった人」をここへ招きよせたから。

そこまで考えると、ゆうべと同じ、震えと咳の発作が起き、頭がずきずき痛みはじめました。

わたしはエレベーターを降り、ひっそりとした廊下を仕事場のほうへ歩きました。

どちらも偶然なんかじゃない。吉岡さんが意図したことだ。死者はなんだってするんだ。生きている人間はただおののくだけ。きっと、そうなんだ。そうなんだ……わたしは逃げられないんだ。また、あれを見ることになるんだ。自分の醜悪な姿を。暗い眼窩を。骨を。視野の中心を覆う翳りを。

仕事場のドアがなかなか開かないと思ったら、わたし、マンションの玄関の鍵《かぎ》をまちがって鍵穴につっこんでいたんです。わたしのなかでそれまではりつめていたものがぷつんと切れ、予想したとおり、眼前に翳りがあらわれました。うっとうしいのですが、それでものが見えにくい、というわけじゃありません。

正しい鍵でドアを開けると、わたしは洗面所に飛びこみ、鏡を覗きました。「見慣れた自分」が蒼白《そうはく》になり、口を半開きにしていました。

七時にアシスタントさんたちが出勤してきて、いつもどおりに時間が経過していきました。

視野の翳りは断続的に、あらわれたり消えたりをくりかえし、わたしは仕事に集中できなくなりました。苛立《いらだ》ちと不安がよりあわされた有刺鉄線が、きりきり体をしめつけてきました。

十時ごろ、洗面所の鏡を覗き、ぞっとしました。わたしそっくりの死人が、わたしの仕事着──胸に《UNIVERSITY OF HAWAII》と入ったグレーのジャージを着て、そこに突っ立っていたのです。この姿をアシスタントさんに見られたら……！　心臓が激しく打ち、顔が熱くなってきました。

おそらく、わたしは三十分近くも洗面所にこもっていたんでしょう、心配したアシスタントさんが、ドアの外から声をかけてきました。

「トントン。せんせー？　生きてますかぁ？」

のんきな問いかけになんと応じたのか、おぼえていません。ここに籠城《ろうじょう》するわけにはいかない。出ていくしかない。コンマ五秒でそう決断して、ドアを開けたんだったと思います。

「あ、せんせー、生きてた。よかったぁ」

十九歳のアシスタントさんは無邪気な笑顔を見せました。冷たい汗が背中を伝いました。自分の両手に視線を落とすと、やはり、骨が透けて見えていました。視野の翳りが左右にゆっくり揺れました。湖面を漂う朽ち果てた小舟のように。

自分の骨が透けて見える。視野にうっとうしい翳りが見える。二つの「苦」は同時に、あるいは、別々に――数時間継続して、あるいは断続的に、わたしをおそいました。

わたしは不眠と味覚障害に陥り、一週間で四キロも体重を落としました。もともと瘦《や》せているところに、この体重減です。幻聴がはじまりました。

数日後、それは幻聴ではなく、三番目の「苦」なのだと理解しました。

わたしはどんな音を聞いたのか？

こんな音です。ざくっ、ざくっ、ざくっ、ざくっ――ざっ、ざっ、ざっ、ざざっ、ざざっ――ざらざらっ、ざらざらっ、ざらざらっ――ざっ、ざっ、さく、さく、さく。

音がわたしに思いださせたのは、あの三人の会話でした。「なんか、特別な道具を使うの?」――「スコップだったよ。ふつうの」――「どれくらいの深さまで掘るの?」――「一メートルちょっと、くらい」

このころ、わたしはTさんに電話することも、彼からの電話に応じることもなくなっていました。

地面が掘り返される音と、掘り返された土が死者の横たわる穴へ落とされる音。それは昼も夜も、わたしの耳もとで鳴っていました。

音が聞こえるようになって半月ほどが過ぎたある日のことです。真夜中、わたしは浅い眠りから目覚めました。

室内の闇《やみ》に目が慣れてくると――というより、カーテン越しに月の光がわずかに射しこんでいたのだと思いますが――「それ」に気がつきました。

どす黒い死者でした。土中に横たえられた姿そのままに、宙に浮いていました。わたしの斜め横、床から一・五メートルほどの位置で、ゆっくり水平に揺れているのです。湖面のさざ波に揺れる、朽ち果てた小舟のように。

ざっ、ざっ、ざっ、ざっ……。

誰かがスコップを振るっている。土塊が死者を覆う。彼は死んだ。ダイアナ元妃も逝った。若い母親も逝った。彼女のために棺が用意され。穴が掘られ。湿った土塊。ジョディ・フォスターだって、いずれ、骸《むくろ》になる。腐臭を放つようになる。わたしも、いつか。

闇のなかで、わたしはささやきました。彼の名前を呼びました。悲しみがわたしの胸を冷たくしました。

死者の揺れがすこし大きくなり、岸辺へ呼びもどすことのできない小舟のように、すうっと窓の外へ消えました。

涙が喉につかえ、わたしはベッドに半身を起こしました。

このできごとのあと、わたしはさまざまな欲から自由になったような気がします。

仕事場のデスクの前にすわると、あの翳りが見え、土塊が掘り返される音が聞こえるんですが、わたしの内側は透明で無音の状態になります。わたしがわたしから離れる。そんな感じです。といっても、体外離脱を想像されると困るんですが。

わたしは半分、死んだも同然なのかもしれません。そうだとしても、それを厭《いと》う気持ちはありません。この状態になってはじめて、見えてきたもの、理解できるようになったものもありますから。過剰は、翳りより、ものを見えにくくするようです。

こうしたわたしの内的変化が影響したのかどうか、自分ではわかりませんが、わたしの描く世界は一変しました。編集者の多くは、「突き抜けましたね」と言います。なにを突き抜けたという意味なんでしょう？　わかりません。

三つの「苦」はいまもつづいていますが——そして、おそらく、わたしに一生ついてまわるものでしょうが——それらをほとんど意識せずに仕事をこなし、新聞を読み、本を読み、散歩に出かけ、植木鉢に水をやり、ふつうに生活しています。こつのようなものがあるんです。目で前方を見ながら、左右や背後にも注意を向けているときのように意識をはたらかせる——そんなふうにしか説明できませんが。

今年の春、わたしは吉岡さんのお墓へ参ってきました。お参りのあと、お墓のそばの土を、持参したアーミーナイフですこし掘って、これも持参したピルケースに詰めて、持ち帰りました。

土の詰まったピルケースは、いま、仕事場のデスクの上にあります。吉岡さんがなぜ土塊を送ってきたのか。なぜわたしに送ってきたのか。いまではわかるような気がします。文学青年だったという吉岡さんがわたしに好意を寄せてくれていたということも、いまなら、すなおに受けいれることができます。吉岡さんはわたしを好きでいてくれて、だから彼は、わたしのためにできる最上のことをしてくれた。いまでは、そう思っています。

死はわたしの日常の一部となりました。

きょうもわたしは、目で前方を見て、心では別のあれこれを見ています。

鏡の国への招待

皆川博子

皆川博子《みながわひろこ》

京城生まれ。東京女子大学外国語科中退。72年『海と十字架』を発表し、作家デビュー。73年「アルカディアの夏」で第20回小説現代新人賞、85年『壁――旅芝居殺人事件』で第38回日本推理作家協会賞、86年『恋紅』で第95回直木賞、91年『薔薇忌』で第3回柴田錬三郎賞、98年『死の泉』で第32回吉川英治文学賞受賞。

1

何かが、砕け散った。その音は、私の脳髄《のうずい》の中でひびいた。深い睡《ねむ》りの闇《やみ》からひきずり出されたように、網膜にうつったものが実体となった。

これは、いったい……何なの……。

私の足もとに、鋭く散ったガラスの破片。ただのガラスではない。鏡のかけらだった。大小の、尖《とが》った切先《きっさき》。立ちすくんで見下ろす私の眼が、床から私を見返す。

寿命のつきかけた蛍光灯の光が、弱々しくまたたいて反射する。

私は、目を上げた。私の前に立ちふさがっているのは、壁面いっぱいに貼《は》られた鏡。

鏡が、私のいる場所を示している。板敷きの床。両側の板壁に、水平にとりつけられた棒《バー》。

次第に、私はのみこめてくる。

ここは、梓野《あずさの》明子バレー研究所の稽古場《けいこば》だ。

梓野明子は……もう、いない。死んでしまった。三カ月も前に。五十三歳で。

私は、きくっ、と、しゃっくりした。自分の息がアルコールくさかった。

正面の鏡に、私の姿は……うつっていない。私は、ちゃんと立っているのに。私の姿がうつるべき部分にあるのは、黒い穴。亀裂にふちどられた背後の板壁。私は、思い出す。そこに、私は、見たのだった。かさかさに涸《か》れた女の顔。明日は五十になる、私の顔。

床に、スツールが横倒しになっていた。

闇の中から、アルコールの海をわけて、記憶が戻ってくる。

新宿のバーで、私たちは飲んでいたのだった。私と、市瀬頼子《いちせよりこ》と、若手の、まだ舞台を踏んだことのない須田英二と三人で。

いつもは、行儀のいい酒しか飲んだことがないのに、この夜、私のピッチは早かった。底のない空洞に吸われるように、液体はのどに流れこんだ。

——今日で、私の四十代が終わる……。

須田をはさんで、私と頼子は腰かけていた。須田のかすかな体臭で、私は埋《うず》み火をかきたてようとしていた。

「相浦《あいうら》さん、いいでしょう? 来てほしいわ。助かるのよ」

頼子は躰《からだ》をのり出して、須田を越えて、私に話しかける。須田はいくらか身をひいて、私たちが話しやすいようにする。

頼子は、もう、私を先生とは呼ばない。頼子も、梓野明子の門下生の一人だった。数年前、二十七歳の若さで独立して、自宅の一部を増築し、小さいバレー・スタジオをひらいた。周囲から、ずいぶんそねまれた。

内側から輝き出るような頼子の若さが、私にはまぶしかった。でも、頼子にしても、死んだ梓野明子の名声を越えることは不可能なのだ。梓野を離れてしまうと、大舞台に立つ機会には恵まれなくなる。頼子も、結局は、二流三流の、無名のバレー教師で終わるのだろう。十九歳でQ新聞主催のバレー・コンクール新人賞を獲得するなど、将来を嘱望《しょくぼう》されていたのだが、梓野明子は、後継者を育てる熱意は持たなかった。独立する者は反逆者であり、優秀な弟子は、ライヴァルなのだった。

「助教をやってくだされば、梓野先生のときと同じくらいのお礼はお払いしてよ」

頼子の声に、私への憐憫《れんびん》を感じたのは、私のひがみだろうか。

「もう、くたびれたわ」私は、投げ出すように微笑した。カウンターの上に置いた左手の甲に、青く太く浮き出した静脈から、目をそらせた。「三十年以上……」言いかけて、口をつぐんだ。若い須田の前で、みじめな泣き言は口にしたくなかった。

——今日が、私の四十代の最後なのだ。

水割りのコップを目の高さに上げ、ゆっくり、ゆすった。ゆすりながら、私は、梓野バレー団が、日タイ親善という名目で招待され、バンコックで公演を行なったときのことを思い出していた。十年近く昔のことだ。そのとき、私は、あわただしい日程のあいまに、一人で蛇園を訪れてみた。観光客に大蛇を抱かせて、写真師が記念写真を撮っていた。私も物好きに、蛇を抱いてみた。しゃがんだ膝《ひざ》に、直径五十センチはありそうな重い太い蛇の胴が、どさりと置かれた。写真師は、蛇の首のところを持っていろと身ぶりで示した。両手の指をいっぱいにのばしても、指先がとどかないくらい太い蛇だった。私は、しっかりと摑《つか》んでいた。そうして、何という無気味な感触。冷たく、ぬめぬめと滑って……。私は、しっかりと摑んでいた。摑んでいるつもりだった。それなのに、滑らかな蛇の肌は、いつとなく私の手をすりぬけて、気がついたとき、蛇の口もとが私の手にとどきそうになっていた。私は、悲鳴をあげて、大蛇を膝から放り出した。

〈時〉の無気味さが、その、蛇に似ていた。私の手からぬめぬめと滑り落ち、五十という年が、私をがっきとくわえこもうとしている。

私は梓野明子の影になるその第一歩を踏み出してから、二十七年。そうして、はじめて明子の舞台を観、幕が下りてからもしばらくは椅子《いす》を立つこともできなかった少女の日から数えれば、三十年。ほんの、五、六年前のこととしか思えない。

「相浦さん、どうしたの。もう、できあがっちゃったの？　まだ宵の口なのに」

黙りこんだ私を、頼子がのぞきこんだ。私は、ふいに、ひどく酔いがまわったような気分になった。カウンターに肘《ひじ》をついて、額をささえた。頼子と須田が、目で、もうひき揚げようかと合図したのが見てとれた。須田が私の肩をかるく叩《たた》いた。その手を肩越しに握って、私は、泥のように重い躰を椅子からひき上げた。

コンクリートのせまい階段を上って地上に出ると、「拾います?」須田が訊《き》いた。

「相浦さん、大丈夫?」頼子の声に、私はうなずいて、大きくよろけた。須田の手が私の背をささえ、私は、頼子のひそかな嗤《わら》いをきいたような気がした。

下手《へた》な芝居を、頼子は見すかしていると思い、私は、恥ずかしさにいたたまれなかった。頼子に憎しみをおぼえた。

須田の腕のささえを借りようとする私のさもしさを見抜くことはできても、頼子には、私のどうしようもない寂寥感《せきりようかん》まではわからないのだ。

頼子は心の中で残酷に私を嗤い、その上、おせっかいにも、タクシーが停まると、「須田くん、送って行ってあげて」開いたドアに、私と須田をまとめて押しこんだ。

「先生のアパート、中目黒の方でしたね」

須田が訊いた。

私は、窓に頭をもたせかけていた。あまり須田にまつわりついて、うるさがられたくなかった。

「いいえ。今夜は、私の〝贅沢な夜《ゴージャス・ナイト》〟なのよ」

私は、つとめて明るい調子で、うたうように言った。それも、須田を警戒させないためだった。

「ゴージャス・ナイト?」

梓野バレー研究所に入所してまもなく、主宰者の明子の死に会い、身のふり方に困っている須田は、私のひそやかな贅沢《ぜいたく》を知らなかった。須田ばかりではない。ほとんどの人が、それを知らない。淋《さび》しさは、他人に語るものではない。

一月《ひとつき》か二月《ふたつき》に一度、六畳一間のアパートの暮らしが、あまりに侘《わび》しくなると、私は、思いきって、ホテルの広い部屋を一夜借りるのだ。乏しい私の収入にとって、一夜の出費は莫大だった。しかし、自虐的に、私はその贅沢を飲み干すのだ。

ダブルベッドを置いたゆたかな部屋で、私は、いっそう孤独になる。

髪を肩まで垂らし、少女のような淡い花柄のネグリジェをまとい、スプリングのきいたゆったりしたベッドの左はしに躰を寄せて、私は横たわる。私の手が、私の髪に触れ、胸に触れる。

性に倫理と道徳の枷《かせ》をはめた時代に育ち、私は、男と気軽に遊ぶすべを知らなかった。戦後、自由な時代になっても、梓野明子は異性との関係には、神経質なほど潔癖で、私はその影響を強く受けてきた。

古風な性の倫理感は、私をがんじがらめに縛り上げていた。異性に対して、私はひどく臆病だった。

梓野バレー団には、ふだんは、男っ気はほとんどなかった。主宰者が女性なので、団員も研究所の生徒も、女性ばかり。たまに男性が入所しても、女ばかりの集団の異様な雰囲気に辟易《へきえき》し、その上、男性専門の更衣室もなく、女たちの、からかうような、さぐるような視線にさらされて服を着かえなくてはならない状態、何げない親切が、すぐ求愛と誤解されるわずらわしさに嫌気がさして、他にうつってしまうのだった。女たちは、誤解するのが実に上手《じょうず》だった。公演のときは、ほかのバレー団から男性を借り集めてこなくてはならなかった。須田は、明子の名声にひかれて入所してきたが、彼女の死がなくても、早晩退所したことだったろう。

そんな雰囲気の中で、私は、烈しい恋愛の機会もなく過してきた。若いときは、結婚など考えもしなかった。三十を過ぎ、明子も年若い夫を迎え、私は身辺に淋しさをおぼえるようになったが、周囲には、恋の対象も結婚の対象になるような相手もいなかった。

タクシーの運転手に、私は、いつも行くホテルの名を告げた。四十代の最後の日を、侘しいアパートで過す気になれず、この日、私はホテルを予約していた。

須田の表情が、ちょっと動いた。

ホテルの前で車がとまったとき、私は、思いきって須田の手を握った。

「部屋まで送ってきて」

私は、須田の顔を見るのが怖かった。軽蔑《けいべつ》の色を見たら、私は、みじめさのあまり、叫びだしてしまったかもしれない。

それでも、少しは恃《たの》むところがあった。バレーで鍛《きた》えた私の四肢は、年よりははるかにすこやかで、若々しいはずだった。一人で街を歩いているとき、「お茶を飲みませんか」と背後から声をかけられることもあるのだ。そのたびに、汚水をかけられたような不快感に襲われ、足早に立ち去ったけれど。

私はもう、足もとがさだまらないふりをして須田によりかかるのさえ、恥ずかしかった。小娘のようなしおらしい恥じらいではない。いかにもさもしく物欲しげなのを、須田にけどられるのが恥ずかしかったのだ。

フロントでキーを受けとり、エレベーターで七階にのぼる。私は、遊びなれた女のようにふるまおうとし、ひどくぎこちなく笑ったりした。

部屋まで送りとどけると、須田は、「じゃ、これで」と、帰るそぶりを示した。

私は、ベッドに腰かけ、どうしたらいいかわからないでいた。映画で何度も情事のシーンは目にしているけれど、自分がそのヒロインのようにふるまうのは、気恥ずかしかった。ひどくこっけいなのではないか。須田が笑い出してしまったら、ひっこみがつかないではないか。

「須田くん……おひやちょうだい」

須田は、うしろ手にドアを閉め、ベッドに近寄ってきた。ドアはオート・ロックである。私たちは、二人きりになった。

私は、須田という青年をほとんど知らなかった。彼が入所してから、明子の死、バレー団の解散まで、一月《ひとつき》となかった。今夜は頼子に誘われ、彼女のスタジオの助教をしてほしいとたのまれたわけだが、そこに、彼もいっしょに来あわせていた。頼子と親しい仲なのかもしれない。私はまた、肌が熱くなった。恥辱感のためだ。若い頼子は、異性とのつきあいは、私から見ると怖ろしいくらい奔放だった。彼は、私のぎごちない誘いを、あとで頼子と笑いあったりしないだろうか。

「ずいぶん豪勢な部屋ですね」

須田の態度が、目にみえてあつかましくなった。

「ときどき、ここを利用するんですか」

「ええ、そうよ」私は、虚勢をはって答えた。

「それで、今夜のお相手には、ぼくが選ばれたってわけか。光栄だな」皮肉っぽい声だった。

須田の誤解を、私は訂正しなかった。広いベッドに一人で寝て孤独を嚙《か》みしめているざまを、悟らせるものか。

「でも、意外だったな。相浦先生って、すごい純情な人だと思っていた。ヴァージンじゃないかなんて、誰か言ってたけれど、まさか、中年のヴァージンなんて、うすきみ悪いですよね」

ここでぼくは、男のミサオを守って部屋を出て行ってもいいわけだけど、と、須田はくずれた笑いをみせた。「まあ、いいや。お相手しましょ」

私は、サイドテーブルのスイッチを押して灯《あか》りを消した。

須田の手が、灯りをつけた。私は、うつ伏せになって、両手で顔をおおっていたが、泪《なみだ》は出なかった。どこもかしこも涸れている、と、私は心の中でつぶやいた。

涸れている……涸れてしまった……私の躰は、枯れ木のようなものだった。

須田がベッドから立って身仕舞いをなおす気配が感じられた。私は、わずかばかり顔を上げ、須田を盗み見た。須田と、視線があってしまった。彼は、苦労人じみた苦笑を唇のはしに浮かべ、鏡の前で髪をときつけ、部屋を出て行った。

私は、枕に顔を埋めた。このまま窒息すればいいというように、強く、顔を押しつけた。

須田が、嗤ったり、罵《ののし》ったりしてくれた方が、まだましだった。彼はまるで、いたわるような憐《あわれ》むような表情をみせたのだ。

やりきれない。私は、声に出してつぶやいた。

あ、あ、と、私は泣き声をあげた。それでも、泪は出てこないのだった。声だけで、私は泣いていた。それから、じわじわ泪がにじんできた。

私はベッドから下り、備えつけの冷蔵庫の扉を開けた。スタミナ・ドリンクやビール、ジュースなどが冷やしてある。私は、ウイスキーの小びんを抜きとった。

それから、どうして、ここに来てしまったのだろう。

私には、おぼえがなかった。だだっ広い部屋で、冷たいベッドで、一人で夜を明かすことにたえきれなくなり、ホテルを出て……タクシーに、ここの名前を告げてしまったらしい。

おぼろげに思い出せる。梓野明子バレー研究所。白地に黒く記した看板のペンキがまだらに剥《は》げ落ち、建物のモルタルの壁も亀裂が入って、雨のしみが、もとはクリーム色だった壁を皮膚病の犬のように変色させている。この建物の前で、私は、タクシーを下りた。稽古場も、同じ敷地内にある明子の住居も、近日中に取りこわしがはじまることになっている。そのあとには、八階建てのビルが建つ予定だ。いま、住居の方には、明子の夫の謙介と、明子の姉、汐子が住んでいる。

私は、合鍵《あいかぎ》を使ってドアを開け、中に入った。電灯をともした。

稽古場の鏡が、がらんとした部屋と、そそけた髪の女をうつし出した。くぼんだ瞼《まぶた》。物欲しげな、そのくせ、若い手に触れられても、うるおうことのない躰。私の手が、かたわらのスツールをつかんで……振り上げ……。

「まあ、相浦さん」

住居に通じるドアが開いて、声がした。明子の姉の汐子が驚いた顔で立っていた。

2

「大きな音がしたから、びっくりして」

汐子は、ぼってりした手を胸にあて、肩で息をしている。明子と六つ違いの汐子は、肉の厚い鈍重な顔立ちで、贅肉《ぜいにく》を鑿《のみ》で剝ぎ落としたような神経質な明子とは正反対だが、目鼻の配置に濃い血のつながりを思わせるものがある。

「稽古場には誰もいないはずでしょう。私、もう、すっかり怖くなってしまって。謙介さんは、外出したまま、まだ帰ってこないし、よっぽど、一一〇番に電話しようかと思ったんですよ。でも、もし、ねずみが物をひっくり返したぐらいのことだったら、大騒ぎしてはみっともないですものね。おそるおそる、様子を見に来ましたの。ドアを細くあけてのぞいたら、相浦さんなんですもの。よかったですわ、警察に電話なんかしないで」

汐子は、二、三歩部屋に入りこみ、

「あら、あら、鏡が……。まあ、相浦さん、けがはなさらなかったの」

危いですよ、そんな物、素手で持って！　と声を上げた。私は、いつのまにか、鋭く光った破片を手にしていたのだった。

「すみません、うっかり、椅子につまずいて鏡を割ってしまって」

「けががなくて、何よりでしたわ。どうせ、近いうちに取りこわすんですから、気になさらなくていいのよ」

汐子は人のいい笑顔をみせた。

「何か御用だったの？」

「いいえ……べつに、用ではなかったんですけれど……。ここが、まもなく取りこわしになるかと思うと、つい、なつかしくて」

「そう」汐子は、ゆっくり何度もうなずいた。

「よかったら、母屋の方にいらっしゃいな。今夜は、謙介さんの帰りも遅そうだし、私、淋しくていたんですよ」

「ええ。でも、こんな時間ですから」

「泊まっていらっしゃればいいじゃないの。ここは、あなたには自分の家も同様なところなんですもの」

汐子は片手をのばして壁にふれ、躰をささえながら、母屋に通じる廊下を歩きだした。足を進めるたびに、腰が、がくん、がくん、と揺れた。

二十年あまり昔、大けがをした名残りである。でも、そのけがは、明子の名声のかげにかくれて、誰からも注目されることなくひっそり生きてきた汐子の、唯一《ただひと》つの華やかな生のあかしのようなものではないかと、私は思う。

「謙介さんはどちらへ？」

「貸しビルを建てるとなると、あの人も、いそがしくてね。毎日、あっちこっち、出歩いているわ。建築にとりかかる前に、なるべく借り手を決めておきたいのでしょう。今夜は、その話で人に会うとかって」

壁についた汐子の手の指に、きらっと、指輪が光った。

稽古場と鉤《かぎ》の手に続く母屋の居間で、汐子は私に椅子をすすめ、

「少しお酒が入っていらっしゃるのね、相浦さん」

「ええ。でも、もう、さめましたわ。今日、頼ちゃんと会って……。頼ちゃんが、自分のスタジオの助教をしないかと誘ってくれたものですから」

私は、こめかみを押えた。ずきずきと、頭の芯《しん》が痛かった。みじめな情事の失敗を思うと、私は、汐子の前で、つい目を伏せてしまうのだが、汐子は何も気づかぬ様子で、

「まあ、それはよかったですね」真情のこもった声だった。「明子が急にあんなことになってしまって、相浦さん、この先どうなさるのかと、私も心配していたんですよ。私どもでは、十分なことはしてあげられませんしねえ。相浦さんは、あんなに明子のために働いてくださったのに。お紅茶になさる？　コーヒー？」

「何もいりませんわ。おひやをいただければ」

「むしますね。夜になっても」と、汐子は、庭に面したガラス戸をひき開けた。「虫が入るかしら。網戸もなくて」

私が腰を降ろした籐椅子《とういす》は、肘かけの籐がほつれ、竹の芯が露出していた。世界的にも名のとおった梓野バレー団といえば、いかにも華やかにきこえるけれど、その内情は、戦前からの家具を買いかえることもできないほど、経済的に逼迫《ひっぱく》していた。

開け放したガラス戸のむこうの庭は、手入れがゆきとどかないので、庭樹の枝は逆立ち、住む

人のない廃園のように、雑草が生い茂っている。戦前は整然と手入れされていた庭の、築山《つきやま》やこわれた石灯籠《いしどうろう》が、わずかに昔日の繁栄の名残りをとどめている。石灯籠の笠《かさ》はころげ落ち、その割れめからも、雑草が勢いよく伸びていた。

地所は三百坪と広い。戦前は、六百坪ほどあったということだ。新作公演の赤字補塡《ほてん》のため、何度か切り売りした。バレーは長期興行はうてない。都内でせいぜい二日か三日。その間劇場が満席でも、仕込みの費用はペイできない。民音などで観客を動員してくれる公演と、生徒をかき集めての月謝で、何とかやりくりしてきた。

梓野明子。日本バレー界に君臨した女王、ということになっている。父親が九州の炭鉱王の一族で、財力に恵まれていた。幼時、一家が上海にいたことがあり、その地でフランス人のバレー教師に手ほどきを受け、才能を認められ、十代で、パリに留学した。そのときは、母親が付き添って、つきっきりで世話をした。その間、汐子は、九州の祖母の家にあずけられていた。帰国後、バレー団を組織したが、まもなく戦争が激化し、活動は一時中断した。戦後、父親が他界し、財産税をとられ、経済的には苦しくなったが、次々に新作を発表し、旺盛な舞台活動を展開した。

明子の葬儀には、日本舞踊家連盟、各新聞社、音楽関係、舞台美術、それに厚生大臣からまで、花輪が並ぶ賑々《にぎにぎ》しさだった。

新聞にも、明子の輝かしい軌跡が書きつらねられた。

しかし、ひとしきり持ち上げて騒いだあと、梓野バレー団は、忘れ去られてしまった。五年ほど前から、舞台活動は行なっていなかった。明子にも、肉体の限界がきていたようだ。

バレーは、年輪によって円熟みを増す他の芸術とは異なる。内面が充実し、心の深みを表現し得るようになるころは肉体の衰えがくるという、二律背反の宿命を持っている。明子は強引にその宿命を踏みにじり、踊りぬいてきたけれど、やはり、体力の衰えをカヴァーしきれなくなっていた。

明子の死は、睡眠剤の誤用ということになっているけれど、自殺かもしれないと、ふと、私は思った。遺書はなかった。

「それで、頼ちゃんの方は、いつから?」

汐子は、水をみたしたタンブラーに、レモンの輪切りと氷片を浮かべて、手渡してくれた。その手の指輪が、私は気になった。ダイヤモンドだった。私がこれまで目にしたことのない品だ。

「まだ、はっきり引き受けるとは言ってないんですよ。頼ちゃんの話はありがたいけれど、けっきょく、助っ人ですものね。頼ちゃんは、自分のスタジオだからはりきっているけれど」

それでも、頼子の申し出を引き受けないわけにはいかないだろうと、私は思った。貯《たくわ》えらしいものは何もない。食べるためには、死ぬまでトウ・シューズを履きつづけなくてはならないのだろう。

3

梓野明子の舞台をはじめて観たのは、敗戦の翌年の正月、まだ、東京は焦土のにおいがたちこめ、都心は瓦礫《がれき》の荒野、天気のいい日は丸の内から富士山が見とおせるというころだった。

あのころの食糧の乏しさ、餓《う》え、については、もう言いつくされ、書きつくされている。食物にも餓えていたけれど、それと同時に、いや、それ以上に、私たちは心も餓えていた。仙花紙の薄っぺらな雑誌を奪いあって読み、外側のみ焼け残って、中にはありあわせの木のベンチを並べただけの映画館は、どこも超満員だった。甘美なアメリカ映画が、荒涼とした外の生活を、一刻忘れさせた。映画館から一歩出れば、翌日の食糧を確保するために、米の買出しに狂奔しなければならないのだった。

そんな世相の中で、バレーの合同公演という、この上なく贅沢な催しが行なわれた。

戦前からすでに一家をなしていた、日本のバレー界のトップ・クラスといわれるバレー・ダンサーたちが、それぞれの利害や確執を越えて団結し、各自の団員をひきい、豪華きわまりないキャストを組んでの公演であった。

私はそのころ、少女歌劇団に籍をおいていた。戦前、女学校を二年で退学して、少女歌劇団に入団した。踊ることに惹《ひ》かれていた。それなのに、私が舞台に立てるようになったころは、国策路線に沿うということで、少女歌劇の舞台でさえ、軍需工場の工員が一心に生産にはげむというような話ばかりで、それすらじきに禁止になり、実際の工場で働かされるようになった。

敗戦後は、食糧事情の悪さや結婚問題などもあって、東京に帰っていた。家は焼け、父は北支から帰還せず、焼け残った伯父《おじ》の家の物置を借りて、母と弟の三人で住み込んでいた。

そんな境遇の私に、バレー観劇などという贅沢が許されるわけはなかった。しかし、町で見たポスター、白いチュチュをひるがえしたオデットに、私は夢中になった。

合同公演の演《だ》し物は、『白鳥の湖』だった。もっともポピュラーでキャストを組みやすいものを特に選んだのだろう。

稚《おさ》なかったせいもあるし、他に娯楽らしいものが何一つない殺風景な時代だったせいもある。一枚の入場券が、何としても、私は欲しかった。手に入らないとなれば、なおのこと、その舞台は夢幻の魅力で私を誘った。今は、音楽も踊りも、スイッチ一つひねればTVの画面から茶の間に溢《あふ》れてくる。あのときは——何もなかった。私は酔いたかった。交錯するライト。華麗な虚構の世界。そうして、見た目には優雅この上ないけれど、それを舞う者の、人間の能力の限界をつきぬけるほどの、厳しいテクニック。

巷《ちまた》には、米兵に躰を売るひとが溢れていた。私は、憑《つ》かれていた。一枚の紙きれを手に入れるため、私は、彼女たちをおずおずと、まねようとした。彼女たちは、食べるために、家族を食べさせるために、売春していた。私は、心の餓えをみたすという贅沢のために、米兵に声をかけた。

米兵は私にチョコレートを一枚くれた。そのときMPが通りかかったため、米兵は、そのまま立ち去った。もし、という仮定法は、意味のないことだけれど、もし……と、私は思ってしまう。もし、あのときMPが通りかからず、米兵に躰を売っていたら、そのあとで、私は、果して舞台を見に行っただろうか。汚辱《おじよく》感にいたたまれず、舞台見物どころではなかったのではないか。たとえ劇場に足をはこんだとしても、あの汚辱感の前には、舞台の魅力も色褪《いろあ》せて、私をあまでとりこにしなかったのではないか。そうして、私のその後の人生は、今とは違ったものになったのではないか。それとも、その傷をもぬぐい去るほどの力が、あの舞台にあっただろうか。

公演の当日、私は劇場のまわりを乞食のようにうろついた。ダフ屋がプレミアムつきの切符を売っていた。

楽屋口では、守衛が出入りの人をチェックしていたが、一人一人には目が届かない。出演者のような顔をして堂々と入れば、思いのほか簡単に守衛の目をごまかせるということがわかった。私ぐらいの年ごろの娘が大勢群舞で出るので、ごまかしやすかった。私は楽屋の通路を抜けて客席に入り、暗くなるのを待って客席内通路の階段に腰を下ろして舞台を観た。

終演後、私はオデットを踊った梓野明子の楽屋にかけつけた。その場で弟子入りを頼もうと思うくらい、のぼせ上がっていた。月謝は払えない。だから、女中がわりに置いてくれ、報酬のかわりにレッスンを受けさせてくれと頼みこむつもりでいた。しかし、楽屋に入ることはできなかった。私は追い出された。

その後、私は母や伯父の反対を押し切って、歌劇団に戻った。ここでも、レッスンや公演が再開されはじめた。しかし、私は、何となく物足りなかった。舞台は、プレイヤーと見巧者《みごうしゃ》の客が一体になって、はじめて、最大の魅力を発揮し得る。少女歌劇の客は、目当ての二枚目が出さえすればいいのだった。

三年め、梓野明子が、私たちの舞台の振り付けを担当した。私は即座に明子の弟子入りを頼み、それと同時に、歌劇団を退団した。

私は、明子の家に住みこんだ。明子の母と姉の汐子が同居していた。女中同様に働きながら、レッスンをうけた。下地はあったので、じきに、バレー団の〈助教〉として生徒たちを教えるようになった。近所のアパートの一室に移ったのは、十五年前、明子の母親が死に、明子が謙介と結婚した直後である。

当初、日本のバレー界は、興隆期にあった。梓野バレー団も、『白鳥の湖』から『ペトルシュカ』『ジゼル』『くるみ割り人形』と、古典大作を矢つぎ早に紹介し、更に、ほとんど毎年、新作を発表した。研究所の生徒も増えた。しかし、経済的には、バレー団はいつも崩壊寸前を辛うじて持ちこたえている状態だった。バレー団をささえる助教たちに支払われる給料は、小遣い程度のもので、独立した生計をいとなむには程遠かった。

その上、梓野バレー団は、梓野明子ただ一人のためにあるということを、私は思い知らされないわけにはいかなかった。

明子は、自分のために公演を持ち、観客もまた、明子を観るために、集まった。秀《す》ぐれたバレリーナであることと、優秀なバレー教師であることは一致しない。梓野バレー団は、他のバレー団のように後継者を育成することに力を注《そそ》がなかった。若いバレリーナ志願者は、梓野明子の名声に惹かれて入団し、じきに失望して他のバレー団に移るか結婚してしまう。自分が明子を盛り立てるための踏台にすぎないことに気づくからだ。その上、すぐれた素質を持つ者は、明子からライヴァルとみなされ意地の悪い仕打ちを受ける。それに耐えて明子を凌駕《りようが》しようという気力のある生徒はいなかった。だいたいが、経済的にもゆとりのある家庭のお嬢さん育ちが、ちょっと娯《たの》しみに習いにくるのが多いのだ。ハングリー・スポーツのような凄絶《せいぜつ》な気魄《きはく》に欠けている。

私は――私も、ついに、梓野明子の影に過ぎなかった。明子の名は、あまりに大きすぎた。梓野バレー団が公演するとき、どんなささやかな地方公演でも、プリマは明子でなければ観客が承知しない。私は、ほとんど明子に恋していたから、彼女の影であることに甘んじてきた。しかし……。

「ほんとに、相浦さんには、明子もすっかり助けていただいてねえ」汐子は、しみじみした口調になった。「でもね、相浦さん、あなただって、御自分の決めた道を、一筋につらぬいていらしったんだから、これは、貴いことよ」汐子は、紋切型の文句を、熱心な表情で言った。

4

私は、いつだったか、汐子が、このごろ私は脂っこいものは食べないようにしているんですよ、と言ったことがあるのを思い出した。年に逆らわないで、ゆっくり枯れていった方が、死ぬときに楽ですもの。なるべく、物欲を減らすようにしているんですよ。そう言って、口もとをすぼめ、私たちを見て微笑した。

そんなことは、八十歳ぐらいになってからおっしゃってよ、お姉さま。明子は、癇癪《かんしやく》を起こしたような声でさえぎった。

あなたたちは、静かに年をとるということができないのね。そう、汐子は言った。いつも卑屈なくらいおとなしい汐子が、そのときは珍しく、明子の神経を逆撫《さかな》でするような言い方をしたのだった。

いま、汐子は、静かに枯れるどころか、奇妙に生き生きとしてみえた。年下の謙介と二人で暮らすようになったからだろうか。汐子はもう五十九であり、謙介は四十二だった。

汐子は、珍しく小ざっぱりした身なりをしていた。若いころから、どんな服を着ても垢《あか》ぬけない野暮ったさがあったのだが、二十代のころは、いくらか服装に気をつかっていた。それでも、だらしがなくて、洋服を着てもボタンやスナップがとれたままになっていたり、食物のしみで服を汚したりしていた。華やいできれいなものを身につけたのは、一時期、バレー団に入所した青年に恋をしていたころだけである。汐子の歩行が不自由になったのは、その青年との心中未遂の結果であった。

やかましく言う母親が十五年前に死に、最近では、汐子は、すっかりだらしなさをまる出しにして、着物の下前をひきずり、長襦袢《ながじゆばん》の破れた裾《すそ》が、ぼろ布のように垂れ下がってのぞき、帯も、窮屈だからといって、細紐《ほそひも》や伊達巻《だてまき》しか締めないというありさまだった。それが、半幅の帯をきちんと締め、髪も見苦しくないていどに櫛目《くしめ》を入れている。

「お姉さま、何だか、おしあわせみたいね」

「あら、いやだわ、相浦さん」汐子は、大げさな身ぶりで口もとを手でおおって笑った。

「あなたなんか、まだお若いんだから、これから、いいことがありますよ」

「若いって、お姉さま、私四十九ですよ。それも、今日が最後」

「明日、お誕生日？」

「ええ。いやですね。この年になって誕生日なんて」

「まだ、若いわよ」汐子は、にこにこしてうなずいた。はれぼったい瞼の間に、細い目がかくれ

えた。

汐子は、青年を自動車にのせ、無理心中をはかったという荒々しさを取り戻しているようにみた。六十に手のとどく汐子の方が、私よりはるかに、活気にみちていた。

私は庭の方に目をやった。雑草は、地下から噴き出すような勢いで繁茂している。廃園、と私は思ったけれど、これは、どこよりも生命力に溢れた庭なのかもしれなかった。

二十年も昔となれば、女で車の免許をとる者は、まだ少なかった。汐子は、明子の行動半径を増すために、母親にしいられて、免許をとり、自家用車を運転していた。明子の運転手がわりだった。もともと気のきかない、いくらかのろい性質《たち》の汐子を、気の強いてきぱきした母親は、あんたは、ぐずだ、のろまだ、と、他人の前でも叱《しか》りとばし、明子の付人のようにこき使っていた。汐子は、あいまいな笑いを浮かべ、決してさからわなかった。しかし、運動神経が鈍いので、汐子は自動車の運転だけは嫌っていた。車庫入れをすると必ず三十度ぐらい曲がり、右折しろというとあわてて左にハンドルをきってしまい、上り坂ではエンストした。それでもスピード違反は絶対しないから、その点では安全だった。道路も、いまのように殺人的な混み方ではなかった。

母親は、汐子を結婚させることは考えていなかった。人並みより少しのろいから、自分の監督を離れて一人で家庭を切り盛りはできないと、決めているのだった。こんな娘を他人《ひと》さまに差し上げては御迷惑でございます、と言ったが、自分の老後の世話を汐子にさせようという冷たい計算もあったらしい。

明子が公演で名古屋に行き、汐子はあとから、古藤というその青年をのせて、次の便にまにあわせようと、東京駅にむかって車を走らせているときだった。遮断機のない無人踏切で、汐子は、進行してくる電車の前に車を突っ込んだ。

車はひしゃげ、古藤は脳漿《のうしょう》を撒《ま》いて即死したが、汐子は命をとりとめた。骨盤から大腿骨《だいたいこつ》にひびが入り、足の動きが不自由になった。

汐子が警鐘を聞き落とした不注意による事故だろうと、最初は思われた。しかし、病院に収容された汐子が、うわ言で、〝古藤ちゃん、ごめんなさい〟〝いっしょに死んで〟などとくり返すのを、医師や看護婦が耳にした。面会の許可が下りるようになってから、係官が取調べ、汐子はかたくなに口を閉じていたが、やがて、古藤を愛しているのに結婚の望みはないから、心中しようとしたのだと、告白した。

汐子は実刑は受けなかった。どのような処罰を受けたのか、私は知らない。いずれにしても、古藤の実家への詫《わ》び料、汐子の入院費と、汐子の母親が多額の金を払わされたことはまちがいない。母親は、汐子をそこまで追いつめた哀れさは思わず、愚かなことをしたと、事あるごとに、汐子を責めた。

汐子は、いっそう無口になり、仕事を命じられると、どぎまぎして、へまをやった。うまくやろうと緊張するあまり、かえって失敗してしまうのだった。

それでも、心中未遂という事件は、かなりドラマティックないろどりを汐子に添えた。それも、やがて忘れられ、汐子はただ、不かっこうな歩きぶりを人目にさらすだけの存在となった。

私は、汐子を嫌いではなかった。母親が思っているほど、汐子は鈍くはなかった。音楽に対する感受性はすぐれていた。しかし、彼女は、受身に、音楽を享受することはできても、自分で創造し表現する才能は持たないようだった。持たないと、自分も周囲も、決めてかかっていたのかもしれない。明子が、あまりに偉大すぎた。明子は、天性のスターだった。舞台に立っただけで人を惹きつける。極く少数の恵まれた者だけが持つ華やかさを、生まれながらに備えていた。それは、容貌《ようぼう》の美醜とはあまり関係がない。明子も、美人の範疇《はんちゅう》からははみ出していた。鼻梁《びりょう》が彎曲《わんきょく》し、小鼻がいかり、唇は厚く大きかった。そのいかつい顔が、舞台で可憐《かれん》なオデットやジゼルを踊るとき、あどけない愛らしさと威厳をたくみに表現するのだった。

5

「業《ごう》っていうものですかねえ」

汐子が、しみじみした声を出した。

「え?」

「あなたもそうでしょうけれど、踊りなんかにとり憑かれた人間は、最後まで、何かやっていないと、だめなのね。過去にどれだけ大きな仕事を残していても、現在、もっとすぐれた仕事に手をつけていなければ、敗残者のような気分になってしまうのね」

私は、業とか因縁とか、抹香《まっこう》くさい言葉で何かをくってしまう言いかたは嫌いだった。しかし、体力が衰え、ここ五年間、舞台活動を停止していた明子が、焦燥感と挫折感《ざせつかん》に苛《さいな》まれていただろうということは、私も感じていた。

「明子さんもねえ、もう、やるだけのことはやったんだから、おとなしく……」

汐子の言葉は、ブザーで中断された。

「謙介さんよ」

汐子は若やいだ声で言い、足をひきずりながら玄関に立って行った。

「むしますね」と、ハンカチで首筋をぬぐいながら、謙介が入ってきた。汐子は、冷たいおしぼりを冷蔵庫から出してきて、謙介に手渡した。私にはしてくれなかったサービスだ。故意ではなく、気づかなかったのだろう。

「しばらくですね」と、謙介はあいさつした。女たちばかりに囲まれて長年過してきたためか、物腰がおだやかだが、決して柔弱な男ではなかった。

「お元気ですか」

「ええ、何とか」

「ここも、いよいよ、今月末には取りこわしにかかりますよ。ぼくとしては、梓野バレー団の名前を残して」

と言いかけて、謙介は、話をそらせた。ビルの一部に稽古場を置き、助教たちが協力してバレー団を続けてはという謙介の提案があったのだが、私たち助教の意見が一致せず、結局、バレー団は空中分解してしまったのだった。

謙介は、明子と結婚したとき、二十七だった。十一歳年下である。公認会計士の仕事をしていた。明子と結婚したのも、母親の死後、金銭の出入りにはまるでうとい明子を見かねて、彼女の後援者の一人が謙介を紹介し、バレー団の経理を担当させたのがきっかけであった。それまでは、母親が会計を見ていたのである。結婚のお膳立《ぜんだ》てまでもっていったのも、周囲の関係者たちであった。明子は社会人としてはひどく未成熟なところがあり、一方、謙介は、一見三十代の半ばにみえるほど老成していたから、十一の年齢差が、それほど不自然ではなかった。謙介は、美丈夫という言葉で形容されるような、体格のいい、おおどかな印象を与える青年であった。

彼は、経理の面以外では、バレー団のメンバーとあまり接触しなかった。やはり、女ばかりの雰囲気がわずらわしかったのだろう。作曲家の川津晃充とか、バレー団に出入りしてタイツやトウ・シューズの注文をとりに来る男のように、女好きで、生徒や団員にかこまれるのを嬉《うれ》しがるのもいたが、四六時中顔をつきあわせていると、うんざりしてくるのかもしれない。ここはまるで、蝿取菫《はえとりすみれ》の群落だな、と謙介がつぶやいたのを耳にしたことがある。

しかし、バレー団が解散した今、たまたま訪れた私に、謙介は親切だった。私と汐子のとりとめないお喋《しゃべ》りに、辛抱強くあいづちを打っていた。

その夜、私は、汐子の部屋に蒲団《ふとん》を並べてもらって、泊まりこんだ。

あの、電灯をつけても闇が部屋の隅々にうずくまっているような孤《ひと》りの部屋に、今夜はもどらなくていいのだった。

私は、稽古場の鏡の前でガラスの破片を手にして立ちすくんでいた自分を思い出した。あのとき、汐子が声をかけなかったら、私は、鋭い破片のきらめきの誘惑に魅入られていたかもしれないと思い、さらに、梓野明子も、睡眠剤を手にしたとき、もう一包余分に飲む誘惑に克《か》てなかったのではないだろうかと思った。過去の業績が輝かしいだけに、なおのこと、自分の老いと創造力の枯渇に直面することが苦しかったのではないか。

漠然とそんなことを考えながら、私は、今日汐子と語りあったとき、何か心にひっかかったことがあったのを思い出した。

汐子は、少し口を開け、かるいいびきをかいている。

――明子に関してのことだった。汐子が明子のことを何か話しかけ……そうだ、謙介が帰って来たので、その話は中断され、そのままになってしまったのだった。

明子さんもねえ、もう、やるだけのことはやったんだから、おとなしく……。

汐子も、明子の焦燥を感じとっていたので、あんなことを言ったのだろうか。そのときの口ぶりが、何か、もっと違うものを私に感じさせた。

いや、気になったのは、そのことではない、汐子の指にあったダイヤの指輪だ、と私は思った。謙介の気を惹くために、老いを忘れての汐子の奢《おご》りかとも思ったのだが、どう考えても、汐子が今さらあのような高価なものを買えるわけはなかった。梓野明子の装飾品の中にもなかった品であった。

6

ほんのちょっと心にひっかかったそのことが、もっと大きな疑惑となって心を占めたのは、市瀬頼子のスタジオで、作曲家の川津晃充に会ったときだった。

私は結局、頼子の申し出をありがたく受けて、彼女のスタジオに通ってくる生徒のうち、学齢前の幼児を集めたベビー・クラスの指導を受け持つことにしたのだ。そのほかに、収入の道がなかった。幸い、須田と私のいきさつを、頼子は知らないようだった。あのあと、須田とは会っていない。須田が他人のみじめさをかるがるしくふいちょうするような人間でなかったことは意外だったけれど、いくらか私の救いになった。

梓野バレー団で研究所の助教をつとめていたときも、私は、幼児のクラスを受け持っていた。ベビー・クラスの指導は、誰もがいやがる。バレーのレッスンというよりは、まるで保育園の保母のようなものだ。

四つ五つの、まだ右手と左手の区別もろくにつかないような子供に、厳しい訓練をしても、どうせ長続きしない。ものになるのは、十年の間に一人いるかいないかという程度だ。付添いの母親たちも、私は好きではなかった。言いあわせたように虚栄心が強く、自分の子供だけが特別に芸術的な才能があると思いこんでいるような手合いばかりだった。

それでも、彼女たちは、バレー団の大切な財源だから、粗略に扱うことはできない。私は、母親たちの間ではわりあい評判がよかった。温厚な教師ということで通っていた。それは、私がヒステリーを外に発散させることができない性質《たち》だからに過ぎないのだが。私の同僚で、厳しいレッスンをするという大義名分のもとに、生徒たちをぴしぴし、ひっぱたくのがいた。さぞせいせいするだろうと、私は少し羨《うらや》ましい気がするくらいだったが、母親も生徒も、またオールド・ミスのヒステリーがはじまったと、かげで嗤っているのだった。

頼子のところでも、また、同じような仕事が続くのかと、私は内心うんざりしていた。芸術的な創造などとは、およそ縁遠い仕事だった。

梓野明子は、幼児だからといって手を抜いたレッスンをすることは許さなかった。頼子も、それを踏襲していた。

頼子は、西欧の人種のように、脚が長く腰がしまって、理想的なプロポーションだった。足の甲が高いのも、バレーにむいていた。

数年前、頼子がまだ梓野バレー団にいるとき、地方の小さい市民会館のこけら落しに『白鳥の湖』を演《だ》したことがある。オデットはもちろん梓野明子だが、私は頼子と、もう一人の若手とともに、〝三羽の白鳥〟を踊った。みじめだった。頼子を小さいときから仕込んできたのは私なのに、私は、自分の躰をあつかいかねていたのだった。かろやかに踊る若々しい頼子と並んで、私は、いかにも重苦しかった。

しかし、そのときでも、梓野明子は、私より年長なのに、舞台では年を感じさせなかった。若い頼子ではどうしても身につけることのできない、観客をひきずりこむ魅力があった。

頼子のスタジオで会った作曲家の川津は、梓野バレー団とは長いつきあいだった。明子の新作の作曲は大部分彼にゆだねられ、公演の際のオーケストラの指揮も、彼がとっていた。

レッスンを終えたあと、私たちは頼子の居間でくつろいでいた。

「そりゃ、今すぐは無理ね。でも、頼ちゃん、やりなさいよ。ぼく、だいたい構想はまとまっているのよ」途中から会話に加わった私には、何の話題かわからなかった。

私が梓野バレー団に入団したころは、まだ音楽学校を出てまもない少壮の指揮者だった川津は、髪が半白になり、孫も一人いる。いくらかアルコール中毒の気があるのか、煙草を持った右手の指先が、少し震え、奥歯が欠けたままなので、頬《ほお》がすぼまっていた。しかし、川津は、ひどく楽天的な明るい表情だった。老いの淋しさとは縁が無いのか、それとも、他人の前で明るくふるまうだけ、その分、孤独の根は深いのかもしれないと、私は思ったりした。しかし、男は、鏡を見て老いに苛まれたりすることはないのだろう。男の五十五、六は、働き盛りか。それとも、彼らは、若いときから、もっと孤独とのつきあいは深いのかもしれない。

「何をやれって言ってるの、川津さんは」私は話に割りこんだ。他人といっしょのときは、私も、気のいい楽天的な女の顔をしている。

「ホフマンの『黄金宝壺』をバレー化して上演しようという話」頼子がこたえた。

「梓野さんから話があってね」と川津が、

「ぼくも、なかなかいい企画だと思ったのよ。でも、具体化する前に、梓野さんはああいうことになってしまって」川津は、冥福を祈るような表情を見せ、「心残りだったろうな。もっとも、睡ったままなくなったのでは、心残りを覚えるひまもないか。ぼくとしても、残念なのよ。このごろ、バレーは沈滞しているからね。梓野明子が新作の大作をばんと一発出せば、かなり評判になったと思うな」

「『黄金宝壺』って、蛇の精か何か出てくる話だったわね」私は、うろおぼえの記憶をかきまわして言った。

「そう。蛇といっても、サラマンダー、火蛇ね」と、川津が、「万物は、地水火風の四元素に分れる。地の精がコボルト、水の精はウンディーネ、風はバレーにもあるシルフィードね、そうして、火の精が、火蛇、サラマンダー。若い学生が、火蛇の王の娘と恋におちいり、現実と夢幻の間を彷徨《ほうこう》する話だが、芸術家の悩みみたいなものを象徴しているとぼくは思うんだな」

「とても、私にはむりね」頼子は首を振った。「むりというのは、経済的な面のことよ。舞台装置など、相当大がかりにして、群舞も揃えてやらなくては、おもしろみがないでしょう。私はむしろ、個人のリサイタルをやりたいわ。装置や美術、衣裳《いしょう》の助けなど借りないで、タイツだけで、黒い幕をバックに、純粋に私の踊りだけを見てもらう。これからの創作バレーに、甘ったるいストーリーは不要よ。肉体で何を表現し得るかよ」

頼子の言葉は、昂然《こうぜん》としていた。上昇期にあるものの、誇らかな言葉だった。それは、梓野明子のやり方に対する批判にもなっていた。

「川津さんの望むような舞台は、商業資本でなくてはむりよ」

きっぱりと切り捨てるような頼子の言い方に、川津は鼻白んだ。

「肥満したバレー団の組織が、舞踊家としての梓野先生のお荷物になっていた面もあると思うわ」

頼子はそのつもりではないのだろうが、私は、かすかな皮肉をその言葉に感じた。梓野バレー団の体質は、たしかに老朽化していた。でも、私や、他のすでに老齢に足を入れた助教たちが、ただ、お荷物にすぎなかったとは言わせない。

私たちは、役者馬鹿という言葉を借りるなら、踊り馬鹿だった、と私は思い、そんな月並みな言葉の中に逃げ込もうとする自分に嫌悪を感じた。私が覇気を失ってしまっていることは、たしかなのだ。

しかし、明子は、もう一度、新作を世に問おうとしていたのだろうか。

川津は、頼子の仮借《かしゃく》ない物言いに、気を悪くしたようだった。じきに座を立ち、帰ると言うので、私もいっしょにスタジオを出た。

「ちょっとつきあわない、相浦さん」と、川津は、駅前の小さなスタンド・バーの前で誘った。

川津と二人で飲むのははじめてのことだった。今までは、バーに入ることはあっても、いつも、バレー団の仲間が数人いっしょだった。そうして、私は、行儀のいい飲み方しかできなかった。ぶざまなところを見せたのは、この間、須田と飲んだときだけだ。

「残念だなあ」と、川津はカウンターにもたれて、ぐちっぽく言った。

「バレー音楽ってのは、誰かが舞台にかけてくれなくては陽《ひ》の目を見ないんだからな」

「もう、だいたいでき上がっているんですか」

「いや、まだ手をつけたわけではないんだけれどね。女主人公の、火蛇の娘のテーマだけは浮かんでいるんだ。あれは、小説によると、娘が歩くとき、澄んだ鈴の音がするんだよ。それに対して、父親である王のテーマは、こう、暴風雨のような烈《はげ》しいイメージでね」

「梓野先生は、本当にそれを上演なさるつもりだったの？」

明子の死は、自殺ではなかった。私が懶惰《らんだ》に意気沈んでいるとき、明子の中では、創作欲が燃えさかっていたのだ。

「誰に台本を頼もうかと、ぼくと話しあっていたんだ。具体化まで、もう一歩というところだった」

「私たち、何もきいていなかったわ」

「もう少し案がかたまったところで発表するはずだった」どうしたの、と、考えこんでしまった私の顔を、川津はのぞきこんだ。

明子さんもねえ、もう、やるだけのことはやったんだから、おとなしく……。

汐子の言葉は、これを指していたのだと思いあたった。汐子の口調は、明子を非難していた。

新作の公演は、汐子にとって望ましいことではなかったのだろう。

ただでさえ金がかかるのに、スペクタクルの要素を持った舞台となれば、仕込みに莫大な費用がかかる。一カ月もロング・ランを打つ商業演劇のショウと違い、個人の力で二、三日上演するだけなのだから、赤字は目に見えている。これまでは、地所を切り売りしたり、持っている地所建物を抵当に借金したりして賄《まかな》ってきた。その借金を返済するのに、謙介など、ずいぶん苦労したようだ。それでも、明子が元気で活躍している間は、自転車操業でも、なんとかやりくりがついた。

今度はおそらく、かかえきれないほどの莫大な借金を背負って、しかも、明子にとっては最後の公演となることだったろう。

私は、怖ろしいことを想像している自分に気がついた。

まさか、汐子が……と思った。でも、払えるあてのない借金をかかえこんだ老後というのは、それはもう、耐えられないほど心細いことなのではないだろうか。ことに汐子のように独立した生計の道を持たない者にとって。自分で稼ぐことのできる私でさえ、もし病気になったらどうしようと思うと、慄然《りつぜん》とするのだ。考えてもしかたのないことだから、意識のすみに押しこめているけれど。

「外国のバレー界が羨ましいよな、相浦ちゃん」川津は、一人で飲み、一人で喋っている。「国家がめんどう見てくれるんだからな。どんなにでも金をかけて凄《すご》い舞台を作り上げられる。頼子はあんなことを言っていたけれど、バレーってのは、総合芸術だろ、あんた。スペクタクルだ、ケレンだって、ばかにしちゃいけないよ。梓野明子は、よくやったよ、ここまで。女の細腕一本で。国なんて、あんた、税金をふんだくっていく一方で」

私は、明子が死んだときのことを思い出していた。謙介は、大阪に行っていた。明子の門下生の一人が大阪にスタジオを開いている。一応、梓野バレー研究所の関西支部という形をとっているので、その経理の監査に出張したのだった。

家には、明子と汐子の二人だけだった。明子は、不眠症なので睡眠剤を常用している。警察で発表したように過失死かもしれないけれど、汐子が飲物に薬を混入して致死量まで増やすことはできるのだった。

でも、その辺のことは、警察でも十分調べただろうと思い返し、それでも、警察が、バレー団の経済事情や、新作発表のこと、それに伴う資金の捻出《ねんしゅつ》の問題など知らなかったとしたら、汐子には明子を殺す動機がないと思うかもしれない……。

私は汐子が明子に殺意を持ったなどということは、考えたくなかった。あの、おとなしい、いつも割りの悪い人生ばかり歩いてきた気の毒な人が……。

割りの悪い人生を歩いてきたからこそ、明子を憎んでいたかもしれない。

おとなしい内向的な人間が、ときには思いきった行動をとる。汐子の心中未遂事件が、私の心にあった。走ってくる電車の前に自動車を突っこむ。ふだんの汐子からは、とても想像のつかない激越な行動だった。

私は、何の証拠もないことを、あれこれ思いわずらっていた。

「『黄金宝壺』ってのはね、傑作になるのよ、相浦ちゃん」川津の酔いは、ますます深い。

「チロ、チロ、という鈴の音が……その火蛇の娘の鈴が何をあらわすかというと……」

「チロチロじゃなくて、レロレロじゃないの」カウンターのむこうから、ママがからかった。

私の瞼の裏で、何かが光っていた。汐子の指のダイヤの指輪だった。

汐子ではなく、謙介の犯行だと考えると、ダイヤの指輪の持つ意味がわかるような気がした。

それも、私には怖ろしい考えだった。血なまぐさい事件は、しじゅう新聞にあらわれているけれど、自分の周囲にはそんなことは起きないという気があった。——心中未遂という惨事がかつて起こったのに……。

明子の新作公演の計画、汐子の不相応に贅沢な指輪、それを、明子の抹殺《まっさつ》という犯行に結びつけてしまったのは、私が酔っていたためか。

しかし、翌日酔いが醒《さ》めてからも、その考えは、執拗《しつよう》に私の頭から離れなかった。明子が死んだとき、謙介は東京にいなかったけれど、睡眠剤を常用のものよりずっと強力なものにすりかえておけば、その場にいなくても行なえる。たとえば、同じバルビツール酸系の睡眠薬でも、フェノバルビタールなどは、耳かき一杯にもみたない量で昏睡状態におとしいれることができる。外見はもっと弱いものと見わけがつかない。

明子の死によって謙介が利益を得るのだから、警察でも、汐子以上に念入りに謙介のことは調べたはずだ。私が考えつくくらいの睡眠薬のすりかえは、とっくに、係官も考えついたにちがいない。

しかし、汐子を犯人に擬したときと同様、警察が、明子の新作公演の計画、ひいては、あの土地建物が借金の抵当流れになるかもしれない経済的な危機、そういう切羽つまった事情を知らないのだとしたら、謙介の動機は弱いと思うだろう。

私は、川津に電話をかけた。二日酔いとみえて、川津は機嫌の悪い声で応答した。

「警察に？　梓野さんが死んだとき、ぼくは何も警察から訊かれたりはしなかったよ。いやだね。どうして、ぼくが警察から訊問《じんもん》されなくちゃならないの」

「謙介さんや汐子さんは、その新作のことを知っていたかしら」

「知っているよ。二人のいるところで、ぼくは明子さんと相談したもの」

なぜ、明子の死後、汐子も川津も、その計画については一言も語らなかったのだろう。思い出話の合間、話題になってもよさそうなものなのに。昨日、汐子は口をすべらせかけたけれど……。

でも、川津に口止めしていないのだから……。

「謙介くんからは」と、川津の声が受話器から、「この新作の話は、当分喋り散らさないでくれと釘《くぎ》をさされた。だが、もういいだろう、三カ月もたったんだから」

「どうして、謙介さんがそんなことを」

「梓野さんの亡くなった直後は、バレー団の内部は、ごった返していただろう。そんなとき、この話を訊いて、昂奮《こうふん》したあなたたちが、残った者だけで上演しようなんて言いだすと厄介だと思ったのね。女の人は、その場の感情で事を決めてしまうからね。ぼくとしては、頼ちゃんをプリマに、あなたたちにも協力してもらって、いつかは上演したいんだが」

電話を切って、私は憂鬱《ゆううつ》だった。しかし、少し気持にはりがでてもきた。まるで目標を失ってしまったような毎日だったのに、一つ、目的ができた。

明子のためなのだ、と私は思うことにした。でも、実際は、明子の死、という一つの事実を絆《きずな》に、明子と謙介と汐子が結ばれているその関係に、私も介入したかったのだ。ガラスの破片に死の誘惑を感じ、須田のような若い男に躰を投げ出そうとしたあの淋しさを思えば、殺人者と脅迫者の間に割りこんでゆくという行為は、私にとって活力剤のようなものだった。他人との間に介在するものが、たとえ憎悪であろうとも、冷え冷えとした無関心よりは、はるかにましだ。私は謙介を憎もうと思ったが、素朴な正義感は、私の中にはもう残っていなかった。脅迫することで、汐子は謙介と密接に結ばれている。それを暴《あば》く行為で、私は、三角形の一つの頂点として、彼らと強靭《きょうじん》な稜線で結ばれる。私は、孤りではなくなるのだった。

7

荒地野菊の白い綿毛をつけた種子が、風に舞っていた。庭の雑草は、ますます猛々《たけだけ》しい。荒地野菊の茎は丈高く伸び、庭樹には紫がかったヤブガラシの蔓《つる》がからみついている。汐子は、臆病な小動物が本能で身の危険を察知するように、私の再度の来訪に不穏なものを嗅《か》ぎとったようだ。

「このごろは、アパートのお家賃、高いんですねえ。驚いてしまいました」

ぎごちない微笑で、汐子はティー・バッグをいれたカップに、ジャーの熱湯を注いだ。

「移転先は、お決まりになりましたの？」

「まだなんですよ。謙介さんがあちらこちらアパートを探してくれているんですけれど」

私の視線を感じ、汐子は、手をそっとテーブルのかげに下ろした。

「凄い指輪をしていらっしゃるのね、お姉さま」

「え、ええ……」

汐子は、みせびらかしたいのと隠したいのと、半々の表情だった。いつも嵌《は》めているのは、やはり、嬉しくてたまらないからだろう。

「いつ、お買いになったの。少しも知らなかったわ」

私は、じわじわと網を絞った。汐子と謙介の共犯ということは考えられなかった。共犯の報酬として与えられたものなら、人目につくように指に飾ったりはしていないだろう。

「まるで、エンゲージ・リングのようね」

「まさか。いやですよ、相浦さん、エンゲージ・リングだなんて」

小娘のように、汐子はしなをつくって、くすくす笑った。笑いながら、腫《は》れぼったい瞼のかげの小さな目が、落ちつかなく、私のようすをうかがっている。

「何カラットぐらいあるのかしら」

「さあ……」

拝見させて、と言うと、汐子は、おずおずと手をテーブルの上にのせた。その指を強くつかんで、

「謙介さんにおねだりなさったの？」

汐子は、つりこまれたように、うなずいた。

私は、獲物の網をゆるめた。

「そう、よろしいわね」とだけ言って手を離し、話題をかえた。

汐子は、安心したように表情をやわらげた。

謙介が帰宅するまで、私は居坐《いすわ》った。謙介は私をみて、よく来るなというような顔をしたが、むしますね、と、この前と同じあいさつをした。

汐子が台所に立ったとき、私は謙介に、

「汐子さんが白状なさったわ」と言った。

「何をですか」と、謙介は動じない。

「梓野先生のこと。謙介さんは、今さら梓野先生が新作を出されても、無惨な失敗に終わるとわかっていらっしゃったのね。ぶざまな舞台で過去の光輝を汚すよりはとお考えになったのね。それで、梓野先生を」

ほう、という表情を謙介はした。目が光っていた。

「それに、財産のこともあるわね。汐子さんは、あなたのしたことに気づいて、それで、おねだりを」

謙介が平気な顔をしているので、私は、せきこんだ。

「でも、指輪というのは、あなたに損のいかないなさり方ね。現金なら、汐子さんがつまらない使い方をしてしまうかもしれないけれど、貴金属なら、財産としてあとに残りますもの。汐子さんがなくなってから、あなたはそれをまた取り戻すことができるんだわ」

「つまり、相浦さんの言いたいことは、こうですか」謙介は、ゆっくりと、

「ぼくが明子を殺した」

殺したという言葉は、ひどく、どぎつく私の耳にひびいた。

「それで汐子がぼくを脅迫した」

「そうよ。まさか、婚約のつもりであの指輪をプレゼントなさったわけではないでしょう」

謙介は、煙草に火をつけた。

「梓野先生は、もう、昔のようには踊れなかったわ」

「それで、彼女の名声を守るために、ぼくが明子を？」

謙介の目が、いっそう笑いをみせ、

「相浦さんは、汐子さんより親切な見方をしますね。汐子さんは、ぼくが明子を憎んで、強い睡眠剤を飲ませたと言った」

台所の方で、カタカタと食器の触れあう音がした。

「汐子さんは、そう信じたかったんですよ」

謙介は言った。

「明子が死んだのは、事故です。睡眠剤の量が多すぎたのですよ。新作のことで、神経を昂《たか》ぶらせていましたからね。いつもの量では効かなくて、かってに増やして飲んだためです。それは、医者がくれた薬の残量を調べてわかりました。だから、警察でも納得したんですよ」

「それでは、どうして汐子さんに指輪を……」

「彼女がぼくを脅迫したからです。あなたが見抜いたように」

「だって、そんな……」

私は、謙介に、いいようにからかわれているような気がした。

「汐子さんが、どんなに明子を怨《うら》んでいたか知っていますか。明子は、姉のささやかな虚栄をむしりとってしまったことがあるんですよ」

汐子さんの心中事件を知っていますね、と謙介は言った。

汐子の不注意だったんですよ。はじめ皆が思ったとおり、汐子は、ぼんやりしていて警鐘を聞き落とし、電車と衝突してしまった。

薄ぼんやりの汐子。のろい、ぐずの汐子。

汐子は、必死で、メロドラマの主人公に自分を置きかえた。さすがに、合意の上の心中だと、皆を言いくるめることはできないと、自分で知っていた。

うわ言じゃない、汐子の、一世一代の芝居だったのです。いっしょに死んで……という言葉を医者や看護婦に聞かせたのは。

汐子の哀しい見栄と自己欺瞞《ぎまん》ですよ。汐子は古藤を恋していた。もちろん片想いで、古藤は何も知らないことだったけれど。その古藤を、自分の不注意で死なせてしまったと考えるのは、辛《つら》すぎたんですね。でも、その擬態は、灰色の彼女の人生の、ただ一つの彩りになった。古藤くんが死んだあと、汐子は、自分でもほとんど、あれは自分の一途《いちず》にしかけた心中だったと信じこみそうになっていた。

明子は、だまされなかった。ぼくと三人でいるとき、あの事件が話題にのぼった。ぼくが、いたからでしょう。明子は、汐子を嘲笑《ちようしよう》し、からかい、問いつめ、とうとうあれがただの不注意から起きた事故だったことを白状させてしまった。

でも、汐子は、妹に何一つ仕返しすることができなかった。おとなしい人ですからね。

明子が死んだとき、やっと彼女はまた新しい夢をみつけたんですよ。明子の結婚生活は、決して幸福ではなかった。夫は、明子を憎んでいた。財産を明子の公演のために食いつぶされてはかなわないと、冷酷な夫は妻を殺した。

「それで、あなたは、汐子さんの妄想を受け入れておあげになったの?」

謙介は微笑してうなずいた。

「あなたの言うとおり、指輪なら、ぼくの財産を彼女に保管してもらっているようなものですからね。ぼくには何の実害もない。子供の嘘《うそ》っこ遊びにつきあってやるようなものです」

「明子さんを愛してはいらっしゃらなかったのね」私はつぶやいた。「愛していらっしゃったら、いくら汐子さんの淋しさを慰めるためでも、そんな妄想を受け入れることはできないわ」

謙介は、ただ微笑していた。どのようにでも、かってな想像をめぐらせろと言っているようだった。

「でも、汐子さんは、おしあわせね」私は、吐息と共に小声で言った。
そのとき、私は、ほとんど謙介に恋していた。

それから十日あまり後、汐子が死んだ。建物の取りこわしの日取りが決まり、アパートに引越すことになった前夜だった。睡眠薬を飲み、ガス管を開いていたので、この先の孤り暮らしの淋しさに耐えかねての、老人性ノイローゼからきた自殺ということになった。

私は思い惑った。汐子の脅迫は、やはり、真実謙介の犯行を見ぬいていたのではないか。それで、謙介が……。

汐子は、あんなに生き生きとしていた。奇妙な関係ではあるけれど、謙介との間に連帯の絆が結ばれて。その汐子が、自殺を計るだろうか。

私は、はっとした。この間、謙介が私に語った言葉を、汐子は聞いていたのか。彼女の夢が、うすっぺらな絵にすぎないことが、私の前に明らかになってしまった。私は彼女の大切な妄想をこわしてしまったのか……。

どっちでもよいと、吐息をついて、私は思った。

真相を見きわめるのは、警察の仕事だ。

私はただ、汐子の行動をひきつげばよいのだ。そう思ったとき、ふと、たのしくなった。

謙介が私を愛してくれるわけはない。でも、謙介は、潔白でも、汐子にみせたようなやさしさを、私にも与えてはくれないだろうか。

たとえ虚構の糸でも、私はあなたと結ばれていたいのだ。お金が欲しいのではない。私があなたを脅迫したら、たとえ嘘でも、あなたは、私を脅迫者と認め、つきあって遊んでくれるだろうか。

もし、彼が本当に殺人を犯していたとしたら……脅迫者と彼との絆は、いっそう強いものになる。そのかわり、私は彼に命を狙《ねら》われるかもしれない……。

私は手帖をめくって、謙介の仮住居の電話番号を探した。

何度もためらった。電話機のダイアルは、手をのばせば、すぐ届くところにある。

電灯がついているのに、部屋の中にしのび寄る夜の気配を、私は肌に感じた。闇を背にした窓ガラスに、頬のそげた、私の顔がうつる……。

〈初出誌・収録書一覧〉

指定席　「小説中公」（93・4）、『悪魔の羽根』（97・2　幻冬舎、00・4　幻冬舎文庫）
捨てられない秘密　「問題小説」（01・11）
神の影　「小説現代」（02・12）
美しき遺産相続人　書き下ろし
わが麗しのきみよ……　『創元推理17』（97・10）
黄昏のオー・ソレ・ミオ　「問題小説」（01・2）
還幸祭　「小説宝石」（02・8）
カラオケボックス　書き下ろし
翳り　『死霊の跫』（01・12　双葉社）
鏡の国への招待　「別冊小説現代」（75・10）、『水底の祭り』（76・6　文藝春秋、86・12　文春文庫）

解説

結城《ゆうき》信孝《のぶたか》（文芸評論家）

わが国でも有数な短編小説の書き手である男性作家は、長編と短編の相違について、食物にたとえてこう述べている。

――長編小説は思想である。米の飯である。ズシンと胃の腑《ふ》に落ちて、腹のたしになる。細かい技法は問われないが、全体として重く、大きく、深いものが求められるのが長編ではないか。そう定義する。

――その点、短編小説には技巧の冴えが欠かせない。（中略）前菜のように軽く、みごとな出来ばえ。腹のたしにするには不足があるけれど、この味も捨てがたい。あるいは食後のケーキとコーヒー、わけもなく寛がせてくれる。強調と省略のかねあい。快く、垢《あか》抜けたものを感じさせてくれる。

この『翠迷宮』は、二〇〇二年十二月に刊行された『紫迷宮』に続く〈女性作家ミステリー・アンソロジー〉の第五弾で、ほかに『緋迷宮』『蒼迷宮』『紅迷宮』が出ている。十種類の前菜やデザートとして読者の味覚に合うように調理した。どれだけ食感を満足させられるであろうか。

「指定席」乃南アサ

今年の二月に刊行された長編ホラー『あなた』（新潮社）は、ケータイ文庫の単行本化として話題を呼んだ。これは新潮社とNECが提携してスタートした小説配信サービス（月額百円）で、一年間にわたって配信されたのちに単行本にまとめられた。切ない片思いが一転して恐怖と怪異の世界に様変わりするプロットは、著者のあらたな境地を示すものとなった。作品集『悪魔の羽根』に収められた「指定席」にも、片思いが描かれている。無個性で存在感が希薄な一サラリーマン。そばにいるのさえわからない、実年齢を知る人間もいない、そんな男にとって唯一、自分の生を実感できるのが会社帰りに立ち寄るコーヒー店だった。白いブラウスの似合う清楚《せいそ》なウェイトレスに淡い恋心を抱く。孤独な心に潜む狂気が鮮やかに表出される。

「捨てられない秘密」新津きよみ

〈反転〉をテーマにした最新作『緩やかな反転』（角川書店）は、作者の長所がいかんなく発揮された長編サスペンスである。見知らぬ女性の訪問を受けたOLが体験する摩訶不思議《まかふしぎ》な体験。彼女の記憶は客を玄関に招き入れたところで途絶え、気がついた時には自分自身の死体を見下ろしていた。手には血の付着した野球バットが、鏡を見れば自分の外見は訪問女性に変わっている。ある日を境に他人と入れ替わる形式のミステリーは少なくないが、被害者と加害者、女二人の心と体を反転させたところに、生新な創意が感じられた。女性同士の対立という著者得意のシチュエーションは、単行本未収録の本作においても精彩を放っている。親友の突然死。弔辞のスタイルで物語る二人だけの隠された秘密が、徐々にあきらかにされていく。

「神の影」五條瑛

国産ハードボイルド小説で一時代を築いた個性派作家の名を冠して創設された大藪春彦賞。その受賞者のなかで唯一の女性作家。受賞作『スリー・アゲーツ 三つの瑪瑙』は北朝鮮工作員の底知れぬ苦悩を描破した。デビュー作『プラチナ・ビーズ』（ともに集英社文庫）も、米朝の熾《し》烈《れつ》な諜報《ちょうほう》戦《せん》を描くスパイ小説であった。女性の書き手によるエスピオナージというのは日本では類を見ない。防衛庁勤務のキャリアが作品に生かされており、『冬に来た依頼人』（祥伝社文庫）というハードボイルドも手がけている。単行本未収録の本編でも、男性作家顔負けの特異な個性を存分に発揮。元サラリーマンの金満と年若い安二に、パキスタンからの出稼ぎ労働者アキムを加えた三人組が、不法滞在のイスラム教徒の不可解な行動に立ち上がる。

「美しき遺産相続人」藤村いずみ

一昨年オール讀物推理小説新人賞の最終候補に残り、昨年はサントリーミステリー大賞の優秀作品賞受賞と、一年ごとに進境を見せている。作家デビューとなったのが翻訳ミステリー誌としておなじみの『ミステリマガジン』(早川書房)。二〇〇三年二月号から連作短編「あまんじゃく」の連載がスタートした。第一回「コンプライアンス」を皮切りに、「フルコンタクト」「パターナリズム」「DOT」と六月号までに四作を発表。元外科医の殺し屋が医療の闇を照射するダークなクライム・サスペンスで、早ければ年内に単行本としてまとめられる。本アンソロジーのために書き下ろされたこの作品は、入院中の老嬢の莫大な遺産の相続人と、その後見人の前に証券マンが訪れるところからはじまる。外連《けれん》に満ち満ちたミステリアスな一編。

「わが麗しのきみよ……」光原百合

この六月から『ミステリーズ!』(東京創元社)の誌名で総合ミステリー&エンタテインメント雑誌にリニューアルされる『創元推理』に発表したまま単行本未収録となっている貴重な短編。刊行年月は一九九七年十月三十日で、『創元推理17　ぼくらの愛した二十面相』に書き下ろされた。初のミステリー作品が一九九八年四月刊の〈クイーンの13〉『時計を忘れて森へいこう』(東京創元社)だから、それより以前のものとなる。外国人作家のショート・ストーリーを、女性の翻訳家が日本語に訳した体裁になっているほか、全体が問題編と解答編、さらに浪速大学のミステリ研究会による推理編(?)らしきものが挿入されているあたり、凝った構成が目を引く。短編ミステリーのすぐれた資質は連作集『十八の夏』(双葉社)で大きな花を咲かせた。

「黄昏のオー・ソレ・ミオ」森　真沙子

伝奇・ホラー小説の第一人者として知られる著者が二年前に書き下ろした『化粧坂』（角川書店）は、長年にわたる作家キャリアの集大成的な作品となった。北条時宗の時代、奔放な愛欲生活を送った宮中女性が綴《つづ》る日記文学「とはずがたり」。銀行勤務の独身ＯＬは、あるきっかけで参加した古典朗読サークルを通して、物語のミッシングピースに魅《ひ》かれていく。サークルには高級売春クラブという裏の顔が存在し、彼女は娼婦への扉を開きはじめた。七百年の時を超えたセクシャルで狂おしいゴシック・ロマンに圧倒される。単行本未収録の本作は、三大テノールの一人パバロッティと、永遠のロックンローラー、プレスリーの歌唱「オー・ソレ・ミオ」が四十年の時を駆け抜ける。静かなマンションの住人の耳に響き渡るテノールの謎の行方は……。

「還幸祭」海月ルイ

サントリーミステリー大賞の大賞と読者賞をダブル受賞した『子盗り』は、子どもをめぐって三人の女性の執念、復讐《ふくしゆう》、憎悪が交錯する恐ろしい作品である。子どもを産まないと離婚される主婦、一子を生みながら離婚で子どもを奪われた看護婦、妊娠中絶を受けた後に母性本能にめざめるスナックのホステス。盗み、奪い、逃げ、追いつめる女たち——狂気の三重奏がめまぐるしく展開される。受賞後第一作の『プルミン』（ともに文藝春秋）にも、幼児が登場するが、こちらは乳酸飲料《プルミン》を飲んで死亡した男の子の死の謎を追及するサスペンス・ストーリーになっている。単行本未収録の「還幸祭」は、祇園祭を背景に郷里に戻った一女性の孤独な心情を綴った。還幸祭とは本社に神輿《みこし》がもどる式典のことで、タイトルが女の心の動きを暗示している。

「カラオケボックス」春口裕子

高台に建つマンションで次々に起きる奇怪な現象と、忍び寄る悪意を現出させた『火群の館』（新潮社）で、ホラーサスペンス大賞特別賞を受賞。共同生活をはじめた二人の女性がバスルームや新聞受けの異変に神経を逆なでされ、あげくに一人が浴槽で帰らぬ人となる。隣人たちをも狂気に走らせてしまうホラー・マンションの存在感は圧倒的だった。この一月に上梓された『女優』（幻冬舎）は、名門校を卒業し大手化粧品会社の広報部に入ったキャリア女性が、並みはずれた虚栄心から破滅の道を歩むまでの過程を描いた出色のホラー大作。書き下ろしの本編は一連のどす黒いホラー小説とは一変した明るい基調の作品で、作者の新生面がのぞかれる。監視カメラが設置されたカラオケボックス内の意外な出来事の顛末《てんまつ》は。

「翳り」雨宮町子

人気ジョッキーがサラブレッド誘拐犯を突きとめていく『眠る馬』（幻冬舎）は、競馬ミステリーの愛読者を十分に熱狂させた。九百枚強の大長編だが、近年は短編主体の創作活動が目立っている。犯人当て、アリバイ崩し、コンゲームなど五通りの本格ミステリーの手法を駆使した連作集『殺される理由』（徳間書店）。「翳り」を収録する『死霊の跫』は、人生の最期を主題にしたホラー作品が六編収めてある。最新作品集『私鉄沿線』（実業之日本社）は、私鉄六沿線を舞台に住宅街の悲喜劇が繰り広げられる。京王線仙川、小田急線豪徳寺、東急新玉川線桜新町などが登場する。「翳り」は女流漫画家の元に送りつけられた一通の封書が、彼女の日常を激変させてしまう。封筒の中には便箋《びんせん》のかわりに、厚手の紙に包まれた土が入っていた！

「鏡の国への招待」皆川博子

日本バレー界に君臨した女王、梓野明子の五十三歳という早すぎる死。彼女の影のような存在だった五十歳の私。残された明子の姉と明子の夫。人生の黄昏《たそがれ》にさしかかった男女の心の深い闇が、残酷で容赦なく鏡に映し出されていく。作家デビューしてから五年に満たない時期に発表した短編だが、すでにしてその異様な作品世界は確立されている。『水底の祭り』に収められ文庫化もされたが、現在品切れ中で全三巻に編集された『皆川博子作品精華』（白泉社）にも未収録。この三巻本は〈ミステリー編〉〈幻想小説編〉〈時代小説編〉にわかれていて、現在入手しにくい長短編を中心に、書き下ろし作品を付した皆川ワールドの決定版といえる。昨春には名作『死の泉』（ハヤカワ文庫）以来五年ぶりの歴史ロマン『冬の旅人』（講談社）が刊行された。

二〇〇三年五月

一〇〇字書評

切り取り線

翠迷宮

購買動機（新聞、雑誌名を記入するか、あるいは○をつけてください）	
□（　　　　　　　　　　　　　　）の広告を見て	
□（　　　　　　　　　　　　　　）の書評を見て	
□ 知人のすすめで	□ タイトルに惹かれて
□ カバーがよかったから	□ 内容が面白そうだから
□ 好きな作家だから	□ 好きな分野の本だから

●本書で最も面白かった作品名をお書きください

●あなたのお好きな作家名をお書きください

●その他、ご要望がありましたらお書きください

住所					
氏名		職業		年齢	
Eメール				新刊情報等のメール配信を 希望する・しない	

あなたにお願い

この本をお読みになって、どんな感想をお持ちでしょうか。

この「一〇〇字書評」を私までいただけたらありがたく存じます。今後の企画の参考にさせていただきます。

あなたの「一〇〇字書評」は新聞・雑誌などを通じて紹介させていただくことがあります。そして、その場合はお礼として、特製図書カードを差し上げます。

前頁の原稿用紙に書評をお書きのうえ、このページを切りとり、左記へお送りください。Eメールでもお受けいたします。

〒一〇一・八七〇一
東京都千代田区神田神保町三・六・五
九段尚学ビル　祥伝社
祥伝社文庫編集長　加藤　淳
☎〇三（三二六五）二〇八〇
bunko@shodensha.co.jp

祥伝社文庫

上質のエンターテインメントを！　珠玉のエスプリを！

祥伝社文庫は創刊15周年を迎える2000年を機に、ここに新たな宣言をいたします。いつの世にも変わらない価値観、つまり「豊かな心」「深い知恵」「大きな楽しみ」に満ちた作品を厳選し、次代を拓く書下ろし作品を大胆に起用し、読者の皆様の心に響く文庫を目指します。どうぞご意見、ご希望を編集部までお寄せくださるよう、お願いいたします。

2000年1月1日　　祥伝社文庫編集部

翠迷宮《すいめいきゅう》　ミステリー・アンソロジー

平成15年6月20日　初版第1刷発行

編者　結《ゆう》城《き》信《のぶ》孝《たか》

発行者　渡辺起知夫

発行所　祥《しょう》伝《でん》社《しゃ》

東京都千代田区神田神保町 3-6-5
九段尚学ビル　〒101-8701
☎03(3265)2081(販売部)
☎03(3265)2080(編集部)
☎03(3265)3622(業務部)

印刷所　錦明印刷

製本所　ナショナル製本

造本には十分注意しておりますが、万一、落丁、乱丁などの不良品がありましたら、「業務部」あてにお送り下さい。送料小社負担にてお取り替えいたします。

ISBN4-396-33107-X C0193

祥伝社のホームページ・http://www.shodensha.co.jp/

祥伝社文庫

結城信孝編　緋迷宮《ひめいきゅう》

突如めぐる、運命の歯車――宮部みゆき、篠田節子、小池真理子……現代を代表する十人の女性作家推理選。

結城信孝編　蒼迷宮《そうめいきゅう》

宿命の出逢い、そして殺意――小池真理子、乃南アサ、宮部みゆき……女性作家ならではの珠玉ミステリー

結城信孝編　紅迷宮《こうめいきゅう》

永遠の謎、それは愛、憎しみ……唯川恵、篠田節子、小池真理子――大好評の女性作家アンソロジー第三弾

結城信孝編　紫迷宮《しめいきゅう》

しのび寄る、運命の刻《とき》…乃南アサ、明野照葉、篠田節子――十人の女性作家が贈る愛と殺意のミステリー。

乃南アサ　今夜もベルが鳴る

落ち着いた物腰と静かな喋り方に惹《ひ》かれた男から毎夜の電話…が、女の心に、ある恐ろしい疑惑が芽生えた。

乃南アサ　微笑《ほほえ》みがえし

幸せな新婚生活を送っていた元タレントの阿季子。が、テレビ復帰が決まったとたん不気味な嫌がらせが…。